Das Licht hinter der Grenze

.

Elaine Laurae Weolke

Das Licht hinter der Grenze

- Roman -

Herstellung und Verlag:
BoD- Books on Demand, Norderstedt
ISBN 9783750420182
erste Auflage: 11/2019

Bibliografische Information der Deutschen Nationalbibliothek:
Die Deutsche Nationalbibliothek verzeichnet diese Publikation in der
Deutschen Nationalbibliografie; detaillierte bibliografische Daten sind
im Internet über http://dnb.dnb.de abrufbar.

Über die Autorin: Elaine Laurae Weolke ist das Pseudonym einer Autorin, die seit ihrer Jugend schreibt. Sie hat schon viele Länder besucht. Einige ihrer Berichte wurden im Internet bereits ausgezeichnet.

Von ihr erschienen bereits die Australienromane „Blätterrauschen, weit weg" und „Nächster Halt: Sydney Harbour Bridge". Außerdem gibt es eine Vorgeschichte zu dem vorliegenden Buch, erschienen unter dem Titel „Insel der tausend Steine".

Das Licht hinter der Grenze
Autorin: Elaine Laurae Weolke
Satz: Elaine Laurae Weolke
Foto und Covergestaltung: Elaine Laurae Weolke
© 2019 by Elaine Laurae Weolke

Herstellung und Verlag: Books on Demand GmbH, Norderstedt
ISBN-Nummer:

Inhaltsverzeichnis

Prolog

Wieder Alltag in der kleinen Firma SCHMISSIG in einem Dorf im Landkreis Ansbach (Deutschland). Man verkauft Fußabstreifer und Küchenschürzen und exportiert sie auch. Ich arbeite dort als Exportsachbearbeiterin schon seit fast einem Jahr. Wir schreiben das Jahr 1989.

Plötzlich klingelt das Telefon. Der Personalchef ist dran.

„Könnten Sie nicht schnell nach Frau Danuwitz sehen? Sie hat Probleme mit einem Zollpapier..."

Ich renne hinüber in eine Abteilung, die sich „Verkaufsabwicklung" nennt. Sie ist im Nebengebäude.

In der Verkaufsabwicklung erstellt man unter anderem Versandpapiere für Exporte nach Österreich und in die Schweiz – man schreibt also Rechnungen und Lieferscheine, füllt diverse Zollpapiere und Speditionsaufträge aus und so weiter.

1989 gehört Österreich noch nicht zur EU, damals nennt man auch die Verbringung von Waren von Deutschland in EU-Länder noch „Export", damals braucht man unter anderem noch eine Ausfuhrerklärung und viele andere Papiere, wenn man Waren von Deutschland in EU-Länder verschickt.

Erst 1992 wird der Export in EU-Länder vereinfacht, erst ab 1992 heißt der Transport von Waren von einem EU-Land in ein anderes nicht mehr „Export", sondern „Versendung", und die Tatsache, wenn ein EU-Land Waren aus einem anderen EU-Land erhält, „Wareneingang" und nicht mehr „Import". Aber so weit sind wir 1989 noch nicht.

Katja Danuwitz empfängt mich in Tränen aufgelöst.

„Was ist los?", frage ich sie. Wir duzen uns.

Sie antwortet mir nicht, streckt mir stattdessen eine Ausfuhrerklärung für eine Sendung Fußabstreifer nach Österreich entgegen. Ich betrachte das Papier – es sieht aus wie eine Klassenarbeit, die jemand mit Rotstift korrigiert hat. Dann erzählt mir Katja stockend die ganze „Geschichte", die sich um diese Ausfuhrerklärung rankt. Eigentlich hätte dieses Papier von den

Zollbeamten im Zollamt in Crailsheim abgestempelt werden sollen.

Aber der Zollamtsvorsteher findet Fehler in dem Papier, er streicht sie mit Kugelschreiber an.

Katja Danuwitz versteht nicht, was sie falsch gemacht hat. Der Arbeitsvertrag von Frau Krupp, die ansonsten immer die Ausfuhrerklärungen erstellte, wurde nicht verlängert. Frau Krupp hat vorbildlich gearbeitet, aber man munkelt, dass sie keinen unbefristeten Arbeitsvertrag bekam, weil der Personalchef grundsätzlich etwas gegen Leute hat, die ihm vom Arbeitsamt vermittelt werden. Diese Leute bekommen keinen unbefristeten Arbeitsvertrag bei der Firma SCHMISSIG.

Eine Stelle wird eingespart, die Leute der Verkaufsabwicklung sollen sich in das Erstellen der Zollpapiere einarbeiten.

Eine Extra-Schulung, wie sie beispielsweise von Industrie- und Handelskammern angeboten werden, bekommen sie aber nicht. Sie sollen sich selbst durchwursteln, die Firma will Geld für die Schulungen sparen.

Katja erstellt also ihre erste Ausfuhrerklärung und macht prompt Fehler. Der Zollamtsvorsteher des Zollamtes in Crailsheim ist nicht sehr hilfsbereit, als sie ihn anruft und nachfragt, was sie verbessern soll und wie sie es verbessern soll. Er ist so unfreundlich, dass sie den Hörer auf die Gabel knallt und losheult.

Nun kann nur noch eine Person helfen: ich. Denn ich arbeitete vor einigen Jahren in der Zollverwaltung....

1. Mein Name ist Vicky

Mein Name ist Victoria W., genannt Vicky. Ich war Finanzanwärterin des Hauptzollamts Stuttgart-West. Meine Ausbildung begann ich ab August 1983 – zusammen mit elf weiteren Finanzanwärtern.

Nach einem Praktikum in Stuttgart, das einen Monat dauerte, absolvierten wir ein Grundstudium an der Fachhochschule des Bundes für öffentliche Verwaltung, Fachbereich Finanzen, in Sigmaringen.

Finanzanwärter – so nennt man die Auszubildenden des gehobenen Dienstes in der Bundeszollverwaltung. Wir waren Finanzanwärter aus ganz Westdeutschland, die an dieser Fachhochschule in Sigmaringen studierten. Diese Fachhochschule wurde auch Bildungszentrum, abgekürzt BZ, genannt.

Unser Grundstudium schloss mit einer Zwischenprüfung ab, die aus vier Klausuren bestand.

Viele von uns Finanzanwärtern fanden einige dieser Klausuren nicht fair und hatten sich darüber beschwert. Wir hatten auch allen Grund dazu: Würden wir die Zwischenprüfung nicht bestehen, müssten wir die Zollverwaltung verlassen. Und wer wollte das schon? Niemand.

Auch ich hatte einen Beschwerdebrief über den Dienstweg an das Bundesministerium für Finanzen geschickt.

20 Notenpunkte – das entspricht einem Notendurchschnitt von vier minus – waren notwendig, um die Zwischenprüfung zu bestehen.

Nach dem Grundstudium folgten einige Wochen Hauptstudium, die mit einer Klausur im Fach „Zollrecht" abschlossen.

Darüber denke ich nach, als ich an jenem Arbeitstag im Jahre 1989 die Ausfuhrerklärung genauer anschaue, die mir meine Kollegin Katja schniefend entgegenhält.

„Hier hast du einen Fehler gemacht!", versuche ich zaghaft, meiner noch weinenden Kollegin Katja zu zeigen und deute mit meinem Kugelschreiber auf ein Kästchen, in dem ein falscher Zahlencode steht. „Aber hier – da hast du keinen Fehler ge-

macht! Dieses Kästchen kann man ausfüllen, muss es aber nicht
– und dieses hier ebenfalls...!"

Ich bin verblüfft und erbost gleichzeitig. Der Leiter des Zollamtes in Crailsheim hat beide Kästchen mit Kugelschreiber so
umrandet, als ob man sie unbedingt ausfüllen müsse. Und ich
frage mich: Warum schießen manche Beamten wie dieser Zollamtsvorsteher grundsätzlich mit Kanonen auf die sprichwörtli-
chen Spatzen – in diesem Fall auf meine Kollegin Katja? Katja
hat keine Ahnung, und Herr Eichbauer – seines Zeichens Leiter
des Zollamtes in Crailsheim – hat sich diese Tatsache zunutze
gemacht, um (wieder einmal?) eine Person herunterzuputzen
und herauszustellen, wie viel Macht man doch als Zollbeamter
hat und wie abhängig die Firmen von der Gnade der Zollämter
sind!

Die Regeln zum Ausfüllen von Ausfuhrerklärungen habe ich
jedenfalls im Kopf.

„Na, diesen Herrn Eichbauer vom Zollamt werde ich anrufen!", denke ich.

Ich habe nicht vor, mich herunterputzen zu lassen und
weiß, wie ich Kontra geben kann!

Ich nicke meiner Kollegin Katja aufmunternd zu und ver-
schwinde wieder an meinen Arbeitsplatz. Zuständig bin ich für
den Export von Fußabstreifern und Küchenschürzen ins übrige
Ausland.

Schnell ist die ausführliche Broschüre, in der alle Regeln
zum Ausfüllen von Ausfuhrerklärungen und Einfuhranmeldun-
gen drinstehen, gefunden. Ich schlage die richtigen Seiten auf
und wähle die Nummer des Zollamtes in Crailsheim. Eine
freundliche Dame meldet sich und verbindet mich mit Herrn
Eichbauer. Ich nenne den Namen der Firma SCHMISSIG und
stelle mich vor, ich lege mein Anliegen dar. Na klar erinnert er
sich noch an das Gespräch mit Frau Danuwitz.

Herr Eichbauer ist so unwahrscheinlich freundlich zu mir
am Telefon, dass ich beinahe Blumen aus dem Hörer wachsen
sehe.

Ich kenne die Ländercodes, die man in manche Kästchen einer Ausfuhrerklärung eintragen muss. Die Ländercodes, die ich für meine Arbeit brauche, weiß ich im Schlaf – 001 = Belgien, 002 = die Niederlande, 005 = Italien und so weiter. Ich weiß auch, welche Codes für verschiedene „Ausfuhrsorten" ausgefüllt werden sollten. Und ich weiß auch, dass man in manche Kästchen etwas hineinschreiben kann, aber es nicht tun muss.

Ich weiß, dass man bei der Angabe „statistischer Warenwert" unbedingt die Abkürzung „gesch.", die „geschätzt" symbolisieren soll, eintragen muss, wenn man diesen Wert schätzt – er ist die Summe aus Warenwert und der geschätzten Transportkosten bis zur deutschen Grenze.

So arbeite ich mich Kästchen für Kästchen während des Gesprächs mit Herrn Eichbauer vor – und als ich ihn frage: „Bei dem Kästchen über… kann man Angaben eintragen, muss es aber nicht, laut der Anleitung zum Ausfüllen von Ausfuhrerklärungen Seite soundso", gibt er zu, dass ich Recht habe. Also hat er in diesem Fall meiner Kollegin Katja äußerst Unrecht getan.

„Wissen Sie, ich habe selbst einmal in der Zollverwaltung gearbeitet", schließe ich mein Telefongespräch.

„Ja?" Mein Gesprächspartner zeigt sich erstaunt. „Und – warum sind Sie nicht dort geblieben?"

„Ich wäre ja gerne, aber…" Ich erzähle Herrn Eichbauer kurz, warum ich nicht mehr in der Zollverwaltung arbeite, warum ich diesen Traum aufgeben musste. Er versteht mich, denn er kennt die „Gepflogenheiten" während der Ausbildung zur Zollinspektorin und zum Zollinspektor. Seine Tochter absolviert gerade diese Ausbildung, erzählt er mir. Ihr kann ich nur viel Glück wünschen – und hoffen, dass ihr nicht dasselbe passiert wie mir.

Ja, was ich in der Zollverwaltung erlebt habe, vergisst man nicht. Wie alles anfing und wie das Grundstudium an der Fachhochschule in Sigmaringen lief und wie man als Studentin in einem Dreibettzimmer lebt, kann man in dem Buch „Insel der tausend Steine" lesen.

2. Willkommen an der Grenze

Nach viel Stress und lernen, lernen, lernen, würden wir Finanzanwärter des ersten Ausbildungsjahres im April 1984 endlich einmal „Zoll pur" kennen lernen. Wir hatten ein Praktikum an einem Grenzzollamt vor uns. Darauf freuten wir uns.

Am 3. April fuhr ich mit meinem Kollegen Felix an unseren neuen Arbeitsplatz, ein Zollamt an der deutsch-schweizerischen Grenze, nicht weit von Basel entfernt.

Der Zollamtsvorsteher Herr Burghof begrüßte uns freundlich:

„Willkommen hier in unserem Zollamt! Es ist nicht groß. Aber gerade auf kleinen Zollämtern kann man viel lernen! Wir haben drei Abteilungen – Einfuhr, Ausfuhr und Reiseverkehr. Da Sie zu dritt sind, kommt jeder von Ihnen je zwei Wochen in jede Abteilung."

Er führte uns in ein Wohngebäude und zeigte uns drei helle Schlafräume im so genannten „Ledigenwohnheim". Die Küche würden wir zusammen benutzen.

„Die Zimmerverteilung müssen Sie unter sich regeln." Er lächelte. „Sagen Sie mir Bescheid, denn die Mieten sind unterschiedlich hoch. Und ich muss meinen zuständigen Kollegen auf der Zahlstelle im Hauptzollamt Lörrach darüber informieren."

Jedes Zimmer gefiel uns, und so hatten wir die Zimmerverteilung bald geregelt.

Am nächsten Morgen kutschierte uns Herr Burghof zum Hauptzollamt in Lörrach. Wir nahmen eine Abkürzung über die Schweiz. Ein Zollbeamter fragte Herrn Burghof:

„Wer sind die drei Personen in Ihrem Auto?"

„Des sind drei Terrorischte", scherzte Herr Burghof in einem Dialekt, den wir als Schweizerdeutsch bezeichnen würden.

Gegen diese Bezeichnung „Schweizerdeutsch" für ihren Dialekt wehrten sich allerdings die Bewohner in der Nähe der Schweizer Grenze – also im deutschen Zollgrenzbezirk –

entschieden. „Wir sind Badener und keine Schweizer!", behaupteten sie selbstbewusst von sich.

Der Satz „Des sind drei Terrorischte" soll übrigens „Das sind drei Terroristen" bedeuten.

Ab und zu würden wir Verständnisprobleme in dieser Gegend haben, aber die Leute waren im Allgemeinen sehr nett und die Gegend einfach wunderschön!

Auf dem Hauptzollamt in Lörrach trafen wir fünf unserer Kollegen der Oberfinanzdirektion Stuttgart: Hartmut, Britta, Guido, Siegmar und Eberhard.

Die restlichen vier Finanzanwärter aus unserer Gruppe leisteten ihr Grenzpraktikum auf dem Zollamt Kehl-Europabrücke an der deutsch-französischen Grenze ab.

Wir hatten uns in dem Lehrsaal des Hauptzollamts Lörrach versammelt.

Der Vorsteher trat ein und begrüßte uns:

„Im Namen der Oberfinanzdirektion Freiburg heiße ich Sie herzlich willkommen! Wir alle hoffen, dass Ihnen Ihr Grenzpraktikum gefallen wird und Sie viel bei uns lernen. Alle Mitarbeiter werden sich bemühen, Ihre Fragen so gut wie möglich zu beantworten." Freundlich musterte er uns nacheinander und strich sich über seinen Schnurrbart. „Bitte nutzen Sie die Gelegenheit, den Beamten auf den Zollämtern viele Fragen zu stellen! Die Ausbildung im Bildungszentrum in Sigmaringen ist – unserer Meinung nach – nicht das ,Gelbe vom Ei'. Dort wird nur viel Theorie vermittelt. Praxis aber lernt man nur durch Praxis." Er schmunzelte. „Die Kleiderfrage liegt uns hier übrigens auch sehr am Herzen. Also – bitte erscheinen Sie nicht in Jeans in Ihrer Dienststelle. Ordentliche Kleidung ist wichtig, denn auch wir als Zollverwaltung möchten nach außen hin einen guten Eindruck machen." Lächelnd fuhr er sich über die braunen Haare. Er war circa 45 bis 50 Jahre alt. „Herr Roth wird jetzt mit Ihnen die Anträge auf Trennungsgeld und Reisekosten ausfüllen."

Er verließ den Raum, und Herr Roth erschien.

Wie immer war es kompliziert, diese mehrseitigen Formulare, die uns in unregelmäßigen Zeitabständen vorgesetzt wurden, richtig auszufüllen. Aber Herr Roth half uns tatkräftig.

Mit Herrn Burghof fuhren Felix, Monika und ich zurück in „unser" Grenzzollamt. Dort gab uns Herr Burghof in einem kleinen Lehrsaal sofort eine erste Einführung über die Grenzen:

„Die deutsch-schweizerische Grenze verläuft von hier" – er fuhr mit einem Kugelschreiber eine Grenzlinie auf einer Landkarte entlang – „bis hier. Die meisten Zollämter gehören in den Bereich der Oberfinanzdirektion Freiburg. Nur ein Grenzzollamt gehört zur Oberfinanzdirektion Stuttgart. Ich werde Sie jetzt den einzelnen Abteilungen zuteilen." Er wies mit dem Kugelschreiber auf mich. „Sie, Frau W., arbeiten die ersten beiden Wochen im Reiseverkehr. Sie" – er zeigte auf Felix – „sind in der Einfuhr. Und Sie" – er meinte Monika – „verrichten zwei Wochen Dienst in der Ausfuhr. Anschließend wird gewechselt."

Wir nickten und begaben uns an unsere neuen Arbeitsplätze.

An der Grenze konnten wir den Stress der vergangenen Wochen ablegen. Sigmaringen lag so weit entfernt – wir wollten das Leben genießen, ohne Pauken. Wir wollten die Zwischenprüfung vergessen, Zoll pur erleben, ohne Druck. Und das taten wir auch.

Vom Lehrsaal aus schritt ich direkt in das Gebäude, in dem die Abteilung „Reiseverkehr" untergebracht war. Ein relativ breiter, ebenerdiger Bau, mit hohen Fenstern, der einen Raum beherbergte.

Ich trat ein und wurde Zeugin, wie ein junges Pärchen „gefilzt" wurde. Ein Zollbeamter in grüner Uniform durchsuchte gründlich das Gepäck der beiden.

Er öffnete Tabaksbeutel und roch daran, schüttelte Kuchenkrümel auf den Tisch und schnupperte ebenfalls daran. Jeder Gegenstand wurde angeschaut. Der Beamte suchte nach Drogen. Das Pärchen stand ruhig daneben und schaute zu.

Die Suche blieb ohne Erfolg. Schweigend steckte der Beamte alle Gegenstände wieder in die Gepäckstücke, und das Pärchen durfte gehen.

„Nicht jeder, der durchsucht wird, reagiert so gelassen wie diese beiden jungen Leute", erklärte mir der Beamte später. „Die Menschen reagieren sehr unterschiedlich, wenn das Gepäck gefilzt wird. Kommen Sie" – er winkte mir mit einer Handbewegung zu, und wir traten ins Freie.

Es war regnerisch und kalt, und wir stellten uns unter das Dach eines verglasten Häuschens, in dem der Fahndungscomputer untergebracht war. Von hier aus winkten die Zollbeamten die Leute in ihre Autos über die Grenze oder hielten sie an, um sie zu kontrollieren.

„Hier – streifen Sie das über!" Der Beamte reichte mir eine grüne Armbinde. „Es lohnt sich nicht, Ihnen für die kurze Zeit an der Grenze eine Uniform zu verpassen. Deshalb geben wir den Finanzanwärtern grüne Armbinden."

Ich streifte mir die grüne Armbinde, auf der in grünen Lettern das Wort „Zoll" prangte, über und stellte mich neben den Grenzbeamten.

„Merken Sie sich eines", schärfte er mir ein. „Alleine dürfen Sie hier nicht Dienst machen. Stets muss ein Beamter, der eine Dienstwaffe trägt, neben Ihnen stehen."

Ich nickte. Zollbeamte, die an der Grenze ihren Dienst verrichten, müssen an einem Schießlehrgang teilnehmen.

„98 Prozent aller Leute, die hier über die Grenze fahren, sind so genannte ‚Grenzgänger'." Der Beamte winkte zum zwanzigsten Male freundlich ein Auto über die Grenze. „Grenzgänger' sind Leute, die in Deutschland wohnen und in der Schweiz arbeiten oder umgekehrt. Wir kennen die meisten von ihnen. Sie fahren jeden Tag über diese Grenze." Er zuckte mit den Schultern. „Kommen Sie – gehen wir wieder ins Reiseverkehrsgebäude! Allzu lange kann man nicht draußen stehen bleiben. Die Abfertigungsbeamten wechseln sich alle 15 bis 20 Minuten ab."

Ich musste ihm Recht geben. Draußen war es kalt und ungemütlich. Außerdem stiegen mir die Autoabgase unangenehm in die Nase.

Ein Zollbeamter, der hier ständig seinen Dienst verrichtete, brauchte einige Wochen, bis er sich an die Abgase gewöhnt hatte. Im Sommer machten die Abgase den Abfertigungsbeamten am meisten zu schaffen.

3. Reiseverkehr

Zwei Wochen stand ich als Abfertigungsbeamtin an der Grenze. Die grüne Binde an meinem Oberarm wies mich als Zollbeamtin aus. Die Autofahrer reagierten aber oft irritiert – manche fuhren absichtlich langsamer und schauten suchend nach einem Beamten in grüner Uniform. Ein solcher Beamter winkte sie schließlich durch – und sie setzten erleichtert ihre Fahrt fort.

Wir stiegen in Busse und fragten:

„Haben Sie etwas zu verzollen?"

Eigentlich lautet die korrekte Fragestellung: „Bitte melden Sie die mitgebrachten Waren an."

„Wenn man diesen Satz aber ständig sagen muss", erklärte mir ein Beamter, „dann franst man sich mit der Zeit den Mund aus. Ich sage immer: ‚Bringen Sie Waren mit?' Im Reiseverkehrsgebäude schlage ich sogar im Ordner mit den Vollstreckungsunterlagen nach und informiere mich erst einmal über viele Dinge."

Wir hielten Autos an, und ich beobachtete, wie die Leute reagierten.

„Haben Sie Waren versteckt oder verheimlicht?", fragten wir. Hier besteht ein Unterschied. Als „versteckt" gelten Waren, die leicht zu finden sind, indem man zum Beispiel die Fußmatte im Auto hochhebt und dann die Ware triumphierend in den Händen hält. „Verheimlicht" sind Gegenstände, nach denen ein

Zollbeamter schon etwas länger suchen muss. Wenn sie zum Beispiel in einem Autoreifen versteckt sind.

Interessant waren die Reaktionen der Leute, wenn sie rechts heranfahren sollten und „gefilzt" wurden. Während ein Zollbeamter in aller Gemütsruhe ein Auto durchsuchte und Befehle erteilte, wie „Öffnen Sie den Kofferraum!" oder „Heben Sie die Fußmatte hoch!", lud so mancher Autofahrer bei mir seinen Ärger über die unwillkommene Unterbrechung ab:

„Mensch, ich habe doch keine Zeit!", oder: „Ich bin schon spät dran!", oder: „Muss das jetzt sein?"

Ich konnte nichts ändern, ließ die frustrierten Autofahrer reden und beobachtete, wie sie nervös von einem Fuß auf den anderen traten, sich ärgerlich eine Zigarette ansteckten oder hektisch auf und ab schritten.

Die Leiterin der Abteilung „Reiseverkehr" hieß Frau Neumann. Eine schlanke, selbstbewusste junge Frau, die ihre schwarzen langen Haare zu einer adretten Frisur hochgesteckt hatte.

Letztes Jahr bestand sie in Sigmaringen am Bildungszentrum die Prüfung zur Zollinspektorin und wurde anschließend an dieses Zollamt abgeordnet.

„Zuerst hatte ich keinerlei Ahnung", gestand sie. „Gleich am ersten Tag sollte ich vier Albaner vernehmen. Ich fühlte mich, als würde ich ins kalte Wasser geschmissen. Denn niemand hatte mir beigebracht, wie eine Vernehmung durchgeführt wird."

„Zunächst hatte Frau Neumann von Tuten und Blasen keine Ahnung, als sie hierherkam", erzählte uns Herr Burghof. „Aber sie hat sich unterdessen gut eingearbeitet und auch an einem Schießlehrgang teilgenommen."

Frau Neumann stellte die Dienstpläne der Abfertigungsbeamten auf und leitete die Vernehmungen. Vernommen wurden zum Beispiel Leute, die eine zollpflichtige Ware nicht angemeldet hatten und damit erwischt wurden. Frau Neumann protokollierte die Vernehmung wortwörtlich wie einen Dialog und tippte diesen später in eine Schreibmaschine. Eine alte mechanische Schreibmaschine übrigens, elektrische Schreibmaschinen habe ich 1983 und 1984 auf keinem Zollamt gesehen.

Oft bereiteten mir die Abgase starke Kopfschmerzen. Es dauerte einige Tage, bis ich mich daran gewöhnt hatte.

Der Fahndungscomputer zog mich immer wieder magisch an. Zwei Verwaltungsangestellte bedienten ihn abwechselnd. Man konnte Passnummern eintippen und dann abfragen, ob der Passinhaber gesucht wurde oder ob es sich um einen gestohlenen Pass handelte. Auch Namen von Personen oder Gegenständen konnten eingegeben werden, und man erfuhr, ob diese von der Polizei oder der Interpol gesucht wurden – weltweit. Diese Informationen wurden vom Bundeskriminalamt zur Verfügung gestellt und immer auf dem Laufenden gehalten.

Ich staunte, dass sogar Männer auf der Fahndungsliste erschienen, die, um dem Wehrdienst zu entgehen, nach West-Berlin geflohen waren. Ihre Namen standen mit denen gefährlicher Schwerverbrecher auf einer Liste!

Ich lernte, was ein Zollgrenzbezirk ist. Das sind Regionen, die ganz nah an einer Grenze liegen. Leute, die dort wohnen, gehen normalerweise recht oft über die Grenze – öfter noch als Leute, die weiter drin in einem Land wohnen. So gibt es viele Deutsche, die in Zollgrenzbezirken leben und die in die Schweiz zum Einkaufen fahren. Und Frau Neumann kaufte sich grundsätzlich ihre Zigaretten in der Schweiz.

Auch von Zollfreimengen bekam ich etwas mit. Jeder Reisende, der ins Ausland in den Urlaub fährt, darf natürlich persönliche Gegenstände, wie Kleidung, Zahnputzzeug, Kamm, Haarbürste und andere Gegenstände des täglichen Gebrauchs ohne Probleme dorthin mitnehmen und wieder zurückbringen. Allerdings gibt es mengenmäßige Einschränkungen, wenn man im Ausland (heute: Nicht-EU-Länder) Kaffee, Zigaretten, alkoholische Getränke und gewisse andere Dinge kauft. Pro Person darf nur eine bestimmte Menge dieser Konsumgüter mitgenommen werden.

Wenn Sie, liebe Leserin oder lieber Leser, Fragen haben, welche Dinge aus dem Ausland in welcher Menge mitgenommen werden dürfen, dann schauen Sie nach den entsprechenden Informationen im Internet oder kontaktieren Sie telefonisch die Informationsstelle der Zollverwaltung. Unterdessen gibt es ebenfalls Zoll- und Reise-Apps für das Smartphone.

Es gibt auch Dinge, die auf keinen Fall aus dem Ausland eingeführt werden dürfen – zum Beispiel Rauschgift, gefährdete Tier- und Pflanzenarten, gefälschte Produkte – zum Beispiel Fälschungen von teuren Armbanduhren.

Bei gefährdeten Tier- und Pflanzenarten und Produkten daraus achtet auf jeden Fall die Zollverwaltung darauf, dass das „Washingtoner Artenschutzabkommen" eingehalten wird.

Es entstand 1973 und umfasst circa 7.000 Tier- und 24.000 Pflanzenarten, die gefährdet sind. Diese Tier- und Pflanzenarten sowie Produkte, die aus ihnen hergestellt werden – wie zum Beispiel Produkte aus Elfenbein, Krokodil- und Schlangenleder – dürfen nicht nach Deutschland und ebenfalls nicht in viele andere Staaten eingeführt werden. Dem Reisenden, der dennoch damit erwischt wird, werden diese Gegenstände nicht nur weggenommen, sondern er bezahlt sogar noch ein Bußgeld dafür und/oder andere Strafen werden ihm auferlegt.

Leute, die gegen dieses „Washingtoner Artenschutzabkommen" verstießen, traf ich während meiner Ausbildungszeit an der Grenze nicht.

An unseren Feierabenden saßen Felix, Monika und ich gemütlich zusammen oder gingen spazieren. Wir drei verstanden uns ausgezeichnet und versorgten uns selbst.

Eines Tages brieten wir ein Hähnchen und erzählten das unseren Kollegen auf dem Zollamt.

„Braten Sie Ihren Gummiadler heute Abend?", witzelte Herr Kirsch von der Einfuhr.

Und endlich kam der Frühling!

4. Brittas Geburtstag

In der zweiten Woche unseres Grenzpraktikums im April 1984 packte uns alle eine große Nervosität und Anspannung. Die Stunde der Wahrheit nahte. Wer von uns hatte die Zwischenprüfung bestanden und wer nicht?

Wer in dieser Woche einen blauen Einschreibebrief erhalten würde, war durchgefallen. Die anderen konnten aufatmen.

Ich fühlte mich zum Zerreißen gespannt und tigerte dauernd um die Telefonzelle vor dem Zollamt herum. Nach außen hin lächelte ich, innerlich bebte ich. Nur nicht mehr durch diese psychische Hölle gehen! Ich wollte mehr Zeit für „Zoll" haben und Fächer wie „Verfassungsgeschichte der Neuzeit", „Innerbehördliche Organisation" und dergleichen endlich hinter mir lassen!

Am Montag rief ich meine Eltern an.

„Kein Brief ist da!" Mein Vater schien durch das Telefon hindurch förmlich zu strahlen, und ich atmete auf. Aber die Woche hatte erst begonnen.

An diesem Montagabend lud uns Britta zu ihrer Geburtstagsfete ein.

Das Zollamt, in dem sie mit Hartmut, Guido, Siegmar und Eberhard ihren Dienst verrichtete, lag nicht weit von unserem entfernt.

Wir erlebten einige lustige und unbeschwerte Stunden. Britta bestaunte unsere Geschenke und war gerührt. Lachend „zogen" wir uns gegenseitig „durch den Kakao".

Es war die Ruhe vor dem Sturm.

5. Kommt der Blaue Brief?

Am Dienstag wanderte ich unruhig auf und ab, während ich meinen Dienst im Reiseverkehr verrichtete. Ich war unkonzentriert, winkte mechanisch Leute durch, schweifte oft mit den Gedanken ab. Ich ahnte

Schlimmes, in mir kochte es. Nervös blickte ich immer wieder auf die Uhr.

Endlich Mittagspause. Ich hielt die Spannung nicht mehr aus und raste in die Telefonzelle. Hektisch warf ich einige Münzen in den Schlitz und wählte die Telefonnummer meiner Eltern. Ein Klicken – und meine Mutter meldete sich:

„Hallo Vicky! Du bist es! Ich habe es mir schon gedacht. Du – der Blaue Brief ist heute gekommen!"

Ich erstarrte. Der Telefonhörer zitterte in meiner Hand. Nein! NEIN!

„Ich lese dir den Brief vor." Raschelnd faltete meine Mutter das unselige Schreiben auseinander und zitierte:

„Einschreiben mit Rückschein
Frau Finanzanwärterin Vicky W.

7480 Sigmaringen, 9. April 1984

Betrifft: Wiederholungsprüfung am Fachbereich Finanzen der FH* Bund in der Zeit vom 17. – 22. Mai 1984
Bezug: BMF-Erlass* vom 13.03.1984 Z A 3 – P 3532 – 1/84

Sehr geehrte Frau W.,
wie Sie aus der beiliegenden Mitteilung über das Ergebnis der Zwischenprüfung (Anlage 6 LAPO-ZV/BV*) entnehmen konnten, haben Sie die Zwischenprüfung leider nicht bestanden.

Nach dem Bezugserlass wird die Wiederholungsprüfung in der Zeit vom 17. bis 22. Mai 1984 durchgeführt.

Gemäß § 22 Abs. 9 S. 3 LAPO-ZV/BV sind die schriftlichen Aufsichtsarbeiten der Zwischenprüfung zu wiederholen, die nicht mindestens mit der Note „ausreichend" (5 Rangpunkte) bewertet worden sind. Danach ergeben sich für Sie folgende Termine für die Wiederholungsprüfung:

17. Mai 1984: „Staats- und verfassungsrechtliche Grundlagen des Verwaltungshandelns; gesellschaftliche und politische Bezüge: Allgemeine Staatslehre, Verfassungsgeschichte der Neuzeit, Politiklehre, Staats- und Verfassungsrecht, Regierungs- und Verwaltungshandeln"

18. Mai 1984: „Allgemeine rechtliche Grundlagen der Aufgabenerfüllung: Rechtslehre, Allgemeines Verwaltungsrecht, Besonderes Verwaltungsrecht, Verwaltungsrechtsschutz, Recht des öffentlichen Dienstes, Zivilrecht, Strafrecht"

21. Mai 1984: „Gesamtwirtschaftliche Zusammenhänge und ökonomische Grundlagen der Aufgabenerfüllung: Volkswirtschaftslehre, Finanzwissenschaft, Öffentliche Finanzwirtschaft, Soziale Sicherung"

Die Schwerpunkte der Arbeit aus dem Gebiet „Allgemeine rechtliche Grundlagen der Aufgabenerfüllung: ..." werden gesondert bekannt gegeben.

Als Anreisetag werde ich den Oberfinanzdirektionen jeweils den Tag vor der ersten und als Rückreisetag den Tag nach der letzten zu wiederholenden Arbeit vorschlagen.

Weitere Einzelheiten hinsichtlich der Wiederholungsprüfung werde ich Ihnen über Ihre Oberfinanzdirektion mitteilen.

Mit freundlichen Grüßen

Anton Pohl"

Worterklärungen:

FH: Fachhochschule

BMF-Erlass: Erlass des Bundesministers für Finanzen

LAPO-ZV/BV: irgendeine Vorschrift der Bundesverwaltung, die Prüfungsangelegenheiten regelte.

Meine Mutter nahm ein neues Blatt zur Hand – die so genannte „Anlage 6 (zu § 22, Abs. 7)" – und las weiter vor:

„Fachhochschule des Bundes   Sigmaringen, 9. April 1984
für öffentliche Verwaltung, Fachbereich Finanzen –

Frau Finanzanwärterin Vicky W.

Betrifft: Zwischenprüfung für den gehobenen nichttechnischen Zolldienst des Bundes

Anlage:
1 Feststellung über das Prüfungsergebnis (nach Anlage 4)
1 Rechtsbehelfsbelehrung

Sehr geehrte Frau W.,
Sie haben die Zwischenprüfung nicht bestanden.
Eine Feststellung über das Prüfungsergebnis ist als Anlage beigefügt.
Die Zwischenprüfung kann wiederholt werden. Der neue Prüfungstermin wird Ihnen gesondert bekannt gegeben.
Mit freundlichen Grüßen
Anton Pohl

Anlage 4 (zu § 22, Abs. 5)

Die Prüfungskommission für die Zwischenprüfung
Sigmaringen, 9. April 1984
am Fachbereich Finanzen der Fachhochschule des Bundes für öffentliche Verwaltung
Ergebnis der Zwischenprüfung der Finanzanwärterin Vicky W.

Aufsichtsarbeit aus den Gebieten	Rangpunkt	Note (in Worten)
1. Staats- und verfassungsrechtliche Grundlagen	4	mangelhaft

des Verwaltungshandelns; gesellschaftliche und politische Bezüge		
2. Allgemeine rechtliche Grundlagen der Aufgabenerfüllung	3	mangelhaft
3. Gesamtwirtschaftliche Zusammenhänge und ökonomische Grundlagen der Aufgabenerfüllung	1	ungenügend
4. Organisatorische Grundlagen, Information und Informationsverarbeitung	8	befriedigend

Summe der Rangpunkte: 16
Durchschnittspunktzahl (§ 20, Abs. 1): 4,00
Prüfungsnote (Durchschnittsnote): mangelhaft (in Worten)"

Ich schluckte. Mit zwei Wiederholungsprüfungen hatte ich gerechnet. Aber, dass ich jetzt drei Klausuren wiederholen musste, war hart!

Erschrocken presste ich den Telefonhörer an mein Ohr. Nur 16 Punkte hatte ich errungen! Und dafür hatte ich so viele Stunden Lebenszeit mit Lernen vergeudet!

„Komm, rege dich nicht auf!", versuchte mich meine Mutter zu beruhigen. „Die Wiederholungsprüfung wirst du schaffen. Das musst du jetzt einfach überstehen!"

In einer Schockstarre gefangen, verließ ich die Telefonzelle, ging ins „Ledigenwohnheim" und stieg wie in Trance die Stufen zu unseren Zimmern hinauf.

Monika und Felix bereiteten plaudernd das Mittagessen zu.

Nachdenklich schritt ich zum Küchenfenster und starrte hinaus. Ich blickte auf die Dächer der Nachbarhäuser und auf den Rhein, aber ich sah nichts. Zu tief saß der Schreck, saßen Enttäuschung, Schmerz und Wut. Innerlich fühlte ich mich deprimiert und aufgewühlt.

„Ich habe den Blauen Brief bekommen." Meine Stimme klang hohl und leer in das aufgeregte Geschnatter meiner Kollegen. „Drei Klausuren muss ich wiederholen…"

Ich schluchzte.

Erschrocken starrten mich Monika und Felix an.

„Mensch – ich rufe sofort bei meinen Eltern an!" Monika ließ den Kochlöffel fallen und stürzte hinaus.

Nach einigen Minuten kehrte sie atemlos wieder zurück. „Zu Hause ist noch kein Blauer Brief eingetroffen. Aber – es ist ja erst Dienstag…"

Schließlich rief Felix seine Eltern an. Kein Blauer Brief für ihn. Aber auch er traute dem Frieden nicht. Die Woche war noch nicht zu Ende.

Wir aßen zu Mittag. Ich saß da und wünschte mir, alles wäre nur ein Traum. Gleich würde ich aufwachen und alles wäre in Ordnung… Aber dieser Alptraum war Realität.

Felix und Monika versuchten, mich zu trösten. Ihre Worte flossen an mir vorbei.

Ich stöhnte. Wieder den Stoff von sieben dicken Ordnern in mich „hinein prügeln", in mich „hinein pauken". Solange, bis mein Kopf rauchte, bis meine Augen flimmerten, bis ich nicht mehr konnte.

Warum bestand ausgerechnet ich nicht die Zwischenprüfung auf Anhieb? Ich wollte nicht mehr! Ich konnte nicht mehr! Die Unbeschwertheit, die ich seit dem Grenzpraktikum genoss, war auf einmal wie fortgeblasen.

Was sollte ich machen, wenn ich auch diese Wiederholungsprüfung nicht bestehen würde und man mich entließe? Diese Frage schwebte unheilvoll über mir, und verzweifelt versuchte ich, sie abzuschütteln.

„Ich werde diese Prüfung bestehen", versuchte ich, mich zu motivieren.

Felix versuchte, mich zu trösten:

„Sieh doch – die Wiederholungsprüfungen sind für die Leute gemacht, die viel lernen. Und du hast doch so viel gelernt. Diesmal wirst du bestehen!"

Wenn nicht, was würde ich dann tun? Mich umbringen? Vielleicht, denn eine solche Niederlage konnte ich nicht verkraften.

6. Wie kommt man nach Australien?

Einige Jahre später genieße ich das Leben und freue mich ganz besonders auf meine Urlaubsreisen, die ich mir redlich verdient habe.

„Blaue Briefe" aus dem BZ und Grundstudienthemen, die kaum jemand braucht, habe ich vergessen.

1995 reise ich beispielsweise in den sagenhaften „fünften Kontinent" – nach Australien! Ich bin begeistert! Kurz vor der Landung auf dem Flughafen in Sydney am 19. April 1995 überlege ich mir aber, ob ich die Geschenke für meine australischen Freunde – hübsche Bilder aus Deutschland mit Holzrahmen – in den Müll werfen soll. Grund ist ein Film, der uns Passagieren auf dem Flug von Hong Kong nach Sydney gezeigt wird.

Die Australier hegen schon von alters her eine Angst, ein Virus könnte ihren Kontinent befallen und sich dann rasend ausbreiten. Daraus resultieren strenge Einfuhrvorschriften. Also bitte keine lebenden Tiere und Pflanzen mit nach Australien bringen! Wir sollen auch keine Waren aus tierischen oder pflanzlichen „Stoffen" mit ins Land bringen! Allerdings unsere Kleidung im Koffer schon. Ich habe einige Baumwoll-T-Shirts eingepackt, und Baumwolle ist ja bekanntlich eine Pflanze – wo also ist hier die „Grenze"?

Total verunsichert steige ich aus dem Flugzeug – nachdem uns Passagiere eine Stewardess gründlich abgesprüht hat. Mit irgendeinem „Keimvertilgungsmittel" oder sonst was – genau weiß das keiner, den ich frage. Es ist Vorschrift, dass Leute, die nach Australien einreisen, mit „irgendwas" besprüht werden, damit sie auch ja keine Keime ins Land einschleppen!

1997, als ich wieder nach Australien reise – diesmal auf der Durchreise nach Neuseeland – werden wir Passagiere nicht mehr von einer Stewardess, die Gummihandschuhe trägt, mit „irgendwas" besprüht, und ich bin verständlicherweise darüber erstaunt. Sollten die Australier in der Zwischenzeit tatsächlich ihre Angst vor Keimen aufgegeben haben?

Nein, „beruhigt" mich später ein Bekannter, dieses „Keimvernichtungsmittel" werde seit neuestem über die Lüftung in die Flugzeuge geleitet. Wir atmen es also mit der Luft ein, wenn wir in einem Flugzeug nach Australien sitzen.

Die Stewardessen haben damit aufgehört, mit Sprühdosen durch die Reihen der Passagiere zu wandern, weil viele Passagiere aus Angst vor dem Spray ihren Kopf in ihren Armen vergruben oder andere Handlungen unternahmen, um einen Kontakt mit diesem Spray zu vermeiden. Und nun kommt jeder Australienreisende doch damit in Kontakt, ohne dass er es merkt.

Das jedoch hat meine Reiselust auf Australien nie geschmälert. Ach – wie gerne würde ich gerne wieder einmal dorthin reisen! Vielleicht nach Westaustralien oder nach Queensland oder nach Tasmanien. Dort war ich noch nicht!

Am 19. April 1995 entschließe ich mich jedenfalls meine Mitbringsel, diese hübschen Bilder mit Holzrahmen, den australischen Zollbeamten in Sydney auf dem Flughafen zu zeigen. Auch meine fünf weißen Kaugummis, die säuberlich eingeschweißt auf einem bunten Pappdeckel kleben – eine Erfindung einer Firma, die damit eine deutsche Einkaufskette beliefert.

Die beiden australischen Zollbeamten grinsen, als ich ihnen meine „mitgebrachten Waren" vorführe.

Natürlich dürfe ich sowohl die Bilder mitnehmen als auch den Kaugummi!, sagen sie mir.

„Are you for the first time in Australia?", fragen mich die beiden Zöllner noch. Ob ich das erste Mal in Australien sei?

„Ja", antworte ich, und sie wünschen mir einen schönen Aufenthalt.

Der Aufenthalt wird wirklich schön – aber das ist ein Thema für weitere Bücher.

Zwei Jahre später reise ich über Sydney mit einer Reisegruppe nach Neuseeland. Eine der Mitreisenden, namens Margit, leidet unter Zöliakie – einer Darmkrankheit. Leute, die daran leiden, dürfen viele Lebensmittel nicht essen. Margit hat sich in Sydney noch Bananen gekauft und Reisbrot, das sie nicht mehr vor dem Weiterflug nach Neuseeland verzehren konnte, weil sie keinen Hunger verspürte.

In Neuseeland landen wir auf dem Flughafen in Christchurch, füllen, wie bei der Einreise nach Australien, ein postkartengroßes Formular aus und gehen durch den Zoll.

Margit zeigt ihre Bananen und das Reisbrot. Die Bananen werden ihr von den Zöllnern abgenommen, das Reisbrot darf sie mitnehmen.

7. Wie kommt man von Kanada in die USA?

Jedoch nicht nur Australien und Neuseeland sind vorsichtig bei der Einfuhr von Lebensmitteln, auch andere Staaten haben strenge Vorschriften darüber – zum Beispiel die USA.

Am besten verspeist man also alle Lebensmittel, die man auf einer Flugreise dabei hat, noch im Flugzeug, da macht man keinen Fehler und ärgert sich auch nicht, wenn der Zoll des Einreiselandes diese Lebensmittel beschlagnahmen muss.

Besonders „auf den Arm genommen" oder „veräppelt" fühle ich mich allerdings, als ich am 2. Januar 1998 von Kanada zu Fuß in die USA einreisen will.

Am 27.12.1997 reise ich mit einer Reisegruppe nach Toronto in Kanada, wir bewundern das breite Warenangebot dieser Megastadt, wir sehen uns diverse Bauwerke an, bummeln durch diese – relativ junge – Stadt, die mich übrigens in vieler Hinsicht sehr an Sydney erinnert.

Am 2. Januar 1998 nach einem kalten Silvester fahren wir nach Niagara, dem Anziehungspunkt für viele Touristen, besonders für Leute, die ihre Flitterwochen erleben wollen. Wir allerdings wollen nur die Stadt sehen und die berühmten Niagara-Fälle.

Alles ist einmalig. Niagara ist eine Reise wert, und viele aus unserer Reisegruppe beschließen, über die so genannte „Rainbow Bridge" zu schlendern und für sechs Dollar in die USA einzureisen.

Wir sehen schon die Grenzstadt zur USA – Hamilton heißt sie, im Staate New York. Besonders ansprechend wirkt sie nicht, aber die Tatsache, in den USA zu sein, lockt uns besonders.

Viele Teilnehmer unserer Gruppe schlendern also nach einem Mittagessen (das wir in unterschiedlichen Restaurants eingenommen haben) in Richtung USA. In Kanada müssen wir 0,25 kanadische Dollar in ein Drehkreuz werfen und befinden uns auf der „Rainbow Bridge".

Ich wandere mit Janina aus unserer Reisegruppe über diese Brücke. Trotz Minusgraden macht der Spaziergang Spaß. Gleich befinden wir uns im flächenmäßig viertgrößten Land der Erde – in den USA (Kanada ist das flächenmäßig zweitgrößte Land der Erde, Russland das größte)!

Um in die USA zu kommen, müssen wir allerdings zuerst ein Häuschen betreten. Ein Zollbeamter, der mich an einen "Officer" aus amerikanischen Serien erinnert – gekleidet in Schwarz mit vielen Aufnähern auf seinem schwarzen Pullover, die Orden ähneln -, kontrolliert unsere Pässe und kassiert sechs Dollar pro Person.

Ja, sechs Dollar. Damit beginnt unser Vorhaben, in die USA einreisen zu dürfen – genauer gesagt in die nicht gerade schöne Stadt Hamilton im Staate New York -, ins Wanken zu geraten.

„Haben Sie amerikanische Dollar dabei?", fragt dieser Zollbeamte jeden.

Nein, Janina und ich haben keine amerikanischen Dollar dabei. Denn wir wussten nichts davon! Treu und brav wanderten wir mit unseren kanadischen Dollar bis an die Grenze und dachten, diese seien für die Einreise in die USA richtig.

Nirgendwo auf der Rainbow Bridge und davor, nirgendwo in Niagara selbst steht geschrieben:

„Sehr geehrte Reisende, wenn Sie in die USA einreisen wollen, brauchen Sie amerikanische Dollar und keine kanadischen."

„Kann man diese Gebühren auch mit der Visa-Karte bezahlen?", frage ich in perfektestem Englisch und denke an meine Visa-/Mastercard, die mir besonders bei meinen Auslandsreisen schon gute Dienste geleistet hat. Es ist klasse, wie problemlos man damit fast überall bezahlen kann!

Beim US-amerikanischen Zoll allerdings nicht.

Der Zollbeamte schüttelt den Kopf. Nichts zu machen. Wir dürfen nicht in die USA!

„Gehen Sie in Niagara in dieses oder jenes Geschäft!" Er leiert ein paar Namen herunter. „Dort wechselt man Ihnen kanadische Dollar in amerikanische Dollar!" Dann schreitet er mit unseren Pässen zu seinem Kopierer und macht Kopien. Anschließend händigt er uns einen weißes DIN-A-4-Formular aus: „Das geben Sie drüben beim kanadischen Zoll ab!"

Janine und ich schauen uns betreten an. Zeit, um nochmals nach Kanada zurückzukehren und anschließend erneut die Rainbow Bridge entlang zu schlendern, bleibt uns kaum mehr. Wir wollen ja mit einigen Teilnehmern der Reisegruppe noch ins IMAX-Theater in Niagara gehen, um einen Film in 3-D-Qualität zu sehen!

Ziemlich frustriert laufen wir also die Rainbow Bridge zurück, werfen erneut 25 kanadische Cent in ein Drehkreuz. Die kanadische Zollbeamtin, die uns ausreisen ließ, lässt uns wieder einreisen. Wir zeigen ihr unsere Pässe.

„Kommen Sie das erste Mal nach Kanada?", fragt sie.

„Nein!" Wir schlucken. „Wir kamen aus Kanada, wollten in die USA einreisen, hatten aber keine sechs amerikanischen

Dollar dabei – da hat man uns der amerikanische Beamte zurückgeschickt."

„Hat er Ihnen ein Formular mitgegeben?"

Ach ja, das Formular. Das haben wir vor lauter Enttäuschung fast vergessen!

Janina und ich kramen jede „unser" Formular hervor und händigen es der Zollbeamtin aus. Zufrieden nimmt sie es, vergleicht es mit einigen Angaben in unseren Pässen und lässt uns ziehen.

Unsere sinnlose Aktion hat somit ein Ende – wir kamen an diesem 2. Januar 1998 nicht in die USA. Das einzige, was stattfand, war ein Überbringen von Formularen von der amerikanischen zur kanadischen Seite, mehr nicht.

So wie Janina und mir geht es beinahe allen Teilnehmern unserer Reisegruppe. Niemand wusste davon, dass auf einmal nur amerikanische Dollar von den Amerikanern akzeptiert wurden – im Jahr davor, so sagt man uns, akzeptierte man problemlos noch kanadische Dollar.

Drei Damen aus unserer Gruppe schaffen es doch, in die USA zu kommen. Sie haben 20 amerikanische Dollar dabei, die die Mutter einer dieser drei noch von einer USA-Reise her übrighatte und ihrer Tochter mit den Worten: „Nimm dieses Geld vorsorglich mit, aber wahrscheinlich brauchst du diese amerikanischen Dollar in Kanada nicht!" mitgab.

Und die Tochter braucht sie doch! Sie und die anderen beiden Damen werden nach erfolgreicher Zahlung von drei mal sechs Dollar mit anderen „Erfolgreich-Sechs-Amerikanische-Dollar-Gezahlt-Habenden" in einen Raum gesperrt und dürfen ein seitenlanges Formular ausfüllen.

Danach müssen sie erst einmal warten, bis sie „grünes Licht" bekommen, in die USA einreisen zu dürfen.

Den drei Damen unserer Reisegruppe reicht die Zeit noch, um ein bisschen an der amerikanischen Seite der Niagara-Fälle entlang schlendern zu können und ein Foto vor dem Schild „Welcome in the State of New York" zu schießen.

1999 reise ich tatsächlich in die USA. Mit einem Flugticket von Stuttgart über Amsterdam nach Los Angeles.

Die Einreise klappt diesmal problemlos – nach dem Ausfüllen eines grünen, postkartengroßen Formulars und mit einem gültigen Reisepass. Aber das ist eine andere Geschichte.

8. Drei frustrierte Finanzanwärter

Monika und Felix vermuteten richtig: ihre Blauen Briefe trafen einen Tag nach meinem ein – an einem Mittwoch Mitte April 1984.

Soweit waren wir also gekommen – wir, die drei Gelackmeierten. Nochmals von neuem pauken, pauken, pauken, bis uns alle Gesetze und der dichte Paragraphenwald aus den Ohren herauskamen.

Außer uns waren noch Eberhard und Christoph durchgefallen. Diese beiden mussten allerdings nur zwei Klausuren wiederholen, das war wesentlich einfacher. Die Wahrscheinlichkeit, hier durchzukommen, war größer.

Monika, Felix und ich mussten zu drei Klausuren nochmals antreten. Die Wahrscheinlichkeit, diese zu bestehen, war nicht sehr groß.

Tatjana aus Sigmaringen schnitt als beste von unserer Stuttgarter Gruppe ab. Mit 32 Punkten. Hinter ihr folgten Guido mit 31 Punkten und Siegmar mit 30 Punkten.

Selbst Britta bestand die Zwischenprüfung. Zu ihrem eigenen Erstaunen.

„Ich weiß wirklich nicht, wie ich das gemacht habe", gestand sie mir. Ich glaubte ihr. An ihrer Stelle hätte ich es auch nicht gewusst.

Von unseren bayerischen Kollegen mussten ebenfalls einige die Zwischenprüfung wiederholen.

Ungefähr zwei Drittel aller Finanzanwärter im Grundstudium hatten die Zwischenprüfung bestanden. Für sie begann erst einmal eine sorgenfreie Zeit. Sie fragten nicht, warum sie bestanden hatten. Oder warum ihre Arbeiten besser bewertet worden waren als die anderer.

War diese Zwischenprüfung wie eine Lotterie? Nicht nur wir, sondern auch andere hatten den Eindruck: Nur ein Drittel Wissen zählte, aber zwei Drittel Glück waren ausschlaggebend.

Alle die bestanden hatten, atmeten tief durch, sandten ein Dankgebet zum Himmel, waren erleichtert und fragten nicht, warum. Man war froh, in der Verwaltung bleiben zu dürfen. Denn wer von uns wollte nochmals von neuem anfangen? Von neuem einen Ausbildungsplatz suchen, sich neu orientieren? Niemand wollte das.

Es war, wie sechs Richtige im Lotto zu haben, wenn man auf Anhieb die Zwischenprüfung bestanden hatte, dachten wir, die einen Blauen Brief bekommen hatten.

Wir Erfolglose seufzten tief, kramten unsere Arbeitsunterlagen wieder hervor und büffelten erneut. Resigniert, frustriert und traurig gingen wir nochmals den gesamten Vorlesungsstoff des Grundstudiums durch, der für die Zwischenprüfung relevant war.

Wie drei geschlagene Hunde traten Felix, Monika und ich vor Herrn Burghof und beichteten ihm unser Unglück.

„Entschuldigung", Felix steckte verlegen die Hände in die Hosentaschen. „Leider haben wir alle drei die Zwischenprüfung nicht bestanden. Mitte Mai ist die Wiederholungsprüfung. Und deshalb wollten wir fragen, ob wir nicht während unserer letzten beiden Wochen hier an der Grenze Urlaub nehmen können."

Herr Burghof starrte uns entgeistert an. „Sie sind ALLE DREI durchgefallen?"

Wir nickten traurig.

Nachdenklich musterte uns Herr Burghof und sagte kein Wort. Plötzlich aber erhellte sich sein Gesicht.

„Ich habe eine bessere Idee! Sparen Sie sich Ihren Urlaub für den Sommer. Bringen Sie Ihre Arbeitsunterlagen mit aufs Zollamt und setzen sich vormittags in den Unterrichtsraum. Dort können Sie ungestört lernen." Er legte seinen Stift zur

Seite. „Nachmittags verrichten Sie Ihren Dienst hier auf dem Zollamt – im Reiseverkehr, in der Einfuhr oder in der Ausfuhr."

Wir lächelten erleichtert. Was für eine gute Idee!

Die Welt sah wieder rosiger aus. Ja, wir würden diesmal die Zwischenprüfung bestehen!

Mit dieser Zuversicht fuhren wir ins Wochenende.

9. Donnerwetter

Das erste Wochenende daheim nach dem Blauen Brief war schrecklich.

Gelassen setzte ich mich am Freitagabend an den Esstisch und löffelte genüsslich die köstliche Gemüsesuppe, die meine Mutter gekocht hatte. Es war gefährlich ruhig, die Luft schien zu knistern – wie vor einem Gewitter.

„Was hast du denn gemacht? In drei Klausuren durchzufliegen! Das sind wir nicht von dir gewohnt!", unterbrach meine Mutter die Stille und blickte mich aufgebracht an.

„Ich kann es mir nicht erklären. Ich habe so viel gelernt!"

„Du kannst uns doch nicht weismachen, du hättest gelernt. Wahrscheinlich hast du ständig Radio gehört!"

„Nein, habe ich nicht!" Mit der flachen Hand haute ich auf den Tisch.

Warum nur war ich an diesem Wochenende nur in meine Heimatstadt gefahren? Ich hätte lieber an der Schweizer Grenze im Ledigenwohnheim bleiben sollen! Andererseits brauchte ich diverse Unterlagen aus dem Grundstudium, und diese lagen nun mal in meinem Zimmer im elterlichen Haus.

Alle meine Beteuerungen, ich hätte gelernt, wurden von meinen Eltern erst einmal abgewiesen.

„Du kannst uns nicht erzählen, dass du gelernt hast!" Mein Vater hatte eine selten donnernde Stimme, wenn er wütend war.

„Was machst du denn, wenn du die Zwischenprüfung wieder nicht bestehst?" Die Augen meiner Mutter blickten kalt.

„Ich schaffe die Prüfung!" Trotzig löffelte ich die Suppe in mich hinein.

„Aber – was machst du, wenn du es NICHT schaffst?" Meine Mutter ließ nicht locker.

„Ich schaffe es!"

„WENN DU ES NICHT SCHAFFST, WAS MACHST DU DANN, will ich endlich wissen!", bohrte meine Mutter.

„Dann bringe ich mich um!"

„Quatsch!" Meine Mutter holte den Blauen Brief aus einer Schublade und reichte ihn mir. „Dann bewirbst du dich eben woanders!"

Widerstrebend las ich den Brief. Was für eine Ironie, dass ich die Klausur in einem Fachgebiet bestanden hatte, über das ich mich beschwert hatte, nämlich „Organisatorische Grundlagen, Information und Informationsverarbeitung". Mit acht Punkten (befriedigend) hatte ich sogar ein außerordentlich gutes Ergebnis erzielt. Aber diese Klausur rettete meine Zwischenprüfung leider nicht.

Verzweifelt faltete ich den Brief zusammen und raste in mein Zimmer. Mein Reich, meine Burg, meine Zuflucht zu Kinder- und Jugendzeiten! Wie nötig brauchte ich diesen Ort der Stille gerade jetzt! Ich warf mich auf mein Bett und heulte hemmungslos. Mein ganzer Kummer floss in Sturzbächen aus mir hinaus. Warum nur, warum musste ich durch diese blöde Prüfung rasseln?

Meine Schwester Nicola trat leise ein, strich mir über die Haare und meinte beruhigend:

„Hör' doch auf zu heulen! Du kennst doch die Eltern. Sie meinen es nicht so, aber sie sind gerade enttäuscht. Du wirst die Zwischenprüfung schaffen. Lasse dich nicht unterkriegen!"

Ich schniefte. Mein Gesicht war verquollen, rot und hässlich.

Später entschuldigte sich mein Vater tatsächlich bei mir: „Kannst du mir verzeihen? Ich habe unfair reagiert!"

Wortlos überreichte ich ihm den Artikel aus der Zeitschrift „ddz" (Der deutsche Zollbeamte). Weil ich Mitglied der

Gewerkschaft „BDZ" war, erhielt ich diese Zeitschrift jeden Monat. Und in der April-Ausgabe erwähnte man sogar, dass wir uns gegen die Zwischenprüfung gewehrt hatten:

„200 Finanzanwärter des Grundstudiums beschweren sich über die Zwischenprüfung."

Interessiert las mein Vater den Artikel und reichte ihn dann an meine Mutter und Nicola weiter. Alle schüttelten nach der Lektüre den Kopf.

„Das ist ja unglaublich – man LÄSST euch in der Zollverwaltung nicht hochkommen!", sagte meine Mutter. „200 Beschwerden beweisen doch, dass etwas faul ist. Jetzt wundert es uns nicht mehr, dass du durchgefallen bist!"

10. Noch einmal von vorne

Monika, Felix und ich schleppten unsere Ordner ins Grenzzollamt und paukten von da an jeden Vormittag. Gesetze wälzen, Fälle lösen – wir lernten, bis wir uns nichts mehr merken konnten.

Ab und zu trat Herr Burghof ein und blätterte interessiert in unseren Unterlagen. „Dieses Wissen brauchen Sie in der Praxis beim Zoll nie wieder!" Er schüttelte den Kopf. „Und damit will man feststellen, ob Finanzanwärter für eine Laufbahn in der Zollverwaltung geeignet sind! Was für ein Blödsinn!" Mitleidsvoll sah er uns an. „Unter diesen Umständen würde ich es mir heutzutage sehr überlegen, ob ich noch einmal eine Laufbahn beim Zoll im gehobenen Dienst einschlagen will."

Der Dienst am Nachmittag war eine Erholung. Uns gefiel es auf dem Grenzzollamt. Wir suchten eine Zolltarifnummer für Gegenstände im grünen „Handbuch für den Zolltarif". Der Begriff „Handbuch" ist untertrieben – das Buch war riesig, und die Person, der es auf die Zehen fiel, konnte sich ernsthaft verletzen!

Wir fragten die Beamten auf dem Zollamt, sahen zu, wie Leute gefilzt wurden, fertigten Waren auf Schiffen ab und vieles andere.

„Herr Oswald, Ihr Ausbildungsleiter auf dem Hauptzollamt Stuttgart-West, lässt Sie grüßen", teilte uns Herr Burghof eines Tages mit. „Natürlich ist er enttäuscht, dass fünf Leute von der Oberfinanzdirektion Stuttgart durchgefallen sind. Sie alle hatten auf ihn einen fleißigen Eindruck gemacht."

Was sollten wir dazu sagen? Wir hatten gelernt, aber die Dozenten hatten uns hereingelegt. 300 Finanzanwärter wussten das. Warum glaubten uns unsere Vorgesetzten nicht?

„Was fällt Ihnen eigentlich ein, durch die Zwischenprüfung zu fallen!", schimpfte Herr Oswald an einem anderen Tag mit Eberhard, als dieser mit ihm telefonierte. Eberhard war total verdattert.

„Die Oberfinanzdirektion und das Hauptzollamt sind sauer auf die Durchgefallenen!", wetterte Herr Oswald weiter. „Sie denken, Sie seien faul gewesen und hätten nicht gelernt! Jahrelang sind die Stuttgarter Finanzanwärter beim ersten Mal durch die Zwischenprüfung gekommen. Und nun fallen auf einmal fünf Leute durch! Strengen Sie sich gefälligst an, damit Sie wenigstens beim zweiten Mal bestehen!"

„Ja!" Kleinlaut hängte Eberhard den Hörer auf.

Nicht nur unsere Ehre stand auf dem Spiel, sondern auch die der Oberfinanzdirektion Stuttgart.

11. Einfuhr

Nach zwei Wochen Reiseverkehr auf dem Grenzzollamt wechselte ich im April 1984 in die Einfuhrabteilung, kurz „Einfuhr" genannt. Von meinem Platz aus konnte ich gut in die Ausfuhrabteilung, kurz „Ausfuhr" genannt, blicken. Ich erspähte Felix. Er imitierte einen Karpfen und schnitt weitere Grimassen, um mich zum Lachen zu bringen.

Herr Müller, Chef der Einfuhr, bemerkte, dass Felix Grimassen schnitt.

„Des isch a Siach!", sagte er in hiesigem Dialekt. Was so viel heißen soll wie „Das ist ein Lausebengel!"

Ich stellte viele Fragen. Man hatte uns gesagt, das mache einen guten Eindruck. Denn wir bekamen Noten für dieses Praktikum an der Grenze.

In der Mittagspause spazierten Monika, Felix und ich oft am Rheinufer entlang. Die Sonne schien, die Fabrikgebäude am anderen Ufer spiegelten sich im Wasser. Felix zog seine Strümpfe aus und paddelte mit seinen Füßen im Wasser.

Noch immer praktizierte ich „Positives Denken", noch immer hoffte ich, in der Zollverwaltung bleiben zu dürfen.

12. Wir machten weiter

Aus dem Bildungszentrum in Sigmaringen lieh Norbert für mich einige Gesetzessammlungen aus und brachte sie bei meinen Eltern vorbei. Wie nett von ihm!

Allerdings weigerte man sich, ein paar wichtige Gesetzestexte zu entleihen, wie zum Beispiel die so genannte „Hül-A" und „Hül-E". Dies waren Grundlagen, die für das Fach „Öffentliche Finanzwissenschaften" lebenswichtig waren. Ohne diese Texte mussten wir aus unseren Erinnerungen und aus unseren Unterlagen schöpfen.

„Hül" ist die Abkürzung des Wortes „Haushaltsüberwachungsliste". Solche Listen werden in Verwaltungsstellen, die Ein- und Ausgaben haben, geführt. Mit Hilfe dieser Hül-Listen können Ein- und Ausgaben überwacht werden. Dabei steht die Abkürzung „Hül-E" für die Einnahmen, die Abkürzung „Hül-A" für die Ausgaben einer Verwaltungsstelle. Es gibt auch noch die „Hül-VE", das sind „Haushaltsüberwachungslisten für Verpflichtungsermächtigungen". Jemand, die oder der im kaufmännischen Bereich einer Firma tätig ist, würde sagen, dass es sich hier um die Buchhaltung in Ämtern, Universitäten und anderen Verwaltungsstellen handelt.

Jetzt kann man sich solche Informationen aus dem Internet holen. Aber 1984, als ich drei Aufgabenbereiche der Zwischenprüfung wiederholen musste, gab es noch kein Internet und wir waren abhängig von dem Willen und den Launen der Fachhochschule des Bundes in Sigmaringen, uns diese Informationen geben zu wollen – oder auch nicht.

Immer, wenn ich morgens aufwachte, war mein erster Gedanke:

„Du musst nochmals DREI Klausuren wiederholen!"

Eine traurige Aussicht!

Wie nahm Monika diese Tatsache auf? Ich hatte den Eindruck, sie wirkte gefasster als ich. Wir waren unterdessen gute Freundinnen geworden. Egal, was passierte, wir würden stets in Kontakt bleiben.

Ich musste nach vorne schauen. Sollte ich mich jetzt bedauern? Damit vergeudete ich wertvolle Zeit. So zwang ich mich weiterzumachen.

Nur meine Eltern und meine Schwester Nicola wussten, dass ich durch die Zwischenprüfung gefallen war. Anderen Verwandten und Bekannten sagte ich kein Wort darüber. Ich schämte mich.

Siggi, Brittas Freund, war übrigens mit 22 Punkten durchgefallen! Wie war das möglich? Ganz einfach: er schrieb eine Klausur mit zehn Punkten, aber drei mit jeweils vier Punkten. Allerdings mussten mindestens zwei Klausuren mit jeweils mindestens fünf Punkten bewertet sein, damit die Zwischenprüfung bestanden war.

13. Basel

Um auf andere Gedanken zu kommen und unsere geistigen Batterien wieder aufzuladen, spazierten wir oft in Basel herum.

Mir gefiel diese Stadt in der Schweiz sehr gut. Den Rhein säumten bunte Häuser, Brücken aller Art verbanden die beiden Rheinufer miteinander.

Wir schritten über Kopfsteinpflaster durch enge Gässchen, wir besahen uns die Schaufenster der Geschäfte in den Einkaufsstraßen und die rote malerische Fassade des Rathauses.

Der „Tinguely"-Brunnen mit seinen schwarzen Gestalten stach heraus aus dem bunten Treiben in der Stadt. Wir wanderten zum Barfüsserplatz und liefen am Theater vorbei.

Basel bot uns viel fürs Auge, ließ uns entspannen und ließ uns vergessen.

Frankreich war ebenfalls nicht weit. Zweimal besuchte ich die angrenzende Industriestadt und lächelte den französischen Zollbeamten in blauer Uniform zu. Diese Industriestadt gefiel mir jedoch nicht – ihr fehlte die freundliche Atmosphäre, die Basel ausstrahlte.

An einem Freitagabend besuchten Monika und ich eine Vorstellung des Baseler Balletts. Die Darbietungen waren sehenswert. Das Ensemble mit Tänzern aus der ganzen Welt begeisterte selbst anspruchsvolle Gemüter.

Merkwürdig und fast schon lästig war, dass wir deutschen Finanzanwärter von den Schweizer Zollbeamten der anderen Seite „unseres Zollamtes" immer wieder kontrolliert wurden. Konnten sie sich unsere Gesichter nicht merken?

14. Zollhundewettkampf

Ende April 1984 trafen wir an einem warmen Frühlingstag unsere anderen fünf Kollegen Britta, Hartmut, Guido, Siegmar und Eberhard.

Ein Zollkommissar aus Lörrach wollte mit uns eine so genannte „Grenzbegehung" machen.

Wir wanderten ein Stück die so genannte „grüne Grenze" zwischen der Schweiz und Deutschland entlang. Hier gab es keinen Zaun, keine Mauer, keine weiteren Hindernisse – wir konnten also ungehindert von der Schweiz wieder nach Deutschland springen und umgekehrt.

Die „grüne Grenze" wurde vom Bundesgrenzschutz bewacht, der mit den Grenzzollämtern eng zusammenarbeitete. So genannte „Transitwege" führten durch die Schweiz, konnten aber auch von Deutschen als Abkürzung benutzt werden.

Am Nachmittag durften wir einen Zollhundewettkampf beobachten.

"Stellen Sie sich einige Meter von der Rennstrecke entfernt auf", riet uns der Zollkommissar. „Sonst irritieren Sie die Hunde mit Ihrem Geruch."

Wir folgten diesem Rat, denn die Hunde, die heute gegeneinander antraten, waren auch gefährlich. Sie waren als Schutzhunde ausgebildet, zum Schutz der Beamten, und konnten schnell zubeißen.

Immer das gleiche Spiel lief jetzt vor unseren Augen ab: Zwei als Ganoven verkleidete Männer flohen in eine Holzhütte mitten im Wald. Ein Hund musste in die Hütte springen und die Ganoven verbellen. Beißen durfte er sie nicht.

Anschließend erschien der Hundehalter, rief „Ruhig!", woraufhin der Hund sofort still zu sein hatte und die Hütte verließ. Der Hund musste sich anschließend hinlegen, als dann die beiden „Ganoven" mit hocherhobenen Händen herauskamen.

Dann flohen zwei andere, ebenfalls als Ganoven verkleidete, Männer auf Fahrrädern. Einer von ihnen trug einen so genannten „Beißanzug", also Kleidungsstücke, die mit Schaumstoff ausgestopft waren.

Der Hundehalter schrie „Zoll!", und der Hund musste jetzt den Flüchtenden hinterher springen, denjenigen im Beißanzug fassen und zubeißen. Der Biss verletzte den „Ganoven" nicht, denn durch den Beißanzug machten ihm die Bisse nichts aus.

Manche Hunde, meistens Schäferhunde, lösten alle Aufgaben erfolgreich, andere gingen allerdings nicht in die Hütte. Ein besonders aggressives Exemplar von einem Schutzhund schnappte die Auswertungspapiere des Schiedsrichters anstatt des Hosenbeins des „Beißanzug-Trägers". Ein weiterer Hund verlor das „Zoll"-Schild, das um seinen Hals baumelte, blieb dann irritiert stehen und gab die Verfolgung auf.

Alles in allem: ein sehr lehrreicher Tag, bei dem wir Finanzanwärter wirkliche Zollpraxis-Luft schnuppern durften.

15. Samstagabend an der Grenze

An einem Wochenende Ende April 1984 blieb ich in meinem Zimmer im Ledigenwohnheim. Ich wollte mir Basel genauer ansehen und auch Frankreich besuchen. Monika und Felix waren übers Wochenende nach Hause zu ihren Familien gefahren.

Samstagabend. Ich ging raus an die Grenze. Was passierte dort um 20 Uhr? Die Zöllner waren bester Laune. Der diensthabende Schweizer Zollbeamte im braunen Mantel schnappte den Hut des deutschen Beamten – und zack! – warf er ihn gekonnt auf das Dach des Häuschens mit dem Fahndungscomputer. Der deutsche Zöllner hüpfte einige Male erfolglos an dem Häuschen hoch und versuchte, mit der Hand seinen Hut zu erreichen. Pech gehabt – die wertvolle Zollmütze lag zu weit hinten!

Der deutsche Beamte verschwand und organisierte von irgendwoher einen Holzstuhl. Diesen stellte er neben das Häuschen mit dem Fahndungscomputer, stieg darauf und angelte nach seinem Hut. Gerade in diesem Augenblick fuhr ein Auto vor...

Ich hätte mich vor Lachen ausschütten können. Der verdutzte Autofahrer wurde von dem Zöllner auf dem Stuhl durchgewinkt. Was dieser Autofahrer jetzt wohl über Zollbeamte dachte?

Ich setzte mich vor den Fahndungscomputer und tippte Autonummern ein. Das machte ich gerne. Ab und zu reichte mir der deutsche Beamte Pässe, und ich gab deren Passnummern ein. Keine gestohlenen Wagen, keine falschen oder geklauten Pässe fielen uns auf – der Samstagabend war also noch ruhig.

Ab 21.30 Uhr wurde es plötzlich hektisch. Ein Zollkommissar schlürfte seinen Kaffee und war erstaunt, mich zu sehen.

„Was? Sie arbeiten an einem Samstagabend freiwillig hier auf dem Zollamt? Das ist lobenswert!"

Er zeigte mir, wie ein so genannter „Rauschgifthund" eingesetzt wird. Ich beobachtete, wie ein solcher Hund an einem Auto schnupperte – seine Nase roch an Reifen, er kletterte ins Innere des Wagens und so weiter. Rauschgift wurde allerdings nicht gefunden.

„Rauschgifthunde sind die verspieltesten Hunde, die Sie sich vorstellen können", erzählte mir der Zollkommissar später.

„Schon in jungen Jahren spielen sie mit Dingen, die Substanzen enthalten, die nach Rauschgift riechen, aber für den Hund völlig ungefährlich sind. Auf diesen Gegenständen – meistens schwarzen, länglichen Dingen – beißt der Hund herum. Er spielt damit. Als Belohnung bekommt er dann den Duft, der für ihn das Größte, das Beste, das Schönste darstellt. Was er also sucht, wenn er zum Beispiel an einem Fahrzeug nach Rauschgift schnuppert, ist nur sein Spielzeug mit diesem für ihn einzigartigen Duft. Nach diesem ist er ganz wild. Wenn der Hund kein Rauschgift findet, muss sein Helfer oder der Hundehalter den ,Spielknochen' verstecken. Der Hund findet diesen und freut sich. Denn er muss seine Suche nach Rauschgift immer mit einem Erfolgserlebnis abschließen."

Anders sind Schutzhunde, wie ich im vorangegangenen Kapitel beschrieb. Die Hunde, die an Zollhundewettkämpfen teilnehmen, sind Schutzhunde. Diese Hunde sind gefährlich, sie sind zum Schutz bestimmter Beamter da und werden natürlich anders erzogen.

Wenig später an diesem Abend wurde ein Pärchen kontrolliert. Die Zollbeamten vermuteten, dass diese beiden jungen Leute Rauschgift mit sich führten. Nur – wo hatten sie es versteckt? Wenn nicht in ihrem Gepäck, dann vielleicht an ihren Körpern?

Die Zollbeamten wollten also, dass sich die beiden Leute nackt auszogen. Allerdings gab es ein Problem. Ein Mann durfte ausgezogen nur von einem Zollbeamten kontrolliert werden, eine Frau nur von einer Zollbeamtin.

Beamte waren genug da heute Abend an diesem Grenzzollamt. Aber ich war die einzige anwesende Beamtin, eine Finanzanwärterin, eine Auszubildende also – und dabei hatte ich nicht einmal Dienst, sondern war an diesem Abend nur freiwillig auf dem Amt.

Man fragte mich, ob ich bereit wäre, mit der Dame in einen Raum zu verschwinden. Die Dame sollte sich dort ausziehen – wobei ich schon sehen konnte, ob sie Rauschgift am Körper versteckt hatte oder nicht.

Ich war skeptisch. Ich fühlte mich wie der Arzt, der zum ersten Mal einer Operation zusieht, oder wie ein Student der Medizin, der zum ersten Mal an einer Leiche herumschneiden sollte. Ich hatte Skrupel.

Und so ging ich mit der Dame zwar in den Raum, aber sie musste sich vor mir nicht ausziehen. Ich griff in ihre Hosentaschen, ich tastete sie ab, wie ich es bei den Flughafenangestellten beobachtet hatte, die mich genau vor einem Jahr abtasteten, bevor ich in ein Flugzeug nach West-Berlin stieg.

Ich fand nichts bei der Dame und verabschiedete mich von ihr.

Sicherlich hätte ich das forsche Auftreten, das Zollbeamtinnen haben sollen, wenn sie an der Grenze Frauen nach Rauschgift durchsuchen, noch gelernt. Im Moment fühlte ich mich allerdings überrumpelt, unvorbereitet.

Sicherlich hätte ich einmal die Voraussetzungen erfüllt, die Zollbeamtinnen haben müssen, wenn sie verdächtige Frauen nach Rauschgift überprüfen.

Sicherlich – wenn ich in der Zollverwaltung hätte bleiben dürfen.

16. Abschied von der Grenze

Die letzten beiden Wochen meines Grenzpraktikums 1984 verbrachte ich in der Ausfuhr. In dieser Abteilung ging es relativ ruhig zu. Die beiden Zollbeamten dort unterhielten sich gerne über Gartenbau.

Folgende Fragen stellten sie sich:

„Herr Popelhonig, wie wachsen dieses Jahr Ihre Buschtomaten?" oder „Werden Sie im Sommer wieder Gurken pflanzen?"

Leider zog sich Felix während der letzten beiden Wochen an der Grenze eine Bänderzerrung beim Fußballspielen zu und war erst einmal einige Wochen krankgeschrieben. Die Zwischenprüfung konnte er also erst im Juni wiederholen.

Frohgemut verabschiedete er sich von Monika und mir, nachdem wir ihm noch Grüße auf das Gipsbein gekritzelt hatten.

Sein Bruder holte ihn mit dem Auto ab. Dummerweise war nämlich auch Felix' Auto kaputtgegangen und wurde jetzt in einer Werkstatt in der Nähe des Grenzzollamtes repariert.

Monika und ich liebten den Dienst auf dem Grenzzollamt. Wir trafen viele Leute, die Arbeit war abwechslungsreich, und die Kollegen waren sehr nett. Was wollten wir mehr?

An einem Tag wurden wir sogar vom Dienst freigestellt, um uns die „Basler Mustermesse" anzusehen. In mehreren Hallen auf dem Messegelände stellten viele Firmen ihre Produkte aus – man konnte sich über Reisen, gesunde Ernährung, Büromaterial und vieles andere informieren.

Mitte Mai nahte unser Abschied. Wir gingen ungern. Besonders, wenn wir an die Wiederholungsprüfung dachten.

„Wir drücken Ihnen die Daumen!", versprach uns Herr Burghof und schüttelte uns zum Abschied die Hand. „Sie werden die Prüfung schon bestehen!"

Um 12 Uhr fuhr uns Herr Burghof zum Bahnhof – und zwar zum Badischen Bahnhof nach Basel. Dieser gehörte und gehört noch übrigens zu Deutschland. Eine „deutsche Insel" auf Schweizer Boden. Aber das erwähne ich nur am Rande.

Wir fuhren vollbepackt in unsere Elternhäuser. Und wir harrten der Dinge, die da kommen sollten.

Unser Praktikum an der Grenze war eine der schönsten Zeiten die wir in der Zollverwaltung hatten.

17. Sigmaringen im Jahre 2011

Als mein Mann die Idee hatte, Sigmaringen im September 2011 zu besuchen, war ich nicht abgeneigt. Immerhin war es schon einige Jahre her, dass ich zum letzten Mal da war.

Und trotz einiger negativer Erlebnisse dort mochte ich diese Stadt ganz gerne. 2011 zählte diese Kreisstadt circa 17.000 Einwohner. Sie hat ein eigenes Autokennzeichen, nämlich SIG.

Mein Mann und ich waren vom 10. bis 13. September 2011 in Sigmaringen.

Wir fuhren auf der A 6 in Richtung Stuttgart, dann weiter auf der A 81 in Richtung Albstadt. Bei der Ausfahrt Albstadt verließen wir die Autobahn und fuhren weiter auf Landstraßen in Richtung Albstadt und Balingen. Irgendwann war dann auch Sigmaringen angeschrieben.

Sigmaringen hat einen Bahnhof. So können auch Leute, die kein Auto besitzen, dorthin reisen. Es halten dort beispielsweise Züge von und nach Tübingen – aber auch Züge von und nach Tuttlingen. Neben den Zügen der Deutschen Bahn fahren hier auch Züge der „Hohenzollerischen Landesbahn".

Die Geschichte Sigmaringens war besonders ab dem Mittelalter geprägt von Fürstentum Hohenzollern-Sigmaringen. Das Schloss, das auch heute noch Wahrzeichen der Stadt ist, liegt mitten im Stadtzentrum. Ich habe dieses Schloss zweimal besichtigt. Einmal im Herbst 1983 und dann 2011 zusammen mit meinem Mann.

Mehrfach brannte das Schloss ab oder auch teilweise ab – und wurde immer wieder aufgebaut. Erwähnenswert sind die Verbindungen des Fürstenhauses mit Preußen sowie mit Frankreich. Die Verbindungen zu Frankreich führten immerhin dazu, dass das Fürstentum Hohenzollern-Sigmaringen lange Zeit seine souveräne Herrschaft behalten durfte.

1952 wurde Sigmaringen Bestandteil des Bundeslandes Baden-Württemberg.

Mein Mann und ich buchten zusammen mit drei Übernachtungen in einem Hotel noch die Option „Kennen Sie Sigmaringen?". Diese bestand, so erfuhren wir nach Ankunft im Hotel, aus der Besichtigung des Sigmaringer Schlosses, das wir innerhalb der Öffnungszeiten besichtigen konnten, wann wir wollten. Rundgänge durch die Innenstadt oder irgendwelche Stadtführungen waren im Paket „Kennen Sie Sigmaringen?" leider nicht enthalten.

Die Stadt war übersichtlich, da sie ja nicht groß war (und noch ist). Die Innenstadt fanden wir hübsch, es gab eine Fußgängerzone und einige interessante Geschäfte, somit Shoppingmöglichkeiten.

Wir sahen viele Fachwerkhäuser und andere historische Bauten, beispielsweise ehemalige Verwaltungsgebäude aus der Preußenzeit und das Rathaus.

Das Schloss war sehr imposant. Gebaut auf einem Felsen, thronte es über der Stadt.

Seit 1535 gehört das Schloss dem Grafen und späteren Fürsten von Hohenzollern-Sigmaringen.

Viele Geschäfte und Cafés waren einst „Hoflieferanten" und hatten dies noch auf ihren Gebäuden stehen.

Ein interessanter Rundgang bot sich, wenn man die Antonstraße entlangging, weiterhin die Schwabstraße entlang und dann in die Fürst-Wilhelm-Straße einbog. Man kam da unter anderem auch am „Runden Turm", einem Heimatmuseum, vorbei, dessen Gebäude ein Ehrenbürger der Stadt gestiftet hatte. Dort waren alte Fotos und Utensilien untergebracht, die die Geschichte der Stadt erzählten. Beispielsweise Gruppenfotos von

Soldaten, die aufgenommen wurden, bevor diese in den Ersten Weltkrieg zogen. Oder Möbelstücke.

Alle Parkplätze in der Innenstadt, die wir sahen, waren entweder kostenpflichtig oder nur mit Parkscheibe zu verwenden. Befand man sich ein wenig außerhalb der Innenstadt, konnte man natürlich auf diversen Straßen in Wohnvierteln kostenfrei parken, musste allerdings schauen, dass Anwohner und vorbeifahrende Autofahrer dadurch nicht behindert wurden. Die Straßen in den Wohngebieten waren oft eng.

Wir parkten immer wieder auf den kostenlosen Parkplätzen beim Hotel und liefen von dort aus in die Innenstadt, das dauerte gerade mal zehn bis 15 Minuten.

Fuhr man aus Richtung Burladingen – Balingen – Bingen nach Sigmaringen, so wie mein Mann und ich es machten, kam man am Kreiskrankenhaus Sigmaringen vorbei, das komplett mit grünen Platten verkleidet war – und deswegen auffiel.

Das Krankenhaus bestand schon in den 1980er-Jahren, als ich in Sigmaringen wohnte. Welche Leiden man in dem Krankenhaus behandeln konnte, welche Operationen man durchführen konnte, habe ich nie genau erfahren können, denn ich war nie Patient dort.

Da Sigmaringen Kreisstadt war und noch ist, gab und gibt es schon immer diverse Fachärzte dort – praktische Ärzte und Zahnärzte ebenso.

Sigmaringen war 2011 mit Grundschulen, Hauptschulen, Realschulen und Gymnasien gut versorgt. Es gab ebenfalls noch eine Modefachschule, eine Krankenpflegeschule und eine Fachhochschule.

Die Fachhochschule des Bundes für öffentliche Verwaltung, so, wie ich sie in den 1980er-Jahren kennen lernte, gibt es schon seit einigen Jahren nicht mehr. Aber auf dem Gelände gab es 2011 noch einige Gebäude, in denen offensichtlich Schulungen stattfanden. Was für Schulungen das genau waren, konnte uns in Sigmaringen niemand sagen.

Ich kenne keine Einwohner aus Sigmaringen näher, kann also nicht viel über sie sagen. Die Leute, denen wir in Geschäften oder in Cafés oder bei der Schlossführung oder im Hotel begegneten, waren sehr freundlich und hilfsbereit. Vom Dialekt her sprachen sie so, wie man auch in der Bodensee-Region spricht.

In Sigmaringen gab es 2011 ein Theater, das viele Veranstaltungen bot – beispielsweise Lesungen diverser Autoren.

Weiterhin hatte man die Möglichkeit, von Sigmaringen aus mit dem Fahrrad oder dem Auto in das durchaus sehenswerte Donautal zu fahren. Die Donau fließt hier durch ein Tal, das bestimmt wird durch viele Felsen und Wälder und teilweise enge Straßen.

Ich kann Beuron als Ausflugsziel empfehlen.

Aber auch viele Wandermöglichkeiten gab und gibt es im Donautal. Die Stadt Sigmaringen hatte 2011 einige Wanderbroschüren herausgebracht, die wir in der Touristeninformation fanden, aber auch in diversen Hotels.

2013 fand in Sigmaringen eine Landesgartenschau statt.

Weiterhin gab es 2011 ein Kino, es gab ein Freibad, Bars, Cafés, Eisdielen, Sportvereine, eine Volkshochschule und weitere Möglichkeiten, sich die Zeit zu vertreiben.

Als ich als Finanzanwärterin in Sigmaringen wohnte, hatte ich wenig Zeit für Freizeit. An den Wochenenden fuhr ich oft zu meinen Eltern, werktags ging ich ab und zu mit damaligen Kameraden des Bildungszentrums in Discotheken oder Cafés.

Die Donau bot schon immer die Möglichkeit, an den Ufern schöne Spaziergänge zu unternehmen – oder auch Wanderungen ins Donautal.

Fracht- oder Ausflugsschiffe habe ich in Sigmaringen oder näherer Umgebung auf der Donau noch nie gesehen.

Als ich in Sigmaringen lebte und lernte, gab es einige Speditionen, die das Leben der Stadt bestimmten. Aber auch die Bildungseinrichtungen trugen dazu bei, dass man in Sigmaringen leben und überleben konnte.

Im Jahre 2011 - so sagte meinem Mann und mir ein Sigmaringer – existierten die Speditionen, die in den 1980er-Jahren da waren, meistens nicht mehr. Es gab 2011 einige Industriegebiete in Sigmaringen, welche Industrie dort angesiedelt war, weiß ich nicht.

Sigmaringen lebt immer noch von seinen vielen Beamten - und den Bildungseinrichtungen, die dort sind.

In den 1980er-Jahren gefielen mir in Sigmaringen die Sehenswürdigkeiten und auch das Kleinstädtische. Man konnte ziemlich viel dort kaufen, ohne in größere Städte fahren zu müssen. Das ist auch heute noch so.

Weiterhin gefielen meinem Mann und mir die vielen alten Gebäude und das wirklich imposante Schloss.

Wer in Sigmaringen wohnt, wird merken, dass sie/er mit dem Stadtbus an viele Stellen in der Stadt kommt.

Die Winter in Sigmaringen dauern länger als in vielen anderen Teilen Deutschlands. Das hat damit zu tun, dass Sigmaringen circa 600 Meter über dem Meeresspiegel liegt und es dort länger kalt ist.

Mein Mann und ich erlebten keine Wintertage in Sigmaringen, denn wir waren Anfang September dort. Aber als ich als Finanzanwärterin dort wohnte, habe ich einen harten Winter erlebt.

Weiterhin ist die Stadt sehr bergig – und daran muss man sich gewöhnen. Wer gehbehindert ist, dem werden die steilen Berge, die zu manchen Wohnvierteln, zum Krankenhaus und zu diversen Bildungseinrichtungen führen, schnell zur Qual werden. Wer fit ist und schnell laufen kann, wird für sich in einem Spaziergang oder einer Joggingtour durch Sigmaringen die Möglichkeit finden, sich fit zu halten.

Meinem Mann und mir hat Sigmaringen gefallen – der Kurzurlaub war gelungen, was nicht nur dem sonnigen Wetter Anfang September zu verdanken war, sondern den vielen Sehenswürdigkeiten in Sigmaringen und in der Nähe dieser Stadt. Auch von der Gastronomie in der Stadt waren wir beeindruckt. Wir konnten dort gut und zu angemessenen Preisen essen.

Als Ausflugsziel und für einen Kurzurlaub können wir Sigmaringen empfehlen.

18. Willkommen im Wiederholer-Club!

Mit gemischten Gefühlen fuhr ich am 16. Mai 1984 nach Sigmaringen. Nur noch diese Hürde nehmen, diese drei Klausuren bestehen – oder wenigstens zwei davon! Dann würde mir eine Last vom Herzen fallen, ich könnte wieder aufatmen!

Mein Vater brachte mich zum Bahnhof und winkte mir nach, als der Zug abfuhr. Ich schluckte meine Tränen hinunter und blieb tapfer. Wie viele Erwartungen hatte mein Vater in mich gesteckt – und nun drohte ich, meinen Job in der Zollverwaltung zu verlieren! Diese Wiederholungsprüfung war meine letzte Chance!

In meiner Reisetasche lagen neben vielen Lernutensilien und Schreibzeug die Briefe, die ich vom Bildungszentrum in Sigmaringen und der Oberfinanzdirektion Stuttgart erhalten hatte.

Ich überflog noch einmal den Brief aus Sigmaringen:

„An die Teilnehmer der
Wiederholungsprüfung
und Nachholungsprüfung   Sigmaringen, 2. Mai 1984

Betrifft: Durchführung der Wiederholungsprüfung (einschließlich Nachholungsprüfung) für Nachwuchskräfte des gehobenen Zolldienstes des Bundes bzw. Dienstes der Bundesvermögensverwaltung in der Zeit vom 17. bis 22. Mai 1984 am Fachbereich Finanzen

1.1 Die Wiederholungsprüfung für Nachwuchskräfte des gehobenen Dienstes der Zoll- und Bundesvermögensverwaltung wird am Fachbereich Finanzen der FH Bund im Bildungszentrum der BFV (Bundesfinanzverwaltung) in Sigmaringen, wie folgt, durchgeführt:

17. Mai 1984: Staats- und verfassungsrechtliche Grundlagen des Verwaltungshandelns; gesellschaftliche und politische

Bezüge: Allgemeine Staatslehre, Verfassungsgeschichte der Neuzeit, Politiklehre, Staats- und Verfassungsrecht, Regierungs- und Verwaltungshandeln

18. Mai 1984: Allgemeine rechtliche Grundlagen der Aufgabenerfüllung; Rechtslehre, Allgemeines Verwaltungsrecht, Besonderes Verwaltungsrecht, Verwaltungsrechtsschutz, Recht des öffentlichen Dienstes, Zivilrecht, Strafrecht

Schwerpunkt: Allgemeines Verwaltungsrecht, Verwaltungsrechtschutz, Recht des öffentlichen Dienstes, Zivilrecht

21. Mai 1984: Gesamtwirtschaftliche Zusammenhänge und ökonomische Grundlagen der Aufgabenerfüllung: Volkswirtschaftslehre, Finanzwissenschaft, Öffentliche Finanzwirtschaft, Soziale Sicherung

22. Mai 1984: Organisatorische Grundlagen, Information und Informationsverarbeitung: Innerbehördliche Organisation, Datenverarbeitung

Von den Prüflingen sind im Rahmen der Wiederholungsprüfung nur die Aufsichtsarbeiten aus den oben angegebenen Gebieten zu fertigen, in denen sie in der Zwischenprüfung nicht mindestens die Note „ausreichend" erreicht haben.

1.2 Die Prüfungskommission setzt sich, wie folgt, zusammen: Es folgt eine Auflistung von Dozentennamen für die einzelnen Prüfungsgebiete. Sogar Ersatzdozenten – falls der eine oder andere ausfallen sollte – sind angegeben.

1.3 Die Prüfung wird im Lehrsaal des Hauses Dorina durchgeführt (Anmerkung der Autorin: Das ist ein angemietetes Haus in Sigmaringen-Laiz, in dem ebenfalls Finanzanwärter unterrichtet wurden und untergebracht waren). Beginn: täglich 8.15 Uhr

Die Prüflinge erhalten für jeden Prüfungstag Tagesplatzziffern, die an jedem Prüfungstag um 8.00 Uhr im Prüfungsraum erneut verlost werden. Hierzu werden die Prüflinge in der Reihenfolge aufgerufen, wie sie auf der Anschlagtafel im Eingang des Wirtschaftsgebäudes aushängenden Liste (Wiederholungsprüfung im Mai 1984) aufgeführt sind. Die Teilnehmer werden im täglichen Wechsel aufgerufen.

Die ausgelosten Plätze sind bis spätestens 8.15 Uhr einzunehmen.

Das Rauchen im Prüfungssaal ist untersagt.

Auf jedem Platz sind die zugelassenen Hilfsmittel und das notwendige Schreibpapier ausgelegt. Das Schreibpapier für die Reinschrift sowie die Entwürfe ist mit der Platzziffer des Arbeitsplatzes abgestempelt.

Nicht abgestempeltes Schreibpapier oder andere als die ausdrücklich zugelassenen Hilfsmittel dürfen die Prüflinge nicht verwenden.

Aktentaschen, Bücher, Aufzeichnungen und dergleichen dürfen nicht mit in den Prüfungsraum genommen werden. Taschenrechner dürfen verwendet werden; sie müssen netzunabhängig und ohne akustische Eingabesignale arbeiten. Tischrechner und Rechner mit Druckwerk dürfen nicht verwendet werden.

Die Reinschriften der Prüfungsarbeiten sind mit Tinte oder Kugelschreiber zu fertigen, sofern nicht die Verwendung von Bleistiften ausdrücklich zugelassen wird. Das benötigte Schreibgerät haben die Prüflinge mitzubringen.

Der aufsichtsführende Beamte gibt die Formalitäten der Prüfung bekannt und öffnet um 8.15 Uhr die versiegelten Umschläge mit den jeweiligen Prüfungsaufgaben, nachdem sich die Prüflinge von der Unversehrtheit der Siegel überzeugt haben. Die Zeit für die Bearbeitung der Prüfungsaufgaben beträgt drei Stunden. Eine längere Bearbeitungszeit wird nur Prüflingen gewährt, die eine entsprechende Genehmigung erhalten haben.

Zum Austreten dürfen nur die vorgesehenen Toiletten im Haus Dorina benutzt werden.

Grundsätzlich darf jeweils nur ein Prüfling den Prüfungsraum verlassen; die Aufsicht kann Ausnahmen zulassen. Andere Räume dürfen während der Prüfungszeit nicht aufgesucht werden. Die Kontaktaufnahme mit anderen Personen ist während der Prüfungszeit untersagt.

Für jeden Prüfungstag wird ein aufsichtsführender Beamter bestimmt. Er macht die Prüflinge eine Viertelstunde und fünf Minuten vor Ablauf der Zeit darauf aufmerksam, dass nach Ablauf dieser Zeit die Arbeiten abzugeben sind. Nach Ablauf der Arbeitszeit haben die Prüflinge die gefertigten Lösungen sofort abzugeben. Die Arbeit darf weder mit dem Namen des Prüflings versehen noch von ihm unterzeichnet werden. Mit der Prüfungsarbeit sind die Aufgabentexte und etwaige Entwürfe (Konzepte) sowie nicht verwendetes ABGESTEMPELTES Schreibpapier abzugeben.

Die am Tisch befestigte Platzziffer verbleibt am Arbeitsplatz.

Der aufsichtführende Beamte vermerkt auf jeder Arbeit Beginn und Ende der Bearbeitung sowie die Unterbrechungszeiten und unterschreibt den Vermerk. Auf zusätzlich ausgegebenes Schreibpapier trägt er die Platzziffer des betreffenden Prüflings ein und zeichnet die Eintragung ab.

Das Ergebnis der Prüfung wird den Prüflingen über die Oberfinanzdirektion bekannt gegeben.

Zweitens: Abgabe von Büchern und Gerät, Rückreise:

2.1 Die Prüflinge haben schuleigene Sachen, soweit diese in Empfang genommen wurden, spätestens unverzüglich nach der Wiederholungsprüfung abzugeben.

2.2 Das für die Dauer der amtlichen Unterkunft zur Verfügung gestellte Zimmer bitte ich am Tag nach dem für den einzelnen Prüfling geltenden letzten Prüfungstag bis 10.00 Uhr zu räumen.

2.3 Reisetag für die Rückreise zu den Stammdienststellen ist der Tag, der auf den jeweils letzten Prüfungstag folgt. Die Prüflinge, die keine anderslautende Weisung erhalten haben, melden sich bei ihren Stammdienststellen zurück. Sie legen dort SOFORT die mit Gepäckschein, Straßenbahnschein usw. belegte Reisekostenrechnung über die An- und Rückreise vor.

2.4 Die Prüflinge, die mit der Bundesbahn anreisen werden, erhalten von der Reisekostenstelle des Bildungszentrums für die Rückreise eine Fahrkarte aus dem Großkundenabonnement der Bundesbahn.

In Vertretung - somebody"

Diesen Brief würde ich mir sicherlich in Sigmaringen noch einmal durchlesen, um ja nicht unangenehm bei der Prüfung aufzufallen.

Alles war genau festgelegt, genau definiert. Der Brief der Oberfinanzdirektion Stuttgart bot dazu eine Ergänzung:

„Betrifft: Wiederholung der Zwischenprüfung für Nachwuchskräfte des gehobenen Dienstes in der Zollverwaltung vom 17. – 22.05.1984 am Fachbereich Finanzen der Fachhochschule des Bundes für öffentliche Verwaltung (FHS)

Anlage: Schreiben der FHS (Fachhochschule) vom 02.05.1984 (Anmerkung der Verfasserin: hierbei handelt es sich um das gerade vorher zitierte Schreiben)

Sehr geehrte Frau W.,
die Wiederholungsprüfung findet für Sie vom 17. bis 21. Mai 1984 statt.

Ich ordne Sie für die genannte Zeit an das Bildungszentrum Sigmaringen ab und bitte Sie, sich am 16.05.1984 bis spätestens 20 Uhr dort einzufinden. Rückreisetag ist der Tag, der auf den letzten Prüfungstag folgt.

Für die Dauer Ihres Aufenthaltes aus Anlass der Wiederholungsprüfung werden Unterkunft und Verpflegung beim BZ Sigmaringen für Sie unentgeltlich bereitgestellt.

Weitere Einzelheiten bitte ich, dem Schreiben der FHS zu entnehmen.

Auf Antrag erhalten Sie auf die Reisekostenvergütung einen angemessenen Vorschuss.

Die reisekostenrechtliche Abfindung erfolgt nach dem Erlass vom 15.10.1976 Z B 7 – P 1741 – 7/76 durch das BZ Sigmaringen.

Wegen der Inanspruchnahme des Großkundenabonnements der Deutschen Bundesbahn verweise ich auf die Verfügung vom 01.02.1978 P 1700 – 6/78 – Z 42.

Soweit Sie mit der Bundesbahn anreisen und bei Ihrer Abordnungsdienststelle eine Fahrkarte aus dem Großkundenabonnement nicht erhalten können, bitte ich, nur eine Fahrkarte für die Hinreise zu lösen. Für die Rückreise erhalten Sie auf jeden Fall eine Fahrkarte vom BZ Sigmaringen.

Mit freundlichen Grüßen
Im Auftrag - Irgendwer"

Niemand kann sich vorstellen, welch' ein Druck auf mir lastete. Täglich hatte ich Durchfall, mir war übel. Ich fühlte mich wie jemand, der hingerichtet werden sollte, obwohl er unschuldig war. In meiner Ausbildung waren Dinge am Laufen, die ich nicht unter Kontrolle hatte. Zum ersten Mal in meinem Leben nicht, und das machte mich unsicher, raubte mir beinahe den Verstand.

Von Stuttgart aus nahmen mich Monika und ihr Vater im Auto mit. Der Himmel, der sich am Vormittag noch schön sonnig zeigte, war plötzlich von einem Grauschleier überzogen. Grau und trübe war das Wetter und war unsere Stimmung – und bald klopfte Regen, später Hagel auf das Autodach und peitschte gegen das Fenster.

Gegen 17 Uhr erreichten wir Sigmaringen und fuhren direkt zum Bildungszentrum. Andere Finanzanwärter, die wir kannten, begrüßten uns.

Kurt Guldner, der im Unterricht immer rege mitgearbeitet hatte und richtige Antworten gab, war tatsächlich in allen vier Klausuren durchgefallen! Unglaublich!

„Na, macht ihr Urlaub?", begrüßte uns Christoph scherzhaft.

Monika und ich teilten uns ein hübsches Zweibettzimmer im Haus „Bumüller", das 15 Minuten vom Bildungszentrum entfernt im Stadtteil Sigmaringen-Laiz lag.

Abends gingen wir mit Monikas Vater und Johannes in ein Restaurant und verzehrten jeder ein Schnitzel.

Das Thema „Zwischenprüfung" hatten wir unterdessen gründlich satt und unterhielten uns über andere Dinge.

19. Die erste Wiederholungsklausur

Nach nur sechs Stunden Schlaf fühlte ich mich an diesem 17. Mai 1984 nicht fit.

In der Kantine bekamen wir Finanzanwärter ein Frühstück. Alles, was wir verzehrten, kostete uns nichts. Es kostete nichts für die Wiederholer. Wenigstens diesen guten Dienst tat man uns. Auch für die Zimmer mussten wir während unseres Aufenthaltes als Wiederholer keine Miete bezahlen.

87 Finanzanwärter des ersten Ausbildungsjahres schrieben die Klausur im Fächerkomplex „Staats- und verfassungsrechtliche Grundlagen des Verwaltungshandelns", kurz „Staatsrecht" genannt, nach.

Ich hatte das Gefühl, auch diesmal die Klausur „versiebt" zu haben. In diesem Fach würde ich wohl nie Lorbeeren ernten!

Mittags war ich fix und fertig und traf Norbert und Uli aus dem Hauptstudium II.

„Ich hätte nicht erwartet, DICH hier wiederzusehen!" Uli war ehrlich überrascht.

Hastig unterdrückte ich meine Tränen.

„Wir haben unterdessen Bescheid bekommen, wohin wir nach der Inspektorenprüfung versetzt werden." Norbert seufzte. „Niemand kommt in das Zollamt, in das er kommen wollte. Ich weiß auch nicht, nach welchen Kriterien ausgewählt wurde. Gerne wollte ich in meine Heimatstadt Crailsheim zurück. Dort kann ich bei meinen Eltern leben, dort kenne ich mich aus. Aber nein – ich werde im Raum Stuttgart meinen Dienst verrichten müssen. In meine Heimatstadt kommt jemand anderes. Jemand, der nicht von dort stammt. Ist das nicht verrückt?"

Ich nickte. Was war hier eigentlich noch normal?

20. Intelligenz

Hallo!", begrüßte mich Steffi, Siegmars Freundin von einer anderen Oberfinanzdirektion. Die beiden hatten sich während des Grundstudiums in Sigmaringen kennen- und lieben gelernt.

Ich war erstaunt, Steffi bei der Wiederholungsprüfung zu treffen. Genauso, wie sie überrascht war, mich zu sehen.

„Drei Klausuren muss ich nochmals schreiben." Sie blies sich eine kastanienbraune Haarsträhne aus dem Gesicht. „Da müssen wir wohl jetzt durch..."

„Was machst du, wenn du wieder durch die Zwischenprüfung fällst?", wagte ich zu fragen.

Sie lächelte. „In diesem Fall werde ich Biologie studieren!"

„Wie bitte? – Biologie? Auf diesem Studiengang liegt ein hoher Numerus Clausus! Man braucht einen Abiturdurchschnitt von mindestens 2,0, um einen Studienplatz zu bekommen!"

Steffi lächelte immer noch. „Den Studienplatz bekomme ich! Ich habe einen Abiturdurchschnitt von 1,8!"

Ich staunte noch mehr. Und jemand mit solch glänzenden Abitur-Leistungen fiel durch die Zwischenprüfung in der Zollverwaltung! Hatte denn das Abitur mehr mit Intelligenz zu tun als die Ausbildung in der Zollverwaltung?

Meine Antwort: sicherlich das Abitur. Denn die Benotung in der Zwischenprüfung in der Zollverwaltung 1984 war wie Lottospielen: ein Drittel Wissen, zwei Drittel Glück.

21. Die zweite Wiederholungsklausur

Knapp 40 Leute saßen im Haus „Bumüller" und schrieben wie die Verrückten. Die Klausur im Fachgebiet „Allgemeine rechtliche Grundlagen der Aufgabenerfüllung", von uns auch kurz „AVR" genannt, stand auf dem Programm.

Ich schrieb, was ich gelernt hatte. Die Worte sprudelten aus meiner Feder, elegant formuliert. Ich dachte, ich kombinierte, ich löste den Sachverhalt vorbildlich. Sicherlich hatte ich eine brillante Lösung zustande gebracht!

Nach der Klausur schwebte ich wie auf Wolken – ich war der Meinung, dass ich endlich die Zwischenprüfung bestanden hatte. Meine Klausur war bestimmt zwölf Punkte wert!

Wissen in Beamtenrecht, Allgemeinem Verwaltungsrecht und Verwaltungsrechtschutz war gefragt – ich beherrschte die Materie glänzend!

22. Der Frühling 1984 in Sigmaringen

Gut fühlte ich mich an diesem Wochenende. Obwohl mir noch eine Wiederholungsklausur bevorstand und obwohl ich noch nicht wusste, ob ich in der Zollverwaltung bleiben durfte.

Am Samstagmorgen spazierte ich ins Stadtzentrum. Endlich war der Frühling auch in die Donaustadt Sigmaringen eingekehrt. Die Sonne ließ ihren leuchtenden Glanz über die Dächer der Stadt gleiten, und die Vögel zwitscherten laut auf den Stromleitungen. Bunte Blumen öffneten ihre Blüten und lächelten dem hellblauen Himmel entgegen. Gärten und Wiesen erstrahlten in bunter Blütenpracht.

Eiligst verbannten die Leute die Winterklamotten in die hintersten Ecken der Kleiderschränke. Freudig zogen sie farbenfrohe T-Shirts und lässige Baumwollhosen an und schlenderten lächelnd durch die Straßen. Auch ich platzte vor Tatendrang. Ich wollte raus, Sonne tanken, bummeln gehen!

Natürlich würde ich an diesem Tag noch lernen. Der Spaziergang in die Stadt war ein Genuss. Ich saugte genüsslich den Duft des frischen, saftig grünen Grases und der vielen Blumen ein. Die Obstbäume schmückten sich mit einem weißen Brautkleid voller Blüten. Ab und zu brauste ein Auto vorbei – aber das störte meine Frühlingsgefühle nicht.

Die Innenstadt war ebenfalls aus dem Winterschlaf erwacht. Wie sehr sich die Stadt in den sechs Wochen, in denen ich an der Grenze weilte, verändert hatte! Kinder hüpften mit Eistüten herum. Die italienische Eisdiele war wieder geöffnet, und ein hagerer schwarzhaariger Herr preist in gebrochenem Deutsch seine Eisspezialitäten an:

„Erdbeere – Vanille – Heidelbeere und viele andere Sorten! Frisch vom Italiener!"

Sein Kollege stellte Tische und Stühle auf das Kopfsteinpflaster der kleinen Fußgängerzone. Auch andere Cafés hatten Tische und Stühle draußen platziert, die schnell besetzt wurden. Genüsslich verspeisten einige junge Leute Eiskugeln in allen Farben.

Die Angestellten in den Läden räumten Regale oder Körbe mit Waren auf die Gehsteige, um die gutgelaunten Leute zum Kaufen anzuregen. Mit hochroten Wangen schritten verliebte Pärchen durch die Straßen, in der Hand einige Einkaufstaschen. Auch Ehepaare strömten in die Läden – samstags konnte man endlich gemeinsam einkaufen.

Die Sonne tauchte die historische Altstadt in ein warmes Licht und ließ die Häuser noch farbiger erscheinen. Ich genoss den Stadtbummel – die Sonne hob meine Laune, die Wärme streichelte meine bloßen Arme, und der leichte Wind spielte mit meinen schulterlangen Haaren.

Die Donau floss wie immer blau und kraftvoll durch Sigmaringen. Oben thronte erhaben das Schloss der Hohenzollern. Die Sonne kitzelte die Dächer der Türme – das Licht blendete mich auf meinem Weg zurück ins Bildungszentrum. Ich war froh und heiter, auch wenn ich kaum etwas gekauft hatte.

Genauso sonnig, freundlich und nett wollte ich die Kleinstadt Sigmaringen auch im August 1984 wiedersehen. Ich war sicher, dass mir das gelingen würde.

23. Die dritte Wiederholungsklausur

Das Hochgefühl vom Freitag und vom Wochenende dauerte bei mir an.

Monika verbrachte das Wochenende zu Hause, denn die Klausur in „AVR" bestand sie beim ersten Mal. Dafür sollte sie noch am Dienstag eine Klausur wiederholen, was mir erspart blieb.

Am Sonntagabend setzten sich Monika und ich noch mit Johannes zusammen.

„Wir haben eine Frage zu der ‚rechnerischen Feststellung'. Kannst du uns das Verfahren nochmals erklären?"

„Die ‚rechnerische Feststellung'?" Johannes war ehrlich verblüfft. „Das ist doch Stoff vom Hauptstudium I 2. Sicherlich kommt eine Frage darüber in der Zwischenprüfung nicht dran!"

Monika und ich drängten Johannes dennoch, und er erklärte uns das Gewünschte bereitwillig und geduldig.

Eine gute Entscheidung! Tatsächlich kam dieses Stoffgebiet in der Klausur im Fachgebiet „Gesamtwirtschaftliche Zusammenhänge und ökonomische Grundlagen der Aufgabenerfüllung" dran.

Auch Fragen zur „Hül-A" und „Hül-E" – Gesetzestexten, die man uns zur Vorbereitung nicht ausleihen wollte – wurden gestellt. Im Kopf hatten wir nur das Wissen aus unseren Ordnern. Die Gesetze sahen wir an diesem Montag nach langer Zeit einmal wieder!

Wir gaben unser Bestes. Optimal vorbereiten konnten wir uns ja nicht ohne die fehlenden Gesetzestexte. Warum konnten uns nicht alle fehlenden Hilfsmittel zur Vorbereitung zur Verfügung gestellt werden? Offensichtlich wollte man uns auch bei der Wiederholungsprüfung hereinlegen!

Unter Zeitdruck schrieben wir wie besessen und hatten Mühe, in drei Stunden alle Fragen zu beantworten.

Anschließend hetzte ich zum Bahnhof. Die Tasche, vollgestopft mit Unterlagen, klatschte gegen meine Beine. Ich schwitzte.

„Stammst du auch aus dem BZ?", sprach mich eine dunkelhaarige Finanzanwärterin an.

Ich nickte.

„Dann hast du auch Prüfungen nachgeschrieben?"

„Ja, drei Stück." Ich setzte meine Tasche auf den Boden. „Heute bin ich fertig. Meine Kollegin Monika muss morgen noch die Klausur in ‚Innerbehördliche Organisation etc.' wiederholen. Wie viele Klausuren musstest du wiederholen?"

„Zwei Stück." Die Finanzanwärterin, namens Anja, schaute nicht gerade glücklich aus. Sie stammte aus Kiel. „Ich glaube nicht, dass ich die Zwischenprüfung nun bestanden habe."

Während der Zugfahrt unterhielten wir uns. Anja brauchte einen Menschen, mit dem sie jetzt sprechen konnte. Und ich genauso. Wir alle waren aufgewühlt. Einerseits waren wir erleichtert, die Wiederholungsklausuren hinter uns zu haben. Andererseits saßen uns der seelische Druck und eine gewisse Angst immer noch in den Knochen.

In Ulm saßen Anja und ich zusammen in einem Café und warteten auf unsere Anschlusszüge. Dann trennten sich unsere Wege. Anja setzte ihre Reise in einem anderen Zug fort.

„Tschüss – bis zum August!", riefen wir uns zu.

Anja hat die Wiederholungsprüfung bestanden. Ich habe sie nie wiedergesehen.

24. Willkommen zurück in Stuttgart!

Willkommen hier in Stuttgart", begrüßte uns unser Ausbildungsleiter Herr Oswald Ende Mai 1984. „Ich hoffe, Ihre Zwischenprüfung verlief gut und Sie haben bestanden. Wie war die Prüfung?" Er lächelte mich an.

„Besser!", gab ich strahlend zur Antwort. „Wenn ich die Prüfung dieses Mal wieder nicht bestanden habe, ist irgendwas im Bildungszentrum faul!"

Herr Oswald erlaubte sich kein Urteil über meine Meinung und fragt die anderen Wiederholer. Natürlich hoffte jeder, jetzt bestanden zu haben. Und endlich hatten wir die Zeit und Gelegenheit, uns mit Wissen, das unseren Beruf betraf, zu befassen!

Wieder landete ich auf dem Zollamt, das ich während der letzten drei Tage des Einführungspraktikums kennen gelernt hatte. Manche Beamte kannte ich noch vom August 1983 – sie waren wie alte Bekannte.

Diesmal konnte jeder von uns richtig im Zollamt mitarbeiten. Wir waren nicht mehr die „Dummchen" wie am Anfang, die von „Tuten und Blasen" keine Ahnung hatten. Nun wurden wir behandelt wie vollwertige Zollbeamte, sahen, wie man Würste abfertigte, und verplombten Kunstwerke, die für eine begrenzte Zeit ins Ausland zu einer Ausstellung verfrachtet werden sollten.

Selbstverständlich versendet man solche Waren, die nur vorübergehend ins Ausland ausgeführt werden sollen, aber wieder zurückkehren, mit dem Papier „Carnet ATA.". Solch ein Papier begleitet beispielsweise Artikel, die zu einer Ausstellung oder einer Messe ins Ausland transportiert werden. Es begleitet Vertreter oder Handelsreisende, die eine Musterkollektion der Waren, die sie verkaufen, ins Ausland mitnehmen. Und es begleitet auch die Montagekoffer der Monteure von Firmen, die Maschinen bei Kunden im Ausland aufstellen oder reparieren. Es begleitet auch Kamerateams, die im Ausland filmen wollen und Kameras und Filmmaterial mitnehmen wollen. Und so weiter. Für alle Waren – außer die des persönlichen Gebrauchs natürlich (wie zum Beispiel Wäsche für die Kameraleute, die sie in ihren Koffern haben) -, die vorübergehend ins Ausland verbracht werden, braucht man also dieses Carnet ATA.

Dieses Dokument erleichtert Unternehmen den vorübergehenden Warentransport ins Ausland erheblich. Und ein Carnet ATA erspart einem Unternehmen, das nur vorübergehend Waren ins Ausland verbringen will, umständliche und zeitraubende Zollformalitäten.

Das Carnet ATA ist also ein internationales Zollpapier, das die Zollformalitäten bei der vorübergehenden Verwendung bestimmter Waren im Ausland vereinfacht.

Als Grundlage dieses Verfahrens dient ein internationales Abkommen, dem bis zu diesem Zeitpunkt (2002) 61 Länder beigetreten sind. Richtig - nicht alle Länder der Welt sind an dieses Carnet ATA-Verfahren angeschlossen. Zum Beispiel Brasilien.

Will man dorthin Waren für eine Messe oder Ausstellung versenden, die dann wieder zurückgeschickt wird nach Deutschland, muss man die Ware „ganz normal" mit einer Ausfuhrerklärung ausführen, und diese Ware wird nach der Messe oder Ausstellung „ganz normal" mit einer Einfuhranmeldung wieder nach Deutschland eingeführt.

Ein Carnet ATA ersetzt alle nationalen Zollpapiere. Ein Carnet reicht, wenn man damit auch mehr als nur ein Land bereisen will.

Sollte Ware, für die ein Carnet ATA ausgestellt wurde, im Ausland verkauft werden – also nicht wieder ausgeführt werden, müssen dafür Zölle und Steuern bezahlt werden.

Aber nur Leute, deren Unterschrift bei der Industrie- und Handelskammer (IHK) hinterlegt ist, dürfen einen Antrag auf ein solches Carnet ATA unterschreiben.

Dieser Antrag wird mitsamt dem Carnet ATA an die jeweilige Industrie- und Handelskammer geschickt, die es „absegnet" und unterschreibt. Wenn ein solches Carnet ATA erledigt ist, - also die Ware, die vorübergehend ausgeführt werden sollte, sich wieder in Deutschland befindet - wird dieses Dokument an die Industrie- und Handelskammer zurückgeschickt.

Das zumindest lernten wir auf dem Zollamt – und später, in diversen Firmen, praktizierte ich diese Vorgehensweise genauso.

Da nur bestimmte Leute diesen Antrag auf ein Carnet ATA. unterschreiben dürfen, und diese Leute oft, wenn man sie am dringendsten braucht, auf Geschäftsreise sind – meistens gleichzeitig – verzichten viele Monteure von Maschinenbaufirmen darauf, ein solches Carnet ATA mit ihren Monteurwerkzeugen mitzunehmen. Immerhin hätte man warten müssen, bis eine unterschriftsberechtigte Person wieder im Hause ist, dann das Carnet ATA. mit dem Antrag und einen frankierten Rückumschlag an die IHK senden, dann darauf warten, bis man es gestempelt zurückbekommt.... Die ganze Prozedur dauerte viel zu lange. Und oft muss man in Maschinenfabriken schnell reagieren. Ab und zu rief ein Kunde morgens an, und mittags war ein Monteur schon im Flugzeug auf dem Weg zu ihm. So blieb keine Zeit für die Erstellung eines Carnets ATA.

Aber ich greife vor. Gehe ich doch wieder zurück ins Jahr 1984. Nur kurz dauerte unser Praktikum in diesem Zollamt in Stuttgart.

Ein Zollbeamter, der Leiter der Ausfuhr, winkte mir zum Abschied zu:

„Im nächsten Monat werde ich ins Hauptzollamt versetzt. Wir sehen uns dann dort im nächsten Jahr!"

Ich glaubte ihm.

25. Crailsheim – meine zweite Heimat

Von 1990 bis 1999 wohne ich in Crailsheim. Ich besuche die Stadt ungefähr alle zwei Jahre immer noch.

Crailsheim gehört zum Landkreis Schwäbisch-Hall (Baden-Württemberg). Die Stadt liegt genau 100 Kilometer von Stuttgart und 90 Kilometer von Nürnberg entfernt – im Nordosten Baden-Württembergs, bevor das Bundesland Bayern anfängt. Man nennt diese Region auch Hohenlohe-Franken oder auch Heilbronn-Franken.

Zu erreichen ist Crailsheim über die Autobahn A 6 in Richtung Nürnberg.

Crailsheim hat auch einen Bahnhof, in dem einige Züge von und nach Nürnberg, von und nach Stuttgart und von und nach Heilbronn halten. Aber auch die württembergische Kleinstadt Aalen ist von Crailsheim aus mit der Bahn gut zu erreichen.

Crailsheim hat circa 33.000 Einwohner und liegt am Fluss Jagst.

Die Stadt bietet eine reiche Geschichte, die ein Grund ist, dass Crailsheim so liebenswert ist. Im Mittelalter gehörte Crailsheim zu Franken (Anmerkung: Franken ist heute ein Teil des Bundeslands Bayern). 1314 kam Crailsheim an die Edelherren zu Hohenlohe. Durch diverse „Rangeleien" im Mittelalter war Crailsheim mal württembergisch, mal bayerisch.

In der „Schlacht um Crailsheim" ab dem Jahre 1944 (Zweiter Weltkrieg) wurde Crailsheim zu 80 Prozent zerstört, die historische Innenstadt sogar zu 95 Prozent – wegen seiner günstigen Eisenbahnlage und eines Flugplatzes, den es damals gab.

Durch die starke Zerstörung der Stadt litten die Einwohner große Not. Es fehlte an Essen, es fehlte Kleidung – es fehlte einfach alles.

Wie ich vor Jahren in der Zeitung las, pflegte eine Crailsheimer Schülerin eine Brieffreundschaft zu einer Amerikanerin, die in Worthington (USA, Bundesstaat Minnesota) wohnte. Die Crailsheimerin schilderte in Briefen die große Not in ihrer Heimatstadt.

Die Amerikanerin Martha Cashel und ihre Mutter Theodora – beide aus Worthington (ob Martha Cashel die vorher erwähnte Brieffreundin der Crailsheimerin war, weiß ich nicht genau) starteten daraufhin eine große Hilfsaktion. Viele Pakete mit Lebensmitteln und Kleidung aus Worthington in den USA erreichten über Jahre hinweg die Stadt Crailsheim und halfen, die gröbste Not zu lindern.

Dabei blieb es nicht. Die Stadt Worthington in den USA baute ihre freundschaftlichen Beziehungen zu Crailsheim aus – und daraus entwickelte sich die erste Partnerschaft zwischen einer deutschen Stadt und einer Stadt außerhalb Europas.

Nicht nur Delegationen aus Worthington besuchen regelmäßig die Stadt an der Jagst (und umgekehrt besuchen natürlich Crailsheimer Bürger Worthington). Seit 1956 gibt es auch einen regelmäßigen Schüleraustausch. Eine Schülerin oder ein Schüler aus Crailsheim darf ein Jahr lang in Worthington leben

– besucht dort eine Schule und lebt in einer Familie. Dafür kommt im Gegenzug eine Schülerin oder ein Schüler aus Worthington nach Crailsheim, besucht dort ein Jahr lang eine Schule und lebt währenddessen in einer Crailsheimer Familie.

Theodora Cashel, die 1992 verstarb, erhielt 1958 das Bundesverdienstkreuz und wurde 1987 zur Ehrenbürgerin Crailsheims ernannt.

Außer Worthington in den USA hat Crailsheim noch andere Partnerstädte.

Wegen der vorher geschilderten Zerstörung im Zweiten Weltkrieg wurde aus Crailsheim zuerst eine hässliche Stadt. In den 1950er- und 1960er-Jahren wurden schnell Gebäude errichtet, die Wohnungen boten und zweckmäßig waren für Geschäfte und heutzutage nicht mehr schön wirken. Im Laufe der Zeit aber sind neue Gebäude entstanden, die ansprechend sind und der Stadt einen gewissen Charme verleihen.

Erwähnenswert ist das Rathaus mit dem gelben Turm, der auf dem ersten Blick aussieht wie ein Kirchturm. Aber, wie gesagt, es ist ein Rathausturm.

Schmuckstücke sind immer noch diverse Sehenswürdigkeiten.

Einige Bauwerke, die noch ein Bild darüber vermitteln, wie schön Crailsheim einst war, sind die evangelische Johanneskirche und die Liebfrauenkapelle in der Innenstadt. Beide haben – wie durch ein Wunder – die schweren Angriffe ab dem Jahre 1944 überlebt. Auch weitere Kirchen in Stadtteilen Crailsheims blieben fast unversehrt.

Ein Gedenkstein in der Innenstadt zeugt davon, dass Crailsheim einmal eine schöne Synagoge hatte, die 1938 von der SA geschändet und dann während diverser Luftangriffe 1945 völlig zerstört wurde.

Einen jüdischen Friedhof gibt es noch in der Stadt. Er ist nicht frei zugänglich, sondern verschlossen. Als ich noch in Crailsheim lebte, konnte er – nach Vereinbarung mit der damaligen Verwalterin des Schlüssels – besichtigt werden.

Die Innenstadt ist klein und übersichtlich (sie erstreckt sich über die Wilhelmstraße und Karlstraße zur Langen Straße und auch Schillerstraße) – bietet aber einige Läden und ein Kaufhaus und Shoppingmöglichkeiten. Besonders an Weihnachten wird sie schön geschmückt. Man hat Auswahl an Kleidung, Spielwaren, Haushaltswaren, Büchern, CDs, Drogerieartikeln und, und, und. Auch Filialen diverser Lebensmittelmärkte gibt es in der Innenstadt und auch am Stadtrand.

Wer Möbel sucht und größere Shopping-Center, findet sie in diversen Stadtteilen. So gibt es beispielsweise ein Möbelhaus und große Textilläden im Stadtteil Roßfeld.

Die Parkplätze waren bis in die 1990er-Jahre hinein kostenlos – bis Ende der 1990er-Jahre die Stadtverwaltung die Idee hatte, in der Innenstadt Parkgebühren einzuführen. Für viele Leute, die nicht in der Innenstadt wohnten, lohnte es sich auf einmal nicht mehr, für schnelle Einkäufe in die Stadt zu fahren. Die Parkgebühren sind auch schuld, dass einige Läden in der Innenstadt dichtmachen mussten, weil auf einmal Kunden wegblieben.

Unterdessen jedoch hat man sich an Parkgebühren gewöhnt. Die Stadt hat unten in Jagstnähe ein großes Parkhaus gebaut, wo das Parken kostenpflichtig ist. Weiterhin gibt es beim Rathaus ein Parkhaus – und auch auf dem Volksfestplatz kann man parken (wenn dort nicht gerade ein Fest stattfindet). Wobei dort einige Parkplätze auch kostenfrei sind (soweit mir bekannt ist).

Weitere Parkplätze gibt es verstreut in der Innenstadt, die aber alle – nach meinen Informationen – kostenpflichtig sind.

Ich wohnte in der Innenstadt und musste als Anwohnerin auf einmal eine Jahresgebühr dafür bezahlen, um mein Auto irgendwo parken zu dürfen – was vorher kostenfrei war.

Normalerweise sind genügend Parkplätze vorhanden, um unter der Woche und am Wochenende Einkäufe zu erledigen. Kritisch wird die Parkplatzsituation allerdings während einiger Feste – beispielsweise während des Fränkischen Volksfests oder auch während des Wirtefests. Besucher solcher Feste sollten versuchen, Fahrgemeinschaften zu bilden – oder öffentliche Verkehrsmittel zu nutzen.

Wer nach Crailsheim zieht – oder nur für eine bestimmte Zeit dort ist, findet sowohl eine Auswahl an praktischen Ärzten und Zahnärzten, aber ebenfalls an Fachärzten (Hals-Nasen-Ohren-Arzt, Hautarzt, Frauenärzte und so weiter).

Ein Krankenhaus ist ebenso vorhanden – in Zentrumsnähe in der Gartenstraße. Hier können Standard-Operationen, wie beispielsweise Blinddarm- oder auch Mandeloperationen durchgeführt werden. Eine Geburtenstation gibt es ebenfalls. Einige meiner ehemaligen Kolleginnen haben dort ihre Kinder zur Welt gebracht.

Sollten aber komplizierte gesundheitliche Probleme vorliegen – beispielsweise eine Frühgeburt -, so kann hier das Crailsheimer Krankenhaus keine Behandlung bieten. Man muss dann im Diakoniekrankenhaus in Schwäbisch Hall versorgt werden.

Es gibt Grundschulen, Hauptschulen, Realschulen und Gymnasien in Crailsheim. Auch Privatschulen gibt es.

Ich selbst bin in Crailsheim nicht zur Schule gegangen, kann also nicht viel dazu sagen.

Die Hohenloher haben einen ziemlich gewöhnungsbedürftigen Dialekt, der aber auch von Ort zu Ort variieren kann. So haben die Crailsheimer für manche Dinge andere Bezeichnungen als beispielsweise die Leute aus dem wenige Kilometer entfernten Ort Kirchberg (Jagst).

Ich brach zuerst in Lachen aus, als ich Wörter, wie „Nouchl" (Nagel) und „Raabigaascht" (Rübengeist – das sind ausgehöhlte Kürbisse, die man im Herbst gerne in die Vorgärten stellt) oder auch „Motooorooodlodä" (Motorradladen) hörte, habe mich aber bald daran gewöhnt.

Ein guter Satz ist auch der, den eine ehemalige Arbeitskollegin mal zum Besten gab: „Mei Hood hat geschtern a Hoa hi'gmacht".

Unsere bayerischen Kollegen und auch ich hatten Mühe, den Satz zu verstehen. Was meinte die Kollegin mit „Hoa"? War das ein Haar – oder was?

Nein, es war kein Haar. Der Satz heißt auf Hochdeutsch: „Mein Hund hat gestern ein Huhn umgebracht."

Man sollte einen Hohenloher nie als „Schwaben" bezeichnen. Denn das sind sie nicht. Sie sind weder Schwaben, noch Badener – sie sind Hohenloher. Sagt man „Schwaben" zu ihnen, sind sie beleidigt. Sie werden deswegen nicht gleich einen Wutausbruch bekommen – aber sie schauen säuerlich drein und schlucken und denken sich wohl:

"Es ist schon traurig, dass (fast) nie jemand kapiert, dass wir Hohenloher sind..."

Der Hohenloher an sich ist erst mal sehr zurückhaltend, wird aber, je öfter man sie/ihn trifft, immer aufgeschlossener. Wenn man sie zu Freunden hat, so hat man Freunde fürs Leben – Freunde, die treu sind. Ich habe heute noch – nach vielen Jahren – Kontakt zu einigen ehemaligen Kollegen und ich treffe sie immer wieder.

Was die Hohenloher lieben, sind Feste („Feschtla").

Bei den Hohenlohern habe ich auch das Wort „ehrenkäsig" gelernt. Ehrenkäsig ist jemand, der ständig im Rampenlicht, im Mittelpunkt, in der Zeitung stehen muss. Mein ehemaliger Chef, Inhaber einer Maschinenfabrik, war ehrenkäsig – aber viele andere Leute, die viel Geld und Einfluss hatten, waren es auch (und sind es heute noch).

Natürlich essen die Hohenloher gerne Pizza – Pizzerien gibt es genug, auch in Crailsheim. Aber die Hohenloher haben dazu auch eine Alternative, den so genannten Plootz. Er wird aus Hefeteig zubereitet und mit verschiedenen Zutaten belegt und dann gebacken.

Es gibt den süßen Plootz, und es gibt den herzhaften/salzigen Plootz. Süßen Plootz belegt man beispielsweise mit Rhabarber oder mit Äpfeln und Rosinen. Herzhafter/Salziger Plootz wird beispielsweise mit Lauch oder mit Speck belegt.

Wer Plootz nachbacken will, sollte sich im Internet umsehen, da gibt es einige Rezepte dazu. Einfach dort das Wort „Plootz" eingeben.

Ich habe beide Plootz-Sorten probiert – wobei ich Gaststätten, die Plootz anbieten, nicht in Crailsheim selbst gefunden habe, sondern in einigen der umliegenden Dörfer. Ob es diese Gaststätten noch gibt, weiß ich nicht. Ich finde aber Plootz sehr lecker – man sollte ihn unbedingt mal probieren!

In Crailsheim gibt es ein Kino, ein Hallenbad, ein Freibad, es gibt Bars, Cafés, Eisdielen, ein Irish Pub, Sportvereine, eine Volkshochschule und weitere Möglichkeiten, sich die Zeit zu vertreiben.

Ich bin, als ich noch dort wohnte, im Sommer gerne in den Park, der zwischen Busbahnhof und Innenstadt liegt, gegangen, habe mich dort auf eine Bank gesetzt und ein Buch gelesen. Die Atmosphäre im Park hat etwas Beruhigendes. Es gibt geteerte Spazierwege, grüne Wiesen und Blumen und einen Teich.

Im Sommer kann man die Enten im Teich beobachten, von denen auch einige in die Jagst (das ist der Fluss, an dem Crailsheim liegt) watscheln. Spaziergänger sollten die Enten nicht füttern, da das von Angestellten der Stadt Crailsheim vorgenommen wird.

Im Winter kann man, wenn der Teich vereist ist und das Eis dick genug ist, darauf Schlittschuh laufen. Es gibt einige Kinder, die das tun. Ich selbst war immer vorsichtig und bin dort nie Schlittschuh gelaufen.

Auf der Webseite der Stadt Crailsheim findet man Informationen darüber, welche Feste im Jahr in Crailsheim geboten sind. Ich stelle hier meine drei Lieblingsfeste vor:

Zuerst einmal das „Fränkische Volksfest mit verkaufsoffenem Sonntag".

Dieses Fest dauert vier Tage lang. Es findet bisher immer Mitte September eines jeden Jahres statt. Das Fest beginnt freitags.

Am Samstag und auch am Sonntag findet jeweils von 10 bis 12 Uhr ein Festzug durch die Innenstadt bis zum Volksfestplatz (dort ist ein Rummelplatz aufgebaut mit vielen Buden, Ständen, Fahrgeschäften und Festzelten) statt. Der Grund, warum dieser Festzug zweimal geboten wird, ist folgender: Am

Samstagvormittag müssen noch viele Leute arbeiten – und damit diese auch eine Chance haben, den Festzug zu sehen, findet er am Sonntag nochmals statt.

Es lohnt sich auf jeden Fall, den Festzug anzusehen. Unter anderem werden alte Trachten der Einheimischen – aber auch der Siebenbürger Sachsen gezeigt (Anmerkung: Die „Siebenbürger Sachsen" kommen nicht aus Sachsen, sondern ursprünglich aus Rumänien).

Der „Volksfestsonntag" ist verkaufsoffen – und der „Volksfestmontag" ist ein Feiertag in Crailsheim. An diesem Tag haben nicht nur die Schüler frei, sondern auch in den Betrieben, Praxen, Ämtern und Geschäften in Crailsheim ist Feiertag. Für Arbeiter und Angestellte gilt dieser Volksfestmontag wie ein bezahlter Urlaubstag.

Ich habe, als ich noch in Crailsheim wohnte, mich immer sehr auf dieses Volksfest gefreut. Ich war, weil ich nicht weit weg davon wohnte, jeden Tag dort und habe auch viele Kollegen dort getroffen.

Mein zweiter Tipp ist das so genannte „Wirtefest".

Dieses Fest findet ebenfalls jährlich statt, vorwiegend an einem Wochenende im Juni, beginnend bereits freitagabends. Mitten im Stadtzentrum (am Schweinemarktplatz und in der Langen Straße) gibt es Stände und Bänke und Tische. An den Ständen verkaufen Restaurants aus Crailsheim und Umgebung wohlschmeckende Speisen und Getränke, die Gäste aus nah und fern käuflich erwerben und genießen können. Dazu spielen einige Musikgruppen, die mal gut, mal weniger gut singen und spielen.

Während des Wirtefestes ist es in der Innenstadt ziemlich laut – aber es herrscht auch eine sehr gute Stimmung dort. Ich selbst konnte, als ich noch in der Innenstadt Crailsheims wohnte, nie eine Fernsehsendung während des Wirtefests ansehen, denn der Geräuschpegel, der vorwiegend auf die laute Musik zurückzuführen ist, machte es unmöglich, Fernsehsendungen zu verstehen.

Beim Wirtefest gilt, wenn man mitten in der Stadt wohnt: Entweder verlässt man während dieses Wirtefest-Wochenendes die Stadt – oder man stürzt sich ins Getümmel. Ich habe meistens letzteres getan und mich beim Fest vergnügt – und oft Kollegen getroffen.

Mein dritter Feste-Tipp ist ein sehr romantischer – nämlich das „Goldbacher Lichterfest".

Goldbach ist ein Stadtteil Crailsheims, der etwas außerhalb vom Stadtgebiet liegt –drei Kilometer genau. Das Goldbacher Lichterfest hat einen besonderen Reiz, weil es abends und nachts stattfindet. Auf einem Rundweg, den man beschreitet, sind viele Lichter zu Mustern oder Gestalten oder Gegenständen arrangiert. So schön arrangiert, dass es Spaß macht, das zu betrachten.

Wer zum Lichterfest möchte, muss Eintritt bezahlen – was sich aber auf jeden Fall lohnt. Parkplätze gibt es auf Feldern. Wer mit dem Bus von Crailsheim nach Goldbach fahren will, kann das mit Bussen tun, die extra dorthin zu bestimmten Zeiten (die Abfahrtszeiten von Crailsheim und von Goldbach werden angegeben) fahren. Auch für die Busfahrt muss man bezahlen.

Ich mochte immer die besondere Stimmung beim Lichterfest in Goldbach, diese Kerzen am Abend sind einfach wunderbar! Sie vermitteln etwas Heimeliges, aber auch Romantisches.

Wer ein Fest außerhalb Crailsheims und der näheren Umgebung sucht, ist bei der „Muswiese" genau richtig.

Ungefähr im Oktober eines jeden Jahres gibt es eine Woche lang die „Muswiese" in Musdorf bei Rot am See.

Rot am See ist ein Ort, circa acht Kilometer von Crailsheim entfernt, der mit der Bahn von Crailsheim aus in Richtung Bad Mergentheim zu erreichen ist. Steigt man in Rot am See aus dem Zug, kann man das Muswiesengelände schon fast sehen. Man kann zu Fuß ganz leicht dorthin laufen, das dauert circa zehn Minuten.

Natürlich kann man auch mit dem Auto direkt an einen der Muswiesenparkplätze fahren, nur sind diese – wie so oft bei

Festen – meistens belegt, und es ist schwierig, freie Parkplätze zu finden.

Die „Muswiese" ist eine Kombination aus einem großen Krämermarkt mit vielen Ständen, an denen man allerhand kaufen kann (Kleidung, Stoffe, Pfannen, Sachen aus Holz, Gewürze, Schmuck, Honig etc.) und einem Rummelplatz mit Karussell, Bierzelt, Glühweinständen und so weiter.

Auch hier ist die Stimmung einfach nur wunderbar. Es lohnt sich, mal den Abstecher nach Musdorf (Musdorf ist ein sehr ruhiges Dorf – wenn dort nicht die „Muswiese" stattfindet) zur „Muswiese" zu machen und sich ins Getümmel zu stürzen. Ich habe das schon oft getan – und hoffe, ich komme bald mal wieder dorthin.

Ich bin bei schönem Wetter, als ich noch in Crailsheim wohnte, gerne die Spazierwege die Jagst entlanggegangen. Ich habe die Enten beobachtet, ich habe gesehen, wie mitten im Stadtzentrum das Wasser der Jagst über ein Wehr „stürzt" – ja, wie ein Wasserfall.

Schifffahrten auf der Jagst sind – soweit ich informiert bin – nicht möglich. Die Jagst ist nicht so groß und so breit, wie beispielsweise Neckar und Rhein, wo ich auch schon Frachtschiffe und Ausflugsdampfer gesehen habe.

So schön und idyllisch, wie auf viele Leute die Jagst wirken mag, ist sie nicht immer. Man sollte sich in Acht nehmen vor dem Fluss – die Strömung sollte nicht unterschätzt werden.

Ich hatte einen lieben Bekannten, der mit einem Freund Ende Februar 1999 bei Stimpfach (circa zehn Kilometer von Crailsheim entfernt in Richtung Ellwangen) eine Fahrt mit einem Schlauchboot unternahm. Die beiden waren im Alter zwischen 25 und 30 Jahren und dachten, bei ihrer Bootsfahrt werde wohl nichts schiefgehen.

Es war Sonntag, Ende Februar, die Sonne schien, es war kühl, aber nicht kalt. Schnee lag nicht mehr. Die beiden gerade erwähnten jungen Männer stiegen in ihr Schlauchboot und fuhren damit von Stimpfach aus in Richtung Crailsheim. Das klappte anfangs ganz gut.

In Crailsheim jedoch gibt es mitten in der Stadt ein Wehr, bei dem das Wasser der Jagst wie bei einem Wasserfall schnell in die Tiefe stürzt. Hier kippte das Schlauchboot der beiden Männer und die beiden fielen ins Wasser.

Ein Spaziergänger oder Anwohner hatte alles beobachtet und alarmierte die Polizei. Diese rückte an – 30 Polizisten und 70 Feuerwehrmänner kamen oder 30 Feuerwehrmänner und 70 Polizisten, so genau weiß ich das nicht mehr. Sie alle versuchten, die beiden Männer zu retten.

Einen der beiden konnten sie retten, er kam stark unterkühlt ins Crailsheimer Krankenhaus.

Der andere – der, den ich kannte – wurde einige Kilometer flussabwärts gefunden. Er hing nur noch leblos im Gestrüpp am Ufer der Jagst, man konnte ihm nicht mehr helfen, er war schon tot, als man ihn fand...

Ja, lieber D., ich habe dich nicht vergessen, auch nach so vielen Jahren nicht. Du lebst weiter in den Herzen der Leute, die dich kannten.

Meine Warnung an alle, die das jetzt gelesen haben: Unterschätzt bitte KEINEN Fluss! Auch wenn ein Fluss ruhig aussieht, unscheinbar – so heißt das nicht, dass er nicht gefährlich ist!

Crailsheim bietet viel Industrie. Es gibt einige Firmen, denen es wirtschaftlich gut geht.

Es gibt viele Maschinenfabriken im Landkreis Schwäbisch-Hall. Manche Maschinenfabriken sind aus anderen Maschinenfabriken hervorgegangen. Beispielsweise hatten einige Angestellte, die in einer Maschinenfabrik arbeiteten, die Idee, ihre eigene Maschinenfabrik zu gründen. Auf diese Art und Weise sind viele dieser Fabriken entstanden.

Diesen Maschinenfabriken und anderen Fabriken im Landkreis Schwäbisch Hall geht es zum großen Teil sehr gut, die Auftragsbücher sind voll – und immer wieder werden vor allem Leute aus technischen Berufen (Maschinenbauingenieure, Mechaniker, Elektroniker beispielsweise) gesucht.

Ich hatte einen tollen Job in Crailsheim und wunderbare Kollegen. Wenn ich reiste, so tat ich das im Urlaub – und habe tatsächlich einige interessante Länder besucht.

Die Feste in Crailsheim und Umgebung gefielen mir ebenfalls außerordentlich gut. Auch die gute Stimmung, die an warmen Sommerabenden auf dem Schweinemarktplatz im Zentrum herrschte – da saßen viele Leute draußen in Cafés, Restaurants und Eisdielen. Und manchmal kam es sogar vor, dass eine Squaredance-Gruppe auf dem Schweinemarktplatz eine kostenlose Vorstellung ihres Könnens gab.

Ich mag den Dialekt immer noch. Es ist sogar so, dass ich einige „hohenlohische Dialektbrocken" weiterhin in meinem Sprachgebrauch habe – aus Sympathie zu den netten Leuten und der schönen Zeit, die ich dort erleben konnte.

Im Stadtzentrum, wo ich wohnte, hatte ich nur kurze Wege zum Supermarkt und zu anderen Geschäften. Es war mir sogar möglich, einige Jahre ohne Auto zu leben – und dadurch Geld zu sparen. Auch meinen Arbeitsplatz konnte ich leicht zu Fuß erreichen.

Das Wasser, das aus den Leitungen in Crailsheim kommt, ist ziemlich hart, also kalkhaltig. Ich konnte das Wasser für Kaffee erheblich verbessern, wenn ich einen Wasserfilter verwendete. Leider klappte das beim Badewasser nicht (da hätte ich einen Wasserfilter in die Wanne einbauen müssen!).

Alle zwei Jahre ungefähr besuche ich Crailsheim. Meistens mit der Bahn. Den Weg vom Bahnhof in die Innenstadt kenne ich gut. Ich spaziere durch die Innenstadt und überlege mir, was sich geändert hat und was gleichgeblieben ist. In dieser Stadt ändert sich immer irgendetwas. Beispielsweise entdecke ich dann neue Läden, neue Gebäude – oder einen neuen Kreisverkehr.

Wenn ich in Crailsheim bin, treffe ich Bekannte dort – und mit ihnen habe ich mich irgendwo verabredet. In einem Café oder Restaurant. Wir unterhalten uns über schöne Ereignisse aus der Vergangenheit – aber auch über Neuigkeiten.

Besuchern empfehle ich, werktags, wenn die Läden im Zentrum geöffnet sind, nach Crailsheim zu kommen. Auf der Webseite der Stadt kann man sich einen Stadtplan, der die Innenstadt zeigt, ausdrucken lassen.

Es ist aber auch möglich, an Stadtführungen teilzunehmen. Diese sind kostenpflichtig. Wann sie genau stattfinden, kann man ebenfalls auf der Homepage der Stadt nachlesen.

Wer keine Stadtführung mitmachen will und die Stadt „auf eigene Faust" erkunden will, kann sich auf der Homepage der Stadt entsprechende Prospekte ausdrucken lassen. Diese Prospekte sind auch bei der Stadtverwaltung erhältlich.

Neun Jahre habe ich in Crailsheim gelebt – fast ein Jahrzehnt. Die Zeit dort war sehr intensiv, sie hat mich geprägt. Ich habe gute und schlechte Zeiten dort erlebt – vorwiegend gute. Und ich habe (vorwiegend) sehr liebe Menschen kennen gelernt.

26. Die Zolllehranstalt Karlsruhe

Im Juni 1984 wurden wir Stuttgarter Finanzanwärter in die Zolllehranstalt Karlsruhe abgeordnet. Dort wurden wir von Zollbeamten, die eine jahrelange praktische Tätigkeit auf Zollämtern vorweisen konnten, unterrichtet.

Wir zwölf Finanzanwärter der Oberfinanzdirektion Stuttgart bildeten eine Klasse mit sieben Leuten der Oberfinanzdirektion Karlsruhe.

Am 4. Juni begann der Unterricht.

Man hatte uns Stuttgarter Finanzanwärter in Zweibettzimmern untergebracht, die sich im Gebäude der Zolllehranstalt befanden. Ich teilte ein Zimmer mit Monika. Sabine und Tatjana wohnten ebenfalls in einem Zweibettzimmer. Britta jubelte, denn sie bekam ein Einzelzimmer.

Folgendes Abordnungsschreiben bekamen wir, zusammen mit einer Auflistung der Fächer, in denen man uns unterrichten würde. Endlich Fächer, die etwas mit Zoll zu tun hatten und sehr interessant klangen!

Oberfinanzdirektion Stuttgart, Postfach 01 01, Stuttgart

Frau Vicky W., Finanzanwärterin
beim Hauptzollamt Stuttgart-West

Stuttgart, 14. Mai 1984

Betrifft: Praxisbezogene Lehrveranstaltungen I für Nachwuchskräfte des gehobenen Zolldienstes vom 04.06. bis 03.07.1984 an der Zolllehranstalt der Oberfinanzdirektion Karlsruhe

Sehr geehrte Frau W.,
die praxisbezogenen Lehrveranstaltungen I finden vom 4. Juni (Beginn: 10.00 Uhr) bis 3. Juli 1984 an der Zolllehranstalt der Oberfinanzdirektion Karlsruhe, Sowiesostraße 5, in Karlsruhe, statt.

Ich ordne Sie für die Dauer der Lehrveranstaltungen an die Zolllehranstalt Karlsruhe ab und bitte Sie, sich am 04.06.1984 rechtzeitig dort einzufinden.

Der Stoffverteilungs- und Stundenplan wird Ihnen noch zugehen.

Amtliche Unterkunft (ohne Verpflegung) wird für Sie bei der Zolllehranstalt Karlsruhe unentgeltlich bereitgestellt.

Auf Antrag erhalten Sie auf die Reisekostenvergütung einen angemessenen Vorschuss. Die reisekostenrechtliche Abfindung erfolgt nach dem Erlass vom 15.10.1976 Z B 7 – P 1741 – 7/76 durch die Oberfinanzdirektion Karlsruhe.

Wegen der Inanspruchnahme des Großkundenabonnements der Deutschen Bundesbahn verweise ich auf die Verfügung vom 01.02.1978 P 1700 – 6/78 – Z 42.

Mit freundlichen Grüßen - Irgendjemand

Der Brief der Zollehranstalt der Oberfinanzdirektion Karlsruhe lautete:

Praxisbezogene Lehrveranstaltungen für Nachwuchskräfte des gehobenen Zolldienstes – PL I –

vom 04.06. bis 03.07.1984
Stoffgliederungs- und Stoffverteilungsplan – Lehrende (hier folgte eine Auflistung der Zollbeamten, die uns an der Zolllehranstalt unterrichten würden)

Allgemeines Zollrecht, Verbote und Beschränkungen für den Warenverkehr über die Grenze, Einfuhrumsatzsteuerrecht
PL I/1.1 –
Erfassung des Warenverkehrs
Zollbehandlung
Abfertigung zum freien Verkehr
Vereinfachungen
Versandverfahren
Verbote und Beschränkungen für den Warenverkehr über die Grenze
Die Erhebung der Einfuhrumsatzsteuer

Außenwirtschaftsrecht, Außenhandelsstatistik, Innerdeutsche Wirtschaftbeziehungen, Berlin-Verkehr
PL I/1.4 –
Außenwirtschaftliche Überwachung
Warenverkehr
Außenhandelsstatistik

Zolltarifrecht
PL I/2 –
Allgemeine Tarifierungsgrundsätze
ATV 2
Mikroskopieren von Waren
Grundsätze für die Aufstellung zolltarifrechtlicher Gutachten

Bestimmte Kapitel des Zolltarifs: Kapitel 6 bis 15, 17 bis 24, Kap. 41 bis 43, Kap. 44 bis 46, Kap. 64, 65, Kap. 66, 67, 73, Kap. 91 bis 93, Kap. 96, 97, 98

Sonstiges Verbrauchssteuerrecht
PL I/3.4 –
Steuergegenstände
Steuertarife
Steuerregelung bei Herstellung im Erhebungsgebiet
Steuerbefreiungen
Steueraufsicht in besonderen Fällen
Steuerregelung bei der Einfuhr

Haushaltswesen
PL I/4.1 –
Aufstellung des Haushaltsplans
Ausführung des Haushaltsplans

Rechnungsprüfung:
PL I/4.3 –
Rechnungsprüfung durch die Vorprüfungsstelle (Bund)

Insgesamt 120 Lehrstunden

Mit Felix fuhr ich am 4. Juni 1984 nach Karlsruhe. Alles klappte hervorragend.

Die Zollehranstalt schlossen wir sofort in unsere Herzen! Der Unterricht gefiel uns gut. Die Beamten, die uns unterrichteten, verfügten nicht nur über einen reichhaltigen Erfahrungsschatz, sie konnten auch gut erklären.

Einmal sahen wir einen Film über Entwicklungsländer in Afrika. Entwicklungshelfer zeigten den Leuten dort, wie man Äcker bebaut und Gemüse erntet. Sie gaben weitere hilfreiche Tipps, wie man eine erfolgreiche Landwirtschaft betreibt. Die Leute in Afrika waren ermutigt – sie säten und ernteten.

Dann kam die EG (heute EU – Europäische Union). Sie überschwemmte diese Länder in Afrika mit billigen Waren – beispielsweise Butter, Obst und Gemüse. Diese Waren wurden billiger verkauft als die Produkte aus einheimischem Anbau. Dadurch hatten die Leute in diesen afrikanischen Ländern keine Lust mehr, Landwirtschaft zu betreiben. Das ist verständlich.

Dieser Film regte uns zum Nachdenken an.

Es gab noch weitere interessante Dinge, die wir zum Thema „Zoll" lernten. Vormittags saßen wir im Unterricht, der Nachmittag stand uns zur freien Verfügung.

Ich liebte es, die Stadt Karlsruhe zu erkunden. Historische Gebäude gaben der Stadt ein besonderes Flair. Ich bummelte durch die Haupteinkaufsstraße. Viele Radfahrer brausten an mir vorbei. Der Sommer drängte mit aller Macht nach Deutschland. Wir genossen ihn in vollen Zügen.

Wie schön war es, abends nur unter uns zwölf Stuttgarter Finanzanwärtern zu sein und den Lärm im Bildungszentrum zu vergessen!

Monika und ich verstanden uns unterdessen übrigens gut mit Britta – wahrscheinlich, weil wir nicht mehr zusammen in einem Zimmer wohnten.

27. Nervenkitzel-Countdown, Part I

Nach drei Tagen in der Zolllehranstalt Karlsruhe stürmte Christoph während des gemütlichen Abendessens aufgeregt zu uns, seinen Kolleginnen und Kollegen, den Finanzanwärtern der Oberfinanzdirektion Stuttgart, in die Küche.

„Wisst ihr schon das Neueste? Die Dozenten sind mit der Korrektur der Wiederholungsprüfung fertig! Siegmar hat heute Abend seine Freundin Steffi angerufen und erfuhr es von ihr. Sie hat erzählt, sie werde bereits morgen die Prüfungsergebnisse erfahren!"

Uns gefror beinahe das Blut in den Adern. Was? Die Stunde der Wahrheit war so nahe? Zum Greifen nahe? Wir rechneten mit der Bekanntgabe des Prüfungsergebnisses erst am 22. Juni. Ich begann zu zittern, zwang mich aber zur Ruhe.

Am nächsten Tag bestürmten Christoph und Eberhard Herrn Gottwohl, den Leiter der Zolllehranstalt Karlsruhe, im Bildungszentrum in Sigmaringen anzurufen. Vielleicht konnten auch wir unsere Prüfungsergebnisse früher bekommen?

Herr Gottwohl rief an – aber ohne Erfolg. Man spannte uns auf die Folter...

28. Heutzutage würde ich nach Luxemburg fahren

Wäre ich jetzt in einer Situation wie damals im Juni 1984, würde ich nach Luxemburg fahren.

Luxemburg ist eine der Städte, in der ich gut entspannen und abschalten kann. Eine Stadt, in der ich gut Stress hinter mir lassen – also entschleunigen - kann. Denn ich fahre gerne einmal pro Jahr in einem Reisebus an einen Ort, in dem französisch gesprochen wird.

Im Großherzogtum Luxemburg gibt es 12 Städte, von denen die Hauptstadt Luxemburg die wichtigste und größte ist. Das Großherzogtum Luxemburg grenzt an Frankreich, Belgien und Deutschland.

Die Landessprachen sind Deutsch, Französisch und Luxemburgisch.

Dieser Platz befindet sich im oberen Teil der Stadt, der auf einem Sandsteinfelsen erbaut ist (es gibt noch einen unteren Teil von Luxemburg mit den Stadtteilen Grund, Clausen und Pfaffenthal).

Am Place de la Constitution steige ich aus – zusammen mit all den anderen Reiseteilnehmern im Bus. Lange darf ein Reisebus dort nicht halten.

An diesem Platz gibt es eine – im Halbkreis angelegte - Brüstung aus Stein. Ich sehe von dieser Brüstung aus in ein Tal – das

„Vallée de la Pétrusse" (Pétrussetal) – dort gibt es eine schöne, gepflegte Grünanlage.

Ich sehe auch immer wieder eine kleine bunte Bahn – den so genannten „Pétrusse-Express" -, mit dem man zum unteren Teil der Stadt durch das Pétrussetal fahren kann.

Die Flüsse Pétrusse und Alzette sind die beiden Flüsse, die durch die Stadt Luxemburg fließen.

Ich sehe auch die Stadtparkasse, das ist – meiner Meinung nach ein Gebäude -, das eher wie ein Turm aussieht, in dem Rapunzel aus dem Märchen gewohnt haben könnte, aber nicht wie eine Sparkasse.

Zu dieser Stadtsparkasse führt eine Brücke – die so genannte Pont d'Adolphe -, auf der Autos fahren, rechts und links gibt es einen Weg für Fußgänger. Man kommt dann auf die Avenue de la Liberté (Freiheitsstraße), an deren Beginn diese Stadtsparkasse steht.

Auf dem Place de la Constitution befindet sich auch der Eingang zu den Pétrusse-Kasematten. Ich könnte einige Steinstufen hinuntersteigen und wäre dann am Eingang.

Ob diese Kasematten sehenswert sind und wie viel Eintritt man für die Besichtigung zahlen muss, weiß ich nicht.

Die Kasematten, die in Luxemburg wirklich bekannt sind, sind die so genannten „Bock-Kasematten". Dazu mehr später.

An einem Kiosk auf dem Place de la Constitution kaufe ich mir einen Tasse Kaffee in einem Pappbecher und ein paar Ansichtskarten.

Ich könnte mir eine Tour in einem Aussichtsbus buchen – einen entsprechenden Eintrittskartenverkaufsstand gibt es auf dem Place de la Constitution. Aber der Preis hierfür beträgt 14 Euro im Jahre 2009, und 1984 war er sicherlich auch nicht preiswert. Also lasse ich das bleiben. Man ist in diesem Bus nur 90 Minuten unterwegs – das Geld will ich mir sparen und auf eigene Faust losgehen.

Also überquere ich den Boulevard F.D. Roosevelt, gehe nach rechts, um die Kathedrale Notre-Dame zu besichtigen. Diese Kathedrale mit ihren drei Türmen gilt als wichtiges

Wahrzeichen der Stadt. Interessant sind hier die Kirchenfenster – aber auch die Halle der Kirche mit den Rundbögen gefällt mir sehr. Laut Information meines Reiseführerbuches wurde mit dem Bau dieser Kathedrale im Jahre 1613 begonnen.

Als ich die Kirche verlasse, gehe ich den Boulevard F.D. Roosevelt geradeaus, biege nach rechts ab und gelange auf die Rue Chimay (Chimay-Straße).

Hier beginnt die Fußgängerzone. Es gibt viele Läden und Restaurants und Cafés. Einige haben Tische und Stühle draußen stehen – und zu Preisen von durchschnittlich 6 bis 20 Euro im Durchschnitt kann ich 2009 eine Vorspeise oder ein Mittagessen einnehmen.

Dazu habe ich aber keine Lust und kaufe mir erst einmal einen Reiseführer für Luxemburg mit Stadtplan.

Im Juni – egal, ob 1984 oder 2009 – haben einige Läden Sommerschlussverkauf. Hier kann man das eine oder andere Schnäppchen machen.

Allerdings bin ich der Meinung, dass Luxemburg auf jeden Fall teurer ist als Deutschland. Egal, ob man Kleidung kauft oder Zeitschriften oder Bücher oder auch Lebensmittel oder anderes.

Wenn die Rue Chimay endet, steht man auf dem Place des Armes (hier habe ich zwei deutsche Übersetzungen: ein Reiseführer bezeichnet diesen Platz als „Exerzierplatz" – der andere als „Paradeplatz").

Auf diesem Platz ist viel los. Das liegt garantiert an den zahlreichen Restaurants und Straßencafés, – die draußen stehenden Tische und Stühle der einzelnen Restaurants sind abgetrennt durch „Gartenlauben", was dem Ganzen einen sehr netten und gemütlichen Eindruck verleiht.

Das Wetter in Luxemburg ist im Juni sonnig und warm und die Gartenlauben entsprechend gut besetzt. Es ist Mittagszeit, und viele Leute wollen in einem Restaurant etwas essen.

Als Finanzanwärterin würde ich in ein Schnellrestaurant gehen und mir einen Burger und eine Cola kaufen. Als Frau mit einer abgeschlossenen beruflichen Ausbildung und einem Job kann ich schon in eine Pizzeria gehen.

Cola trinke ich nur, wenn es sehr warm ist, weil es für mich ein gutes Mittel zur Vorbeugung von Kreislaufproblemen ist. In dem Schnellrestaurant finde ich sogar einen Sitzplatz und nehme mir 30 Minuten Zeit für mein Essen.

Auf dem Place des Armes gibt es übrigens auch eine Touristeninformation, in der man Prospekte über Luxemburg gegen Gebühr bekommen kann. Und es gibt einige Geschäfte.

Nach meinem Mittagessen gelange ich über die Rue de Cure (Kurstraße) – das ist ebenfalls eine Straße mit vielen Läden – zum Place Guillaume II (Wilhelmsplatz).

Der Place de Guillaume II ist groß, der Boden aus Kopfsteinpflaster, es gibt einige Bäume. Ein Foto wert ist auf jeden Fall das Rathaus. Es wurde 1838 gebaut.

Interessant ist auch das Reiterstandbild aus Stein – es zeigt Wilhelm II., der der zweite Großherzog von Luxemburg sowie König der Niederlande war und das Großherzogtum Luxemburg gründete.

Auf diesem Platz befinden sich längst nicht so viele Leute wie auf dem Place des Armes.

Ich laufe über den Platz, mache einige Fotos, überquere die Rue du Fosse (Grabenstraße), gehe durch die kleine Rue de la Reine (Straße der Königin) und stehe auf einmal vor dem Großherzoglichen Palast.

Das ist ein imposantes Gebäude! Groß und braun mit vielen dunkelgrauen Türmen. Zwischen 1572 und 1573 baute man diesen Palast. Die großherzogliche Familie wohnt hier offiziell.

Daneben steht die Abgeordnetenkammer. Ich nehme an, die „Abgeordnetenkammer" ist für Luxemburg das, was für Deutschland der Bundestag (Reichstag in Berlin) ist.

Von dort aus gehe ich zum Place Clairefontaine (Clairefontaine-Platz).

Hier gibt es viele Regierungsgebäude.

Über die Rue de Saint-Esprit (Straße des Heiligen Geistes) und die Rue de la Corniche (könnte übersetzt werden mit:

Straße an einem Steilhang) gehe ich zum unteren Teil der Stadt Luxemburg – genauer gesagt, zum Stadtteil Grund.

Die St. Michaels-Kirche sehe ich mir an. Und ich entdecke die „Bock-Kasematten". Ich denke, das sind die Kasematten, die die Leute meinen, wenn sie davon sprechen, dass man in Luxemburg die „Kasematten" besuchen soll. Ich habe zwei Eingänge zu zwei verschiedenen Kasematten entdeckt – den „Pétrusse-Kasematten" und den „Bock-Kasematten" – und ich denke, es handelt sich um zwei verschiedene Kasematten.

Die Kasematten sind unterirdische Gänge, die vor vielen Jahrhunderten angelegt wurden, um Soldaten und ihren Pferden Schutz vor Feinden zu bieten. Man kann sie gegen eine Eintrittsgebühr besichtigen. Wie hoch diese ist, kann ich nicht herausfinden.

Eine Dame aus dem Reisebus sagte mir, es dauere zwei bis zweieinhalb Stunden, bis man die „Bock-Kasematten" besichtigt hat. Im Sommer sei die Luft drückend dort – und deswegen sei dann eine Besichtigung sehr anstrengend.

Ich behalte mir vor, diese Bock-Kasematten anzusehen, mache das dann aber letztendlich doch nicht.

Wenn ich nach der Besichtigung der Ober- und der Unterstadt noch genug Zeit gehabt hätte, hätte ich mir die Kasematten angeschaut. Aber während der fünf Stunden Aufenthalt in Luxemburg bleibt mir dafür keine Zeit.

Wie lange man für die Besichtigung der „Pétrusse-Kasematten" braucht, weiß ich nicht.

Die „Unterstadt" – ich laufe durch den Stadtteil Grund - empfinde ich als sehr ruhig. Irgendwie beschaulich, romantisch. Kein Wunder, ich habe den Eindruck, in einem Dorf zu sein – weg von den vielen Menschen im Zentrum in der Oberstadt.

Im Mittelalter lebten in der Unterstadt Gerber, Bierbrauer und Schuster. Heute gibt es dort einige Pubs und Restaurants.

Ich laufe am Ufer des Flusses Alzette entlang und gelange schließlich zur Kirche St. Johannes der Täufer (Eglise St. Jean Baptiste). Es ist eine große Kirche, die zu einer ehemaligen Abtei gehört.

Ich laufe über den Hof der Abtei und gelange zu einem Naturmuseum mit einem Laden daneben, der unter anderem Postkarten und Lesezeichen verkauft.

Das Museum will ich nicht besuchen, ich gehe die Rue Munster (Münsterstraße) entlang bis zu einer Brücke, die über die Alzette führt. Schade, ich kann keine Fotos mehr machen – die Aussicht ist wirklich schön. Es gibt dort einige Cafés, einige Treppen führen zu einem Uferweg an der Alzette – und man kann sich auf eine der Bänke setzen und ein bisschen ausruhen und seine Gedanken einfach treiben lassen.

Nun gehe ich die etwas steile – aber nicht zu steile Straße – wieder nach oben in die Oberstadt. Ich hätte auch den Aufzug nehmen können, der von der Unterstadt in die Oberstadt fährt. Mit diesem Aufzug kommt man ebenfalls von der Oberstadt in die Unterstadt, wobei ich nicht weiß, wo sich in der Oberstadt der Eingang zu diesem Aufzug befindet.

In der Oberstadt besuche ich einige Läden in der Fußgängerzone und finde auch eine Bäckerei, die ein kleines, nettes Café hat, wo ich eine Tasse Kaffee und ein Croissant für insgesamt 2 Euro bekomme.

Nach fünf Stunden und zehn Minuten Aufenthalt in Luxemburg fährt der Reisebus vom Place de la Constitution über Trier wieder zurück in die deutsche Stadt, von der der Reisebus abgefahren ist.

Ja, einen Ausflug nach Luxemburg hätte ich im Juni 1984 benötigt, als ich auf das Ergebnis der Wiederholungsprüfung wartete. Ich war vor lauter Aufregung völlig durch den Wind, fast am Ende, fast schon in der Nähe eines Nervenzusammenbruchs. Dieser Stadtrundgang, die netten Menschen und die Sehenswürdigkeiten in Luxemburg hätten mir gutgetan!

Stattdessen verbrachte ich im Juni 1984 ein Pfingstwochenende bei meinen Eltern in meiner Heimatstadt und hoffte inständig, die Zwischenprüfung geschafft zu haben.

29. Abgeblitzt!

Anfang Juni 1984 erhielten alle, die einen Beschwerdebrief über die Zwischenprüfung schrieben, endlich Antwort vom Bundesministerium der Finanzen in Bonn.

Der Leiter der Zolllehranstalt in Karlsruhe ließ es sich nicht nehmen, uns unsere Antwortbriefe vom Bundesministerium der Finanzen direkt zu überreichen.

Es klingt unglaublich, aber man hatte uns abblitzen lassen! Was wagten wir eigentlich, uns zu beschweren?

Mir schien es, dass wir nur wie Dreck in den Augen des Bundesministeriums waren und gefälligst froh sein mussten, einen Ausbildungsplatz zu haben!

Aber wenn 200 Finanzanwärter sich beschwerten und die restlichen 100 keine Lust oder Angst hatten, einen derartigen Brief zu schreiben, so bedeutete das für das Ministerium gar nichts! Warum? Ich denke: Wir waren doch alle alt genug, wir waren erwachsen, wir waren psychisch gesund und im vollen Besitz unserer geistigen Kräfte. Und wir wussten, worüber wir uns beschwerten, ertrugen wir doch monatelang diese Dozentenhölle in Sigmaringen!

Aber die Dozenten saßen am längeren Hebel, niemand konnte sie von ihrem Thron fegen – sie hatten die Narrenfreiheit und konnten schalten und walten, wie es ihnen gefiel! Sie waren Richter und Henker in einer Person, und wir Finanzanwärter waren die Dummen dabei!

Hier ist das Antwortschreiben des Bundesministeriums der Finanzen:

Der Bundesminister der Finanzen
5300 Bonn 1   21. Mai 1984

Frau Vicky W.
Hauptzollamt Stuttgart-West
über Oberfinanzdirektion Stuttgart

Betrifft: Beschwerde gegen die Durchführung der Zwischenprüfung 1984
Bezug: Ihr Schreiben vom 14. März 1984
Anlage: - 1 –

Sehr geehrte Frau W.,
Ihre o.a. Beschwerde habe ich eingehend geprüft. Das Ergebnis bitte ich, der Anlage zu entnehmen.
Wegen der Vielzahl der eingegangenen Beschwerden kann nicht jede Eingabe individuell beantwortet werden. Ich bitte Sie deshalb um Verständnis, wenn die beigefügten Feststellungen teilweise auch Beschwerdepunkte betreffen, die Sie nicht vorgetragen haben.
Mit freundlichen Grüßen
Im Auftrag - Irgendwer

Anlage:
Der Bundesminister der Finanzen
Feststellungen zur Zwischenprüfung 1984
Die gegen die Zwischenprüfung 1984 vorgetragenen Beschwerden geben keinen Anlass, die Prüfung zu beanstanden.
Die zur Aufsichtsarbeit aus dem Gebiet „Gesamtwirtschaftliche Zusammenhänge und ökonomische Grundlagen der Aufgabenerfüllung" erhobenen Einwendungen greifen nicht durch. Ihre Überprüfung im Einzelnen hat vielmehr folgendes Ergebnis:
Die Prüfungsaufgabe steht im Einklang mit § 22 Absatz 2 Satz 2 LAPO-ZV/BV. Nach dieser Bestimmung sind die Aufgabenschwerpunkte der Aufsichtsarbeiten jeweils einem der Pflichtfächer nach § 12 Absatz 3 Nr. 2 bis 5 LAPO-ZV/BV zuzuordnen. Das ist hier geschehen.
Die Vorschrift stellt klar, dass die Aufgabenstellung nicht alle zum Studiengebiet zählenden Pflichtfächer anteilig berücksichtigen darf. Es kann auch nicht davon ausgegangen werden, dass jedes Jahr nur Fächer mit hohen Stundenanteilen Gegen-

stand der Prüfung sind. Der Einwand, damit sei ein großer Teil der Prüfungsvorbereitung vergebens gewesen, zeigt, dass zahlreiche Anwärter den Sinn ihres Fachhochschulstudiums noch nicht richtig erkannt haben und ihre Ausbildung nur im Blick auf die Prüfung, nicht aber als Grundlage für ihren späteren Beruf sehen.

Die Kritik an der Aufgabenstellung aus dem Studienfach „Öffentliche Finanzwirtschaft" ist nicht begründet. Das Thema „Änderung von Verträgen" ist in allen Kursen anhand geeigneter Unterlagen behandelt worden. Die Dozenten sind nicht verpflichtet, bestimmte Lernmaterialien einzusetzen. Gleichwohl wäre auch das Skript für alle Anwärter, in deren Kursen es nicht ausgegeben worden ist, verfügbar gewesen.

Die Fragen zu den Themen „Nettokreditaufnahme" und „Leasing" sind zwar nicht oder unterschiedlich im Unterricht behandelt worden. Ihre vollständige Lösung konnte jedoch den in der Prüfung ausgeteilten Hilfsmitteln entnommen werden. Von Nachwuchskräften des gehobenen Dienstes wird erwartet, dass sie auch Aufgaben, die nicht im Einzelnen im Unterricht behandelt worden sind, allein anhand der maßgebenden und verfügbaren Bestimmungen bewältigen können.

Durch die Aufgabenstellung aus dem Teilgebiet „Soziale Sicherung" sind keine Prüflinge benachteiligt worden. Jeder Prüfungsteilnehmer hätte auch das Thema „Beitragsbemessungsgrenze" in gebotenem Umfang in seine Prüfungsvorbereitungen einbeziehen können. Zusätzlich zum Unterricht ist in allen Kursen eine Sammlung von Arbeitsunterlagen ausgeteilt worden, die eine der Prüfungsaufgabe ähnliche Übungsaufgabe enthält.

Eine Benachteiligung kann auch nicht daraus hergeleitet werden, dass der zweite Teil der Aufgabe auf den ersten aufbaut. Derartige Aufgabenstellungen sind in Prüfungen nicht nur zulässig, sondern lassen auch besonders gut erkennen, bis zu welchem Grad ein Prüfling mit dem Prüfungsstoff vertraut ist. Darüber hinaus sind alle für den zweiten Teil der Aufgabe wesentlichen Angaben dem Sachverhalt zu entnehmen gewesen;

deshalb war es auch nicht erforderlich, die einschlägigen gesetzlichen Bestimmungen als Hilfsmittel in der Prüfung auszugeben.

Die Einwendungen gegen die Aufsichtsarbeit aus dem Gebiet „Organisatorische Grundlagen, Information und Informationsverarbeitung" haben sich als nicht begründet erwiesen. Ihre Überprüfung hat im Einzelnen folgendes ergeben:

Entgegen der Auffassung der Beschwerdeführer ist der Umfang der Arbeit angemessen und in der vorgegebenen Prüfungszeit von drei Zeitstunden zu bewältigen. Die Seitenzahl der Aufgabe für sich allein stellt kein geeignetes Beurteilungsmerkmal für den Umfang der Arbeit dar, zumal darin auch der für die Darstellung der Lösung notwendige Platz enthalten war.

Die Angemessenheit der Aufgabe ist durch die vor der Zwischenprüfung durchgeführte fachdidaktische Prüfung festgestellt worden.

Auch die Abstimmung mit dem Zentralbereich der FH-Bund hat nichts Gegenteiliges ergeben. Die Ergebnisse im Einzelnen zeigen ebenfalls, dass die Aufgabe nicht zu umfangreich war.

Zahlreiche Prüflinge, die überdurchschnittliche Noten erzielt haben, haben ihre Arbeiten bereits vor Ende der Bearbeitungszeit abgegeben. Wenn Prüflinge den Prüfungsstoff in der vorgegebenen Zeit nicht bewältigt haben, lässt das darauf schließen, dass sie sich nicht in dem erforderlichen Maße vorbereitet haben.

Es war auch zulässig, im Aufgabenteil „Datenverarbeitung" von den Prüflingen mehrere Fragen anhand des Bundesdatenschutzgesetzes beantworten zu lassen.

Die Prüflinge werden durch diese Art der Aufgabenstellung nicht unangemessen beansprucht. Sie sollen vielmehr zeigen, dass sie als Nachwuchskräfte des gehobenen Dienstes nach dem Grundstudium in der Lage sind, mit Rechtsvorschriften umzugehen.

Die Lösung erforderte auch keinen überzogenen Zeitaufwand, weil alle Fragen im Wesentlichen anhand des ersten

Abschnitts des BDSG (Bundesdatenschutzgesetz) zu beantworten waren.

Das ist der Wortlaut dieses Schreibens des Bundesministeriums der Finanzen, über das sich jede Leserin und jeder Leser selbst ein Urteil bilden kann.

Zu der Anmerkung, dass die Finanzanwärter den im Grundstudium vermittelten Stoff „als Grundlage für den späteren Beruf" sehen sollten, habe ich jedoch folgendes zu bemerken: Ich kenne kein Zollamt, das eine „Nettokreditaufnahme-Abteilung" oder eine „Beitragsbemessungsgrenzen-Dienststelle" unterhält oder das jemals getan hat. Ich kenne kein Zollamt und kein weiteres Amt, das eine oder mehrere der Organigramm-Strukturen, wie wir sie lernten, anwendete und noch anwendet.

Und außerdem haben die meisten Zollbeamten des gehobenen Dienstes, die einst diese Fachhochschulausbildung absolvierten und ihre Inspektorenprüfung bestanden haben, den Stoff des Grundstudiums längst vergessen. Für sie ist anderes Wissen wichtig: Warenursprungs- und Präferenzrecht, Wissen darüber, wie man gefälschte Waren aus Drittländern erkennen kann, Wissen in Schaumwein- und Branntweinsteuer, Wissen über die Abgabenordnung und so weiter.

30. Die DIN-Norm „DIN EN ISO 9001"

Obwohl die Maschinenbaufirma (MBF) in Crailsheim, in der ich in den 1990er-Jahren tätig bin, dem Fortschritt hinterherhinkt, wird sie nach der DIN-Norm DIN EN ISO 9001 zertifiziert. Genauer gesagt: 1995 erhält man das so genannte „Qualitätsmanagement-Zertifikat nach DIN EN ISO 9001". Diese Auszeichnung stellt einen wichtigen Meilenstein für die künftige Entwicklung einer jeden Firma dar.

Warum brauchen Firmen auf einmal ein solches Zertifikat? Weil das Markenzeichen „made in Germany" immer mehr an Bedeutung verliert, wie ich erfahre. Firmen müssen sich anderweitig qualifizieren, der komplette Betriebsablauf einer Firma muss in einem Handbuch niedergelegt werden.

Also: was macht die Einkaufsabteilung, wie funktioniert der Verkauf, wie genau sind die Arbeitsabläufe in der Arbeitsvorbereitung? Diese und andere Fragen werden gestellt. Erledigen alle Mitarbeiter ihre Arbeit so, dass die höchstmögliche Qualität dabei erzielt wird?

Hier werden alle Phasen, die ein Produkt während seiner Herstellung durchläuft, beleuchtet – von der Entwicklung eines Produktes über seine Produktion und sein Marketing bis hin zur Montage und zum Kundendienst.

Das Handbuch ist im Falle der vorher erwähnten Maschinenbaufirma von zwei Studenten erstellt worden, die nacheinander für je ein halbes Jahr als Praktikanten in der Firma tätig waren und gleichzeitig mit ihrem Anteil an der Erstellung dieses Handbuchs ihre Diplomarbeiten gefertigt haben.

Kunden und Firmen, die an Produkten einer Firma interessiert sind, brauchen ein neues Kriterium, nach dem sie ihre Lieferanten auswählen.

Und dieses Auswahlkriterium ist für viele Hersteller die Zertifizierung nach dieser DIN-Norm DIN EN ISO 9001. Besonders Firmen, die im internationalen Wettbewerb stehen, müssen, wenn sie ein Angebot abgeben, immer öfter nachweisen, dass sie ein Qualitätsmanagement-Zertifikat besitzen. Dieses Zertifikat wird von einer dazu ermächtigten Stelle verliehen.

Die Beschaffenheit von Preislisten eines Herstellers (sind sie modern oder nicht?), interessiert dabei niemanden. Oder, ob sich eine Firma sozial gegenüber Müttern verhält oder nicht, ist hier nicht ausschlaggebend.

Auch nicht, ob der Informationsfluss innerhalb einer Firma immer gut funktioniert. Bei manchen Maschinenbauern haben besonders Frauen darunter zu leiden. Ihnen werden die Maschinen oft nicht erklärt, nur dann, wenn sie sich deswegen beschweren – wie ich zum Beispiel. Mein Kollege Bert, ebenfalls Verkaufsingenieur, mit dem ich einige Jahre zusammenarbeite, hat ein Einsehen mit mir, denn er beginnt, meine Arbeit bald zu schätzen. Von ihm habe ich einiges über die Maschinen erfahren dürfen.

Die Zeitung preist derweil vorhin erwähnten Maschinenbauer in den höchsten Tönen, als Vorzeigeunternehmen, das alle Zertifizierungen, die weltweit verliehen werden, absolut verdient. Und der Inhaber der Firma lässt in jeder Abteilung die neueste Version der Urkunde „Qualitätsmanagement-Zertifikat nach DIN EN ISO 9001" in einem Glasrahmen an die Wand hängen.

Das ist schon mal ein Objekt, an dem man jeden Tag mit stolzgeschwellter Brust vorbeilaufen kann!

31. Nervenkitzel-Countdown, Part II

Am Dienstag, 12.06.1984, gab es allerdings noch keine DIN-Norm DIN EN ISO 9001. An diesem Tag gab es – zumindest in der Stadt Karlsruhe – einige Finanzanwärter, die darauf hofften, die Zwischenprüfung für den gehobenen nichttechnischen Dienst der Bundeszollverwaltung bestanden zu haben.

Pfingsten flog vorbei – voller Sonnenschein. Ich versuchte, diese Feiertage so unbeschwert wie möglich zu genießen. Aber mich peinigte immer noch die Angst, auch wenn ich sie nach außen hin nicht zeigte und mich fröhlich gab.

An diesem Dienstag erfuhren wir, dass Steffi, Siegmars Freundin, die Zwischenprüfung mit immerhin 28 Punkten bestanden hatte.

Wir hielten es nicht mehr aus vor lauter Spannung. Nach dem Unterricht an der Zolllehranstalt tigerten Hartmut, Christoph, Monika und ich zu einer Telefonzelle. Christoph investierte zwei D-Mark (circa einen Euro) und versuchte, Herrn Oswald zu überzeugen, im Bildungszentrum in Sigmaringen anzurufen. Die Ergebnisse der Wiederholungs-Zwischenprüfung lagen schon vor, und wir wollten diese sofort erfahren!

Zum tausendsten Male beneidete ich alle meine Kollegen, die die Zwischenprüfung bereits beim ersten Anlauf bestanden hatten. Sie mussten nicht durch diesen Nervenstress gehen, den wir momentan zu überstehen hatten. Noch immer litt ich täglich an Durchfall und einer hässlichen Spät-Akne im Gesicht – alles Folgen der bisher erlebten psychischen Anspannung. Mir war übel.

„Die Oberfinanzdirektion Stuttgart weiß bereits, wer bestanden hat und wer nicht", sagte Herr Oswald. „Aber sie darf Ihnen das Ergebnis erst am offiziellen Termin, dem 22. Juni 1984, bekannt geben! Die Oberfinanzdirektion, die schon vorher ihre Finanzanwärter über das Ergebnis unterrichtete, hat falsch gehandelt. Was sie tat, war nicht rechtmäßig. Auch sie hätte bis zum 22. Juni warten müssen!"

Wir konnten also nicht mehr erreichen – das Ergebnis würden wir erst am 22. Juni bekommen.

Bedrückt gingen wir durch diesen herrlichen Tag. Die Sonne lachte – so, als wisse dieser Tag nicht, welche seelischen Qualen wir erlitten... Ich beneidete alle Leute, denen wir begegneten. Wie unbeschwert sie waren, sie mussten sich nicht mit den Problemen herumplagen, die wir im Moment hatten! Immer wieder versuchte ich, positiv zu denken. Ständig motivierte ich mich mit positiven Denkformeln, die ich aus den Büchern von Dr. Joseph Murphy gelernt hatte. Nur, um zu überleben.

Hartmut und Christoph kehrten in die Zolllehranstalt zurück. Monika drehte sich zu mir um und unterbreitete mir einen guten Vorschlag:

„Gehen wir doch heute in den Zoo! Er ist ganz in der Nähe!"

Ich war sofort Feuer und Flamme. Den Zoo fanden wir schnell und genossen unseren Spaziergang – an Elefanten und exotischen Vögeln vorbei. Wir bestaunten Bären und andere Tiere. Der Zoo war nicht groß, aber sehr schön angelegt.

Abends saßen wir wieder in gemütlicher Runde mit unseren Kollegen der Oberfinanzdirektion Stuttgart zusammen.

32. Als Träume zerstört wurden

Zum letzten Mal setzte ich morgens an diesem 13. Juni 1984 für meine Kollegen Wasser auf dem Gasherd in der Küche auf. Der Gasherd versetzte mich zu Beginn meiner Zeit auf der Zolllehranstalt Karlsruhe in Angst und Schrecken, aber nun hatte ich gelernt, damit umzugehen. Sicher hantierte ich mit einigen Töpfen und machte auch Milch für Monika auf einer Herdplatte warm.

Das Frühstück verlief wie gewöhnlich. Siegmar schmauste „Honig Pops", ein süßes Zeug ähnlich Cornflakes. Andere aßen Brot mit Marmelade. Britta saß vor ihrem Schokomüsli. Das Radio im Esszimmer plärrte auf Hochtouren. Morgenidylle. Alles war ganz normal. So dachten wir. Aber es sollte anders kommen.

Vor dem Unterrichtsraum hielt mich Britta auf. „Gehe sofort runter in den Aufenthaltsraum! Die anderen sind schon dort. Man will euch gleich die Ergebnisse der Zwischenprüfung mitteilen!"

Mein Herz schien für einen Schlag auszusetzen. Aber ich fasste mich wieder, ich musste mich fassen. Die Stunde der Wahrheit war gekommen. Aufgeregt hetzte ich in den Aufenthaltsraum und gesellte mich zu den anderen.

Da saßen wir – wir vier Wiederholer der Oberfinanzdirektion Stuttgart: Christoph, Eberhard, Monika und ich (Felix hatte ja die Wiederholungsprüfung noch vor sich). Keiner von uns sprach ein Wort.

Das Radio plärrte noch immer und versuchte uns abzulenken. Einige Putzfrauen, die morgens immer ihre Arbeit taten, unterhielten sich. Die Luft war zum Zerreißen gespannt. Das Warten zerrte an unseren Nerven.

Ein Finanzanwärter der Oberfinanzdirektion Karlsruhe setzte sich schweigend an unseren Tisch. Auch er wartete auf das Ergebnis der Prüfung.

„Ist Herr König noch nicht da?" Einer unserer Lehrer der Zolllehranstalt erschien im Raum und blickte sich suchend um.

Wir schüttelten den Kopf. Oliver König konnte hervorragend Elefanten malen. Ansonsten war er pünktlich. Nur heute erschien er zu spät zum Unterricht.

„Dann kommen Sie mit!" Der Lehrer deutete auf den Finanzanwärter der Oberfinanzdirektion Karlsruhe, der mit uns am Tisch saß. Randolf hieß er. Ich erinnerte mich, dass er immer intelligente Antworten im Unterricht gab. Wir sollten ihn aber nie wiedersehen. Er war durchgefallen...

Immer noch warteten wir – bis plötzlich Herr Gottwohl auftauchte und uns in ein Labor lotste.

„Es tut mir leid!" Er zuckte bedauernd mit den Schultern. „Gerade kam ein Anruf aus Stuttgart. Ich darf Ihnen das Ergebnis der Zwischenprüfung doch noch nicht bekannt geben!"

Wir stöhnten. Immer noch keine Gewissheit! Zentnerschwere Felsen schienen an meinem Herzen zu hängen – so schlecht fühlte ich mich! Ich konnte bald nicht mehr! Warum ließ uns die Oberfinanzdirektion Stuttgart warten? Verstand man nicht, wie sehr man uns folterte?

Bedrückt wanderten wir in den Unterrichtsraum. Wir platzten mitten in eine Unterrichtsstunde. Ein Lehrer zeigte gerade eine Diashow über Rauschgiftschmuggel. Die Reihen der Karlsruher Finanzanwärter hatten sich bereits stark gelichtet.

„Karlsruhe hat es schwer erwischt!", teilte uns Herr Gottwohl noch mit, bevor wir wieder am Unterricht teilnahmen. „Von vier Leuten, die die Prüfung wiederholen mussten, sind drei durchgefallen!"

Nur Oliver König hatte es als einziger geschafft. Endlich erschien er zum Unterricht.

Ich rechnete unterdessen mit dem Schlimmsten.

Nach der Unterrichtsstunde über Rauschgiftschmuggel hatten wir Pause. Herr Gottwohl rannte auf uns zu.

„Grünes Licht für die Finanzanwärter der Oberfinanzdirektion Stuttgart! Ich darf Ihnen die Ergebnisse mitteilen! Wer kommt zuerst? Die Damen?"

Eberhard nickte heftig, und Monika folgte Herrn Gottwohl in sein Büro.

Zitternd wie Espenlaub stand ich auf dem Gang, hielt die Hände hinter dem Rücken gefaltet und betete. Wie so oft in diesem Jahr bei der Zollverwaltung. Und ich wartete.

Die Minuten zogen sich wie Stunden hin. Es dauerte lange, bis Monika erschien. Mit gesenktem Kopf stieg sie langsam Stufe für Stufe hinunter. Und sie ging nicht in den Unterrichtsraum zurück, sondern stieg wie in Trance einen Stock tiefer – in das Zweibettzimmer, das ich mit ihr teilte.

Betreten schauten wir anderen uns an. Monikas Verhalten sagte uns mehr als 1.000 Worte: sie war durchgefallen…

Langsam stieg ich die Stufen ins nächste Stockwerk hoch. Auf einmal schien ich viel sensibler für die Dinge zu sein, die um mich herum passierten. Staubteilchen tanzten in den Sonnenstrahlen, die auf die alten Steintreppen fielen.

An Herrn Gottwohls Zimmertür klopfte ich.

„Herein!", tönte es von innen. Ich trat ein und schloss vorsichtig die schwere Holztür. Dann setzte ich mich in den bequemen Sessel gegenüber von Herrn Gottwohl. Sein Schreibtisch war mit Büchern und Papieren übersät.

„Ah, Frau W.," er rückte sich in seinem Sessel zurecht. „Was hatten Sie eigentlich für ein Gefühl bei der Zwischenprüfung?"

Seine Frage kam für mich unerwartet. Sein Tonfall brachte mich beinahe aus der Fassung. Mein Mund wurde trocken.

„Ich hatte ein besseres Gefühl als beim ersten Mal", stammelte ich.

„Hatten Sie?" Herr Gottwohl blickte mich erstaunt an. Sein Blick schien sich in meine Augen zu bohren…

„Leider muss ich Ihnen mitteilen – es hat diesmal wieder nicht geklappt!"

Was?! Die Worte trafen mich wie ein Fausthieb in die Magengrube. Das konnte doch nicht wahr sein! Ich befand mich in einem Alptraum!

Aber alles war harte Realität, die nackte Wahrheit. Wir schrieben den 13. Juni 1984, und ich hatte gerade erfahren, dass alle meine Anstrengungen der letzten Monate, mein Kämpfen und Ringen, umsonst gewesen waren. Ich würde aus der Zollverwaltung entlassen werden. Endgültig! Ein Traum – mein Traum! – war zerstört worden! Wieder arbeitslos!

Herr Gottwohl wiederholte meine Gedanken:

„Sie wissen ja: das Nichtbestehen der Zwischenprüfung hat die Entlassung zur Folge. Ab 1. August sind Sie aus der Zollverwaltung entlassen. Und – wie geht es dann mit Ihnen weiter?"

Ich schilderte ihm meine Situation. Studieren kam nicht in Frage – wer sollte das bezahlen? Wahrscheinlich würde ich mir eine Arbeitsstelle als Fremdsprachenkorrespondentin oder Stenotypistin suchen.

„Auch wenn es zuerst nicht so scheint," Herr Gottwohl beugte sich vor, „es geht immer IRGENDWIE weiter. Heute reisen Sie erst einmal zurück in Ihren Heimatort." Sein Blick war beruhigend. „Und morgen sollen Sie auf dem Hauptzollamt in Stuttgart-West erscheinen."

Ich stand auf, wortlos, verzweifelt.

„Auf Wiedersehen – und viel Glück!" Herr Gottwohl schüttelte meine Hand.

Ich verließ sein Büro und stieg langsam die Treppen hinunter. Eberhard wartete im ersten Stock. Als er mich sah, schoss er an mir vorbei – hinauf in Herrn Gottwohls Büro.

Eberhard und Christoph würden jetzt erfahren, dass sie die Zwischenprüfung bestanden hatten.

Hinter Eberhard tauchte Britta auf und fragte mich:

„Vicky, hast du's geschafft?"

Ich schüttelte den Kopf und stieg weiter die Stufen hinunter. Ich ging dorthin, wo Monika war.

Leise öffnete ich die Türe unseres Schlafzimmers und trat ein. Gerade warf Monika hastig alle ihre nach Karlsruhe mitgebrachten Sachen aus einem Schrankfach in ihren Koffer. Ich ließ mich auf mein Bett fallen und heulte.

Nach fünf Minuten begann auch ich zu packen.

Als Monika und ich die letzten Spuren unserer Anwesenheit in unseren Koffern verstaut hatten, nahmen wir auf unseren Betten Platz und unterhielten uns. Wir saßen nun im gleichen Boot – in derselben ausweglosen Situation.

„Um 11 Uhr fährt ein Zug nach Stuttgart", erinnerte sich Monika. „Aber unser Schreibzeug ist noch im Unterrichtsraum."

„Ich habe keine Lust, dort hineinzugehen!" Vor Abscheu schüttelte ich mich.

„Die Sachen können wir aber nicht hierlassen! Ich werde sie holen!" Mutig ging Monika hinaus. Sie hatte keine Tränen, noch nicht. Ihre Tränen würden später fließen.

Und ich hing meinen Gedanken nach. Wirr und unzusammenhängend waren sie. Was sollte ich jetzt tun? Wie sollte mein Leben weitergehen?

Plötzlich klopfte es zaghaft an der Türe. Tatjana erschien.

„Ich wollte eigentlich keinen von euch sehen!", brach es aus mir hervor.

„Gut!" Tatjana drehte sich um und wollte wieder verschwinden.

Mein Ausbruch tat mir sofort leid.

„Du wolltest dich sicherlich von mir verabschieden. Komm' doch rein!", meinte ich schon etwas freundlicher.

Tatjana trat ein – und hinter ihr folgten Britta, Hartmut und Guido. Ich brach in Tränen aus. Nein – das war zu viel für mich! Wie sehr waren mir diese Kollegen in diesem Jahr ans Herz gewachsen! Wie viele Kämpfe hatten wir ausgefochten, wie hatten wir uns zusammengerauft! Nur, um nachher wieder auseinandergerissen zu werden?! Wie ungerecht und grausam das Leben doch sein konnte! Das hatten wir nicht verdient!

„Beruhige dich doch!" Guido klopfte mir sanft auf die Schultern und strich über meine Haare. „Du hast eine Fremdsprachenausbildung! Sicher findest du bald eine Arbeit!"

Ich konnte ihm nicht antworten. Zu frisch war die Wunde, zu tief saß der Schmerz, und ich war noch nicht fähig, einen klaren Gedanken über meine Zukunft zu fassen.

Die Kollegen boten an, uns zum Bahnhof zu bringen, aber wir lehnten ihr Angebot ab. Wir wollten so schnell wie möglich verschwinden – und alleine sein.

Zum Abschied schüttelten Monika und ich noch diesen vier Kollegen die Hände – und dann traten wir mit unserem Gepäck hinaus auf die Straße. Hinaus in ein neues Leben. Ein Leben, vor dem wir Angst hatten.

33. Heimreise

Die folgenden Stunden funktionierte ich nur noch – alles machte ich mechanisch. Ich fühlte mich innerlich wie tot.

Die Straßenbahn brachte Monika und mich zum Hauptbahnhof. Leider mussten wir noch eine Weile warten, bis unser Zug abfuhr. Ich wünschte mir ein großes schwarzes Loch, in das ich versinken konnte oder eine Bombenexplosion, die mich dahinraffte. Ich wollte nicht mehr leben.

Verzweifelt versuchte ich, meine Mutter telefonisch zu erreichen. Aber niemand nahm den Hörer ab.

Wie Roboter gingen Monika und ich zum Zug. Wir stützten uns gegenseitig, trugen uns in Gedanken durch und gaben uns Kraft. Ich gebe zu: wäre Monika nicht bei mir gewesen, hätte ich sicherlich versucht, mir das Leben zu nehmen! Denn was war mein Leben nach solch einer Niederlage noch wert? Ich jedenfalls gab keinen Pfifferling mehr dafür! Warum passierte denn keine Katastrophe, die mich hinwegfegte?

Es ist merkwürdig: wenn man sich Dinge herbeiwünscht, die zum Tode führen, treten sie meistens nicht ein. Und wenn Katastrophen passieren, treffen sie Leute, die am Leben hängen – und ihr Leben wird dann ausgelöscht.

Wir kletterten in den Zug nach Stuttgart und zogen unsere schweren Koffer hinter uns her. Erschöpft ließen wir uns auf die Sitze plumpsen.

Monika saß mir gegenüber und starrte aus dem Fenster auf die Bahngleise.

„Die Zeit in Karlsruhe war kurz", meinte sie.

„Ich hätte gerne noch das schöne Schloss besichtigt!", seufzte ich.

Der Zug fuhr an – wir fuhren mit. Ins Ungewisse. Unsere Folter des Wartens hatte ein wirklich abruptes Ende gefunden. Aber nicht das Ende, das wir wollten. Wir fühlten uns wie Schauspieler in einem falschen Film. In einer Rolle, die wir nie spielen wollten. In einer Rolle, in die wir nicht hineinpassten. Wie sollte es jetzt weitergehen?

Monika machte ein Nickerchen, und ich sah nachdenklich vor mich hin.

In Stuttgart stiegen wir aus dem Zug, luden unser Gepäck auf einen „Kofferkuli" und schoben diesen durch die Bahnhofshalle. Mir war sehr übel. All die Aufregung und Seelenqual, all die Verzweiflung und der innere Druck, denen ich wochenlang standgehalten hatte, drängten nach außen. Es war mir sowieso alles egal.

Und endlich nahm meine Mutter den Telefonhörer ab. Ich heulte, schluchzte und schrie. Noch immer wollte ich mich unter einen fahrenden Zug werfen. Ich hatte keine Hoffnung mehr, ich konnte als rausgeprüfte Zollbeamtin nicht mehr unter die Leute gehen, ich hatte meine Ehre und Würde verloren!

„Komm' erst einmal heim, und dann sehen wir weiter", klangen die beruhigenden Worte meiner Mutter an mein Ohr.

Monika und ich verabschiedeten uns für heute voneinander. Morgen würden wir uns auf dem Hauptzollamt wiedersehen.

34. Der Tag danach

Um neun Uhr am 14.06.1984 – dem nächsten Tag also - saßen Monika und ich Herrn Oswald und Herrn Eggler auf dem Hauptzollamt Stuttgart-West gegenüber. Wir drucksten erst einmal herum. Was sollten wir sagen? Wir fühlten uns so schlecht! Wir hatten gepaukt und geackert, um nun wie zwei „Portionen Häufchen Elend" unserer Entlassung entgegenzusehen.

„Schade, wirklich schade!" Herr Eggler blickte von Monika zu mir. „Wir sind sicher, Sie beide hätten Ihren Weg in der Zollverwaltung gemacht! An der Grenze war man mit Ihnen sehr zufrieden! Man gab Ihnen die Note ‚gut'!"

„Es gibt die Möglichkeit, die Zwischenprüfung erneut zu wiederholen!", warf Herr Oswald ein und fischte eine Dienstanweisung aus seinem Paragraphenwald. „Wir müssten einen Antrag stellen!"

Oh nein! Monika und ich schüttelten heftig unsere Köpfe. Nochmals pauken, wiederholen, zittern – um nachher noch einmal zu erfahren, dass wir wieder nicht bestanden hatten? Nein, das wollten wir nicht! Wir fühlten uns ausgebrannt und am Ende.

„Was werden Sie jetzt tun?", wollten die Herren wissen. „Jura studieren und sich dann bei der Zollverwaltung in den höheren Dienst – zum Beispiel als Dozentinnen – bewerben?"

Dieser Vorschlag klang für Monika und mich wie ein schlechter Scherz.

„Nein!", antworteten wir einstimmig – denn von Jura hatten wir genug!

„Stimmt es eigentlich", fragte ich, „dass die Oberfinanzdirektionen im letzten Jahr zu viele Finanzanwärter eingestellt haben und deswegen so viele durch die Zwischenprüfung fliegen mussten? Uns ist ein Gerücht zu Ohren gekommen..."

Herr Oswald räusperte sich und meinte dann:

„Ja, was sind schon Gerüchte? Aber ich sollte Ihnen etwas sagen: Die Zollverwaltung ist eine sterbende Verwaltung. Gerade, weil jetzt die Grenzen innerhalb der Europäischen Gemeinschaft geöffnet werden sollen. Und darüber hinaus ist im Gespräch, die Erhebung der Einfuhrumsatzsteuer auf die Finanzämter umzuwälzen. So verliert die Zollverwaltung einige Aufgaben. Folglich gibt es zu viele Leute in der Zollverwaltung. Die Beamten auf den Grenzzollämtern müssen in die Binnenzollämter versetzt werden. Je mehr Beamte es in der Zollverwaltung gibt, desto geringer sind die Beförderungschancen!"

Waren wir also überflüssig und wurden deswegen „rausgeprüft"?

Nein, so sehe ich es heute. Die Zollverwaltung kümmert sich unterdessen auch darum, Schwarzarbeit zu entdecken und zu bestrafen. Das macht viel Arbeit.

Ebenfalls wird viel Arbeit für die Zollverwaltung dadurch verursacht, dass viele Menschen Dinge über das Internet aus dem Ausland bestellen. All diese Dinge müssen stichprobenartig kontrolliert werden – gegebenenfalls ist Zoll dafür zu entrichten. Oder Dinge werden aus dem Verkehr gezogen, weil sie Plagiate oder anderweitig illegal sind. Es gibt so vieles, was die Zollverwaltung machen kann und machen muss.

Eine sterbende Verwaltung ist sie auf jeden Fall nicht.

35. Brief an Britta

Brief – geschrieben am 15.06.1984:
Liebe Britta,
nun bin ich zu Hause. Jeden Morgen, wenn ich aufwache, denke ich, ich könnte noch in Karlsruhe sein.

Vorgestern fuhren wir heim. Ich litt an rasenden Kopfschmerzen vom vielen Heulen. Monika meinte, sie sei ja nicht abergläubisch, aber an dem Tag, an dem wir erfuhren, dass wir entlassen würden, war der Dreizehnte...

Ich überlegte, ob ich mich lieber aufhängen oder unter einen Zug werfen sollte. Ich unterließ beides. Auch hatte ich Lust, mich sinnlos zu betrinken, ließ aber auch dies sein.

Monika sagte, wenn man etwas Neues beginnen wolle, sollte man das Alte total hinter sich lassen. Damit hat sie gar nicht Unrecht. Sie will aber auch keinen Kontakt mehr zu euch. Bei mir ist es etwas Anderes. Ich schreibe gerne Briefe.

Nun muss ich zuerst eine Arbeit finden.

Meine Eltern reagierten auf meine Entlassung besser, als ich dachte.

„Wer weiß, wozu das gut war?", sagten sie.

Gestern waren wir bei Herrn Oswald auf dem Hauptzollamt. Wir erklärten beide, dass wir gerne in der Zollverwaltung geblieben wären. Uns hat es gefallen. Besonders am Schluss. Die Praxis und der Unterricht an der Zolllehranstalt waren sehr gut. An der Grenze wurden wir jede mit „gut" bewertet.

Es ist deprimierend, beim Zoll wegen Fächern durchzufallen, die nichts mit Zoll zu tun haben und die nachher in der Praxis nicht gebraucht werden. Und es ist auch deprimierend, dass dies von Dozenten abhängt, die von der Praxis auf einem Zollamt nur wenig oder gar keine Ahnung haben, sondern als „Fachidioten" von irgendwelchen Universitäten kamen. Warum dürfen die Praktiker auf den Zollämtern kein Wörtchen mitreden?

Zoll war toll. Und ihr werdet uns bald vergessen haben. Später wird es nur noch heißen: „Wir hatten einst zwei Kolleginnen, die aber durch die Zwischenprüfung gefallen sind."

Herr Oswald und Herr Eggler sind immer noch der Ansicht, dass Monika und ich gute Beamtinnen des gehobenen Dienstes geworden wären und unser Soll vorbildlich erfüllt hätten. Der gleichen Meinung sind wir auch.

Offiziell sind wir noch bis zum 31.07.1984 Finanzanwärter in der Zollverwaltung. Wir erhalten solange noch Bezüge (Gehalt). Natürlich haben wir beide Urlaub eingereicht.

Am 22. Juni müssen wir noch einmal auf dem Hauptzollamt erscheinen. Dort erfahren wir die Punktzahl der Prüfung und können vielleicht unsere Arbeiten einsehen. Und wir werden dann offiziell entlassen.

Gestern besuchten Monika und ich noch das Arbeitsamt in Stuttgart und ließen uns in die Kartei der Arbeitssuchenden aufnehmen. Wir gaben alle Kenntnisse an, die wir haben.

„Lieber zu viel als zu wenig", meinte Monika. Und damit hat sie auch Recht.

Wie viele für mich nun nutzlose Dinge habe ich meinem Kopf eingetrichtert: Haushaltsklarheit, Haushaltswahrheit. Und noch viel mehr! Und alles umsonst!

Vielleicht schreibt ihr mir einmal?

Viele Grüße – Vicky.

36. Das Ende einer Karriere

Meine Eltern reagierten zuerst tatsächlich gelassen auf die Tatsache, dass ich aus der Zollverwaltung entlassen werden würde. Aber je mehr Zeit verstrich, desto mehr Vorwürfe musste ich mir anhören.

Solche Niederlagen seien sie von mir nicht gewohnt, meinten sie beispielsweise. Sie wechselten von einer Stimmung zur nächsten – waren veränderlich wie das Wetter. Und oft konnte ich sie nicht davon überzeugen, dass ich Opfer geworden war. Opfer einer Verwaltungspolitik, die ich nicht mehr durchschaute und die sich gegen uns „kleine Beamte" richtete. Es handelte sich um höhere Gewalt!

Ich habe diesen Beruf geliebt. Ich war sehr, sehr gerne Zollbeamtin. Aber alles war mir entglitten wie ein nasses Stück Seife.

Am 22. Juni 1984 wurden Monika und ich offiziell entlassen. Unterdessen lagen auch die genauen Ergebnisse unserer Zwischenprüfung vor – in Notenpunkten. Monika errang gerade einmal 19 Punkte, ich nur 18.

„Stell' dir vor", Monika konnte es nicht fassen, „nur EIN Punkt mehr, und ich wäre noch dabei…"

Insgesamt waren circa 40 Finanzanwärter herausgeprüft worden – davon alleine acht aus unserem Kurs Nummer Fünf. Wir waren zu „Bauernopfern" geworden, weil die Dozenten unseren Kurs nicht mochten.

Auch Felix bestand die Wiederholungsprüfung nicht. Kurt Guldner, der im Unterricht stets intelligente Antworten gab, wurde ebenso entlassen. Es fiel und fällt jetzt noch schwer, solche Ereignisse zu verstehen.

Monika errang übrigens 12 Punkte in der Zollrechtsklausur, die wir am Ende des Hauptstudiums I, 1 geschrieben hatten. Eine hervorragende Arbeit, die ihr aber nicht mehr half, in der

Zollverwaltung bleiben zu dürfen. Das Ergebnis meiner Zollrechtsklausur habe ich nie erfahren, es interessiert mich allerdings schon lange nicht mehr.

Niemand half uns.

Herr Eggler und Herr Oswald hatten nicht die Macht, uns zu helfen.

Der BDZ (Bund deutscher Zollbeamter) wollte uns nicht helfen, denn wir waren noch nicht lange genug in der Zollverwaltung beschäftigt gewesen. Und mit Neulingen wollte man seine Zeit nicht verplempern.

Die Oberfinanzdirektion Stuttgart wollte uns nicht helfen. Die Beamten dort glaubten uns nicht.

„Diejenigen, die durch die Zwischenprüfung fielen, haben wohl nicht gelernt. Oder sie können keine Gesetze lesen und sie verstehen!", meinten die Beamten dort. Klingt diese Meinung über uns nicht wie eine Ohrfeige? Waren die Beamten auf der Oberfinanzdirektion blind und taub?

Ich habe im Laufe der letzten Jahrzehnte mitbekommen, wer Gesetze nicht lesen kann. Die Leute in den Arbeitsämtern beispielsweise – die sich seit einigen Jahren „Arbeitsagenturen" nennen (aber das macht sie deswegen nicht besser, als sie vorher waren). Sie stecken Arbeitslose und Arbeitssuchende in sinnlose Maßnahmen, in denen diese Leute lernen, wie man nach veralteten Methoden Bewerbungen schreibt. Die Leute bekommen dieses „Bewerbungstraining" in einer Häufigkeit serviert, die an „Gehirnwäsche" grenzt! Und für solche sinnlosen Maßnahmen werden öffentliche Gelder – im vorliegenden Fall Gelder aus der Arbeitslosenversicherung – verschwendet! Für sinnvolle Weiterbildungskurse, die beispielsweise von der IHK (Industrie- und Handelskammer) angeboten werden, ist dann kein Geld da.

Manche Leute müssen während solcher „Fortbildungsmaßnahmen" Zeit mit Malen und Basteln verbringen. Kein Wunder, dass sie solche Maßnahmen als demütigend – also als menschenunwürdig – empfinden. Man hat doch einen guten Beruf erlernt und wird von den Arbeitsagenturen behandelt, als sei man ein Kleinkind!

Gehirnwäsche und solche demütigenden Maßnahmen verstoßen gegen Artikel 1 des Grundgesetzes – also den Artikel zum Schutz der Menschenwürde. Aber wer keine Gesetze lesen kann, wie es bei vielen Mitarbeiter der Arbeitsagenturen der Fall ist, kapiert das natürlich nicht.

Diese sinnlosen Maßnahmen der Arbeitsagenturen werden fälschlicherweise als „Weiterbildung" oder auch „Trainingsmaßnahmen"/"Fortbildungsmaßnahmen" deklariert. Das sind sie nicht (Ich muss es wissen, denn ich habe selbst an einer solchen Maßnahme teilnehmen MÜSSEN!!). Warum sollen Bewerbungstraining nach veralteten Regeln und Kindergartentätigkeiten, wie Malen und Basteln, eine Fortbildung sein? Das erschließt sich mir nicht und vielen anderen Menschen auch nicht.

Diese Maßnahmen der Arbeitsagenturen sind nur dazu da, damit die Arbeitslosen und Arbeitssuchenden für eine bestimmte Zeit aus der Arbeitslosenstatistik fallen, also in der Arbeitslosenstatistik nicht erscheinen. So kann man auch die Arbeitslosenstatistik frisieren! Oder krasser gesagt: fälschen.

Diese sinnlosen Maßnahmen helfen Arbeitslosen und Arbeitssuchenden NICHT, Jobs zu finden.

Weiterhin können einige Mitglieder von Kirchen, die so genannte „Hauskreise" (Hausbibelkreise) veranstalten, keine Gesetze lesen. Ich habe das leider bei einem Hauskreis von Mitgliedern der evangelischen Kirche erfahren müssen – sicherlich gibt es auch Mitglieder anderer Kirchen, die ähnlich handeln. In einem „Hauskreis" der evangelischen Kirche, den ich besuchte, wurde gegen Artikel 1 des Grundgesetzes verstoßen. Es wurden Informationen über mich ohne meine Erlaubnis dort hineingebracht und über mich getratscht.

Klatsch und Tratsch in kirchlichen Kreisen ist dafür da, dass die Leute, über die geklatscht und/oder getratscht wird, aus der jeweiligen Kirche austreten oder nicht wieder eintreten. Ich wollte wieder Mitglied der evangelischen Kirche werden, habe das aber bleiben lassen. Ich lasse meine Menschenwürde nicht hinter meinem Rücken durch den Schmutz ziehen! Für Klatsch und Tratsch bezahlt man keine Kirchensteuer.

Natürlich habe ich mich über den Klatsch und Tratsch bei der evangelischen Kirche beschwert. Wer keine Gesetze lesen und sie einhalten kann, nur „christliche Heuchelei" betreibt und nur Latrinenparolen (Gerüchte, Klatsch, Tratsch) streut – so wie dieser „Hauskreis" -, sollte keinen „Hauskreis" veranstalten!

Monika und ich und all die anderen Finanzanwärter konnten sehr wohl Gesetze lesen – auch während der Prüfungen. Aber diese Prüfungen liefen nicht fair ab. Bewiesen nicht 200 Beschwerdebriefe, dass auf dem Bildungszentrum in Sigmaringen etwas nicht stimmte?

Aber nun zurück zum 22. Juni 1984 und Monikas und meinem Besuch beim Hauptzollamt Stuttgart-West. Wir versuchten, mit Herrn Oswald zu retten, was noch zu retten war.

„Ein Problem gibt es noch!" Herr Oswald seufzte. „In der Oberfinanzdirektion glaubt man, Sie seien alleine schuld, dass Sie die Zwischenprüfung nicht bestanden haben. Natürlich müssten Sie deswegen Ihre Bezüge (Gehalt) zurückzahlen."

Monika und ich stöhnten. Unser Weg beim Zoll war bisher nur mit Steinen gepflastert gewesen – warum ließ man uns nicht in Ruhe gehen? Warum streute man noch mehr Salz in unsere Wunden? Wie sollten wir jetzt einige Tausend D-Mark zurückzahlen? Ohne Job?

„Es gibt einen Ausweg!" Herr Oswald holte eine dicke Gesetzessammlung in einem grünen Ordner aus seinem Aktenschrank. Er blätterte darin. Diese grünen Ordner standen in jedem Zollamt, das wir bisher besucht hatten.

Mit dem Finger tippte Herr Oswald auf eine Dienstanweisung und las sie uns vor. Sie lautete ungefähr so:

„Kündigt der Beamte sein Beamtenverhältnis, um einer Kündigung durch die Oberfinanzdirektion zuvorzukommen, müssen die Bezüge nicht zurückgezahlt werden."

Monika und ich blickten uns ratlos an. Konnten wir diesem „Angebot" trauen? Oder wollte uns Herr Oswald auch hereinlegen? Wir wussten nicht mehr, wem in der Zollverwaltung wir noch glauben, wem wir noch trauen konnten.

„Ich bürge dafür, dass Sie die Bezüge nicht zurückzahlen müssen!" Herr Oswald bemerkte sehr wohl unsere Zweifel und wollte uns beruhigen. Er streckte uns seine helfende Hand entgegen – und wir ergriffen sie.

Eine formlose Kündigung wurde also von den Sekretärinnen im Hauptzollamt für uns aufgesetzt. Wir mussten sie nur noch unterschreiben:

„Ich bitte, mich mit Ablauf des 31. Juli 1984 nach § 30 Absatz 1 des Bundesbeamtengesetzes aus dem Beamtenverhältnis zu entlassen."

Herr Oswald behielt Recht. Unsere Bezüge mussten wir nicht zurückzahlen.

Dafür lebten wir erst einmal mit einer Lüge. Jedem erzählten wir von nun an, uns habe es in der Zollverwaltung nicht gefallen und wir seien freiwillig gegangen.

Zum Glück war unsere „Zeit beim Zoll" im Laufe der Jahre ein Thema, das wir gar nicht mehr gegenüber irgendwelchen Leuten erwähnen mussten. Ein Jahr in einem Leben war und ist nur ein kurzer Zeitraum – und den konnte und kann man schnell „irgendwie" unter den Tisch kehren. Uns das tat uns gut – und trug sicherlich dazu bei, dass unser Selbstvertrauen im Laufe der Jahre wieder besser wurde. Wesentlich besser!

Vom Hauptzollamt erhielt ich folgendes Zeugnis:

Der Vorsteher des Hauptzollamtes Stuttgart-West
Stuttgart, 28. Juni 1984

Dienstzeugnis
Frau Vicky W., geb. am...., wohnhaft in …, ist seit dem 01.08.1983 als Finanzanwärterin (Beamtin auf Widerruf) beim Hauptzollamt Stuttgart-West im Vorbereitungsdienst der Laufbahn des gehobenen nichttechnischen Dienstes der Bundeszollverwaltung beschäftigt.

Frau W. wird auf eigenen Antrag gemäß § 30 Bundesbeamtengesetz mit Ablauf des 31. Juli 1984 aus dem Dienst der Bundeszollverwaltung entlassen.

In Vertretung - Blabla

Monika erhielt ebenfalls ein Dienstzeugnis.

Dabei gefiel es uns in der Zollverwaltung, und wir wären gerne geblieben.

Zum Schluss händigte uns Herr Oswald das Entlassungsschreiben des Bildungszentrums in Sigmaringen aus. Ich fand und finde immer noch, dass man sich hier im Ton vergriffen hatte – ein solches Schreiben sollte höflicher formuliert werden. Zumal wir nicht die Schuld an unserer Entlassung trugen!

Fachhochschule des Bundes für öffentliche Verwaltung
- Fachbereich Finanzen -   Sigmaringen, 7. Juni 1984

Frau Finanzanwärterin Vicky W.

Betrifft: Zwischenprüfung für den gehobenen nichttechnischen Zolldienst des Bundes

Anlagen: Eine Feststellung über das Prüfungsergebnis (Anlage 4), eine Rechtsbehelfsbelehrung

Sehr geehrte Frau W.,

Sie haben die Zwischenprüfung nicht bestanden. Eine Feststellung über das Prüfungsergebnis ist als Anlage beigefügt. Hinsichtlich dieser Prüfungsfeststellung wird gem. § 80 Absatz 2 Nr. 4 VwGO die sofortige Vollziehung angeordnet. Dies bedeutet, dass eine aufschiebende Wirkung auch dann nicht eintritt, wenn Sie gegen diese Prüfungsentscheidung Widerspruch einlegen sollten.

Durch das Nichtbestehen der Wiederholungsprüfung haben Sie bewiesen, dass Sie für die Laufbahn des gehobenen Dienstes in der Bundesfinanzverwaltung nicht geeignet sind und auch nicht in der Lage sein werden, die Ihnen in Ihrer Laufbahn gestellten Aufgaben zu erfüllen. Insofern besteht ein öffentliches Interesse daran, die Ausbildung und damit das Beamtenverhältnis zu beenden.

Die Prüfungsentscheidung ist Grundlage für die Beendigung des Beamtenverhältnisses nach § 22 Absatz 9 LAPO-ZV/BV in Verbindung mit § 31 BBG. Aus diesem Grund ist die Anordnung des sofortigen Vollzugs geboten.

Sie ist ferner geboten, weil andernfalls die Anfechtung des Prüfungsergebnisses zu einem längerfristigen Schwebezustand führen würde, der wegen der zu treffenden beamtenrechtlichen Entscheidungen vermieden werden muss.

Schließlich besteht auch ein öffentliches Interesse daran, dass Anwärterbezüge aus öffentlichen Mitteln dann nicht mehr gezahlt werden, wenn der Anwärter unter Beweis gestellt hat, dass er den Aufgaben der von ihm angestrebten Laufbahn nicht gewachsen ist.

Mit freundlichen Grüßen - Sowieso

Anlage 4 (zu § 22, Abs. 5)
Die Prüfungskommission für die Zwischenprüfung
Sigmaringen, 7. Juni 1984
am Fachbereich Finanzen der Fachhochschule
des Bundes für öffentliche Verwaltung

Ergebnis der Zwischenprüfung der Finanzanwärterin Vicky W.

Aufsichtsarbeit aus den Gebieten	Rang-punkt	Note (in Worten)
1. Staats- und verfassungs-rechtliche Grundlagen des Verwaltungshandelns; gesellschaftliche und politische Bezüge	2	mangel-haft

2. Allgemeine rechtliche Grundlagen der Aufgabenerfüllung	3	mangelhaft
3. Gesamtwirtschaftliche Zusammenhänge und ökonomische Grundlagen der Aufgabenerfüllung	5	ausreichend
4. Organisatorische Grundlagen, Information und Informationsverarbeitung	8	befriedigend

Summe der Rangpunkte: 18

Durchschnittspunktzahl (§ 20, Abs. 1): 4,50

Prüfungsnote (Durchschnittsnote): mangelhaft

Der Vorsitzende der Prüfungskommission - Irgendjemand

Nun waren Monika und ich offiziell aus der Zollverwaltung entlassen. Bis zum 31. Juli hatten wir Urlaub. Aber es war kein richtiger Urlaub. Die Angst vor der Zukunft saß uns im Nacken.

Einige Tage später traf das Entlassungsschreiben der Oberfinanzdirektion Stuttgart ein:

Mit Postzustellungsurkunde
Frau Vicky W.

Stuttgart, 25. Juni 1984

Betrifft: Entlassung aus dem Dienst der Bundesfinanzverwaltung
Bezug: Ihr Antrag vom 22.06.1984

Anlagen: Ein Erklärungsvordruck, eine Empfangsbescheinigung

Sehr verehrte Frau W.,

ich entlasse Sie auf Ihren Antrag gemäß § 30 BBG mit Ablauf des 31.07.1984 aus dem Dienst der Bundeszollverwaltung. Sie haben nach Ihrer Entlassung keinen Anspruch auf Dienstbezüge und Versorgung und dürfen dann die Bezeichnung „Finanzanwärterin" nicht mehr führen (§ 34 BBG).

Ich weise Sie besonders darauf hin, dass Sie auch nach Beendigung des Beamtenverhältnisses verpflichtet sind, über die Ihnen bei Ihrer amtlichen Tätigkeit bekannt gewordenen Angelegenheiten Verschwiegenheit zu bewahren (§ 61 BBG) und Belohnungen und Geschenke in Bezug auf Ihr Amt nur mit Genehmigung des Bundesministers der Finanzen annehmen dürfen (§ 70 BBG).

Über eine Rückforderung eines Teils der gezahlten Anwärterbezüge wird besonders entschieden.

Ich werde Ihre Nachversicherung für die Zeit Ihrer versicherungsfreien Tätigkeit in der Bundesfinanzverwaltung nach Ablauf der Jahresfrist (§ 125 des Angestelltenversicherungsgesetzes) durchführen.

In diesem Zusammenhang werden Ihnen weitere Einzelheiten in etwa zwölf Monaten mitgeteilt werden. Falls sich bis dahin Ihre Wohnanschrift geändert haben sollte, bitte ich, mir dies mitzuteilen. Den beiliegenden Erklärungsvordruck und die Empfangsbescheinigung bitte ich, zu unterschreiben und mir wieder zuzusenden.

Für Ihren weiteren Lebensweg wünsche ich Ihnen alles Gute.

Mit freundlichen Grüßen – Irgendwer

37. Lichtblick?

Was hatte mich dazu veranlasst, meine Zwischen-prüfungsklausuren einsehen zu wollen? Man bot es uns an. Monika lehnte von vornherein ab. Rückblickend muss ich sagen: sie hatte recht!

Was erwartete ich also, als ich Anfang Juli 1984 zum Haupt-zollamt Stuttgart-West reiste? Wollte ich noch nach einem Hoffnungsschimmer in meinen Klausuren forschen, nach einem kleinen Klumpen Gold, nach DEM Beweis, der die Dozenten überführen konnte? Darüber, dass sie mich herausgeprüft hat-ten? Ich weiß es nicht.

Herr Oswald überreichte mir wortlos meine Zwischenprü-fungsklausuren, die am Tag vorher aus Sigmaringen eintrafen. Und ich studierte sie.

Die Klausur im Fachbereich „Gesamtwirtschaftliche Zusam-menhänge und ökonomische Grundlagen der Aufgabenerfül-lung war, meiner Meinung nach, fair bewertet worden. Hier hatte ich mein Bestes gegeben – das, was ich geben konnte, ohne alle Gesetzestexte, die man uns zur Vorbereitung nicht ausleihen wollte, zum Lernen zur Verfügung zu haben.

In „Staatsrecht" würde ich nie einen Blumentopf gewinnen. Also legte ich diese Blätter schnell zur Seite.

Später erfuhr ich allerdings, dass wir in „Staatsrecht" eine Klausur mit einem Schwierigkeitsgrad bekommen hatten, den Jurastudenten bei der Abschlussprüfung – dem Staatsexamen oder der Master-Prüfung also – lösen mussten. Für uns Finanz-anwärter im Grundstudium war diese Klausur also viel zu schwer und unlösbar. Klar, dass ich da nicht viele Punkte errei-chen KONNTE!

Heute würde ich – wenn ich die Zwischenprüfung wieder machen müsste - gar nicht mehr auf den Fächerkomplex „Staatsrecht" lernen. Denn es ist der Fächerkomplex in der Zwi-schenprüfung, in dem die meisten Finanzanwärter fünf Noten-punkte (Note vier minus) erst gar nicht erreichen, sondern viel schlechter abschneiden. Warum soll man also darauf lernen?

Die Klausuren sind viel zu schwer für Finanzanwärter des Grundstudiums und werden schlecht bewertet. Wenn man sich bei der Verwaltung – dem Bundesministerium der Finanzen beispielsweise – über diese Tatsache beschwert, bringt das nichts. Beschwerden werden abgeschmettert. Das mussten wir ja auch erleben!

Außerdem braucht man für den Beruf des Zollbeamten Kenntnisse in Staatsrecht überhaupt nicht. Staatsrecht ist auch totes Wissen, wenn man die Verwaltung verlassen hat und sich anderweitig beruflich orientieren muss. 99,9 Prozent aller Arbeitgeber suchen keine Mitarbeiter, die Kenntnisse in „Staatsrecht" aufweisen.

Die Zeit könnte man also besser investieren, indem man auf die anderen drei Fächerkomplexe intensiver lernt und schaut, dass man hier durchkommt. Wenn man zum Beispiel in diesen drei anderen Fächerkomplexen jeweils sieben Punkte schafft, hat man die Zwischenprüfung bestanden – und kann „Staatsrecht" getrost ignorieren.

Mein Blick fiel auf die Klausur im Fachbereich „Allgemeine rechtliche Grundlagen der Aufgabenerfüllung". Die Klausur, in die ich so viel Hoffnung gesetzt hatte.

Ich las meine – für mich brillante - Lösung durch. Manchen Juristen hätte meine Arbeit in helles Entzücken versetzt!

Und plötzlich ging mir ein Licht auf! Nein – mehrere Lichter, ein ganzer Kronleuchter!

Mir wurde folgendes klar: Egal, was ich schreiben würde, ich würde immer in der Zollverwaltung „herausgeprüft" werden. Egal, was ich machen würde: die Dozenten wollten mich nicht in der Zollverwaltung sehen.

Circa 40 Leute wurden entlassen – und ich hatte unter ihnen zu sein, um jeden Preis. Unser Selbstvertrauen ging dabei verloren, es wurden viele Träume zerstört, aber danach fragte niemand. Ich stand auf der „Abschussliste". Man *ließ* mich nicht durchkommen.

Was hatte ich falsch gemacht?

Ich hatte mich einfach nur in der Zollverwaltung beworben, hatte einen Ausbildungsplatz bekommen – und hatte diesen akzeptiert in der Hoffnung, diese Ausbildung machen zu dürfen und in diesem Beruf zu arbeiten.

Aber man erkannte an der Fachhochschule meine Lösungen nicht an. Man würde dort meine Lösungen nie anerkennen. In der Zollverwaltung gaben mir die Dozenten keine Chance.

Die Buchstaben tanzten vor meinen Augen. Müde legte ich die vollgeschriebenen Blätter auf die Seite – wie ein Stück Hoffnung, das man aufgibt. Warum saß ich noch hier? Was hatte ich hier verloren? Was suchte ich auf diesem Hauptzollamt? Hier gehörte ich nicht hin!

Langsam stand ich auf und verabschiedete mich von Herrn Oswald.

„Auf Wiedersehen – und für Ihre Zukunft alles Gute!" Er lächelte und drückte mir fest die Hand.

Und zum letzten Mal stieg ich die Stufen des Hauptzollamtes Stuttgart-West hinunter. Ich trat hinaus und schloss die Eingangstüre hinter mir. Für immer.

38. Es gibt immer einen Weg danach

Fünfunddreißig – 35! - Jahre sind seit diesen Ereignissen vergangen, und mein Leben ging weiter.

Dieses Buch ist fast fertig – und bei den Arbeiten dazu hatte ich Alpträume, ich erlebte nochmals dieselbe Hölle wie damals.

Kopfschüttelnd wird mir auch nach so vielen Jahren klar: Monika, Felix, ich und all die anderen hatten keine Chance. Wir MUSSTEN durch die Zwischenprüfung fallen. Wir wurden von den Dozenten in Sigmaringen regelrecht „verheizt"!

War uns nicht etwas total Widersinniges passiert? Wir wurden behandelt wie ein Führerscheinprüfling, zu dem man sagt:

„Schade – wir können dir den Autoführerschein nicht aushändigen, da du keine Waschmaschine zusammenbauen kannst! Diese Tatsache beweist, dass du nie ein guter Autofahrer wirst!"

Uns wurde die Fähigkeit abgesprochen, gute Zollbeamte werden zu können, weil man uns nicht fair behandelte in Fachgebieten, die nichts mit Zoll zu tun hatten und immer noch haben.

Zum Glück mussten wir unsere Anwärterbezüge nicht zurückzahlen. Der Rat des Herrn Oswald war doch gut – und *fair!*

Ich habe erfahren, dass in den Jahren nach uns noch weitere Finanzanwärter durch die Zwischenprüfung fliegen mussten. Irgendwann sagten Mitarbeiter der Oberfinanzdirektionen und Hauptzollämtern zu den Dozenten in Sigmaringen:

„Was macht ihr mit unseren Finanzanwärtern? Warum lasst ihr so viele durch die Zwischenprüfung fallen? Wir brauchen diese Leute doch! Sonst hätten wir sie nicht eingestellt!"

Aber das brachte Monika, Felix und mir und all den anderen „Rausgeprüften" unsere Ausbildungsstellen in der Zollverwaltung nicht mehr zurück.

Wenn ich also Plakate sehe, auf denen zu lesen ist, dass die Zollverwaltung Auszubildende sucht, weil man Zollbeamte braucht – Schüler sich also dort bewerben sollen -, kann ich das nicht glauben und schüttle nur den Kopf. Monika, Felix und ich wären hervorragende Mitarbeiter der Zollverwaltung geworden, aber man musste uns ja mit aller Macht herausprüfen!

Seit einigen Jahrzehnten werden die Finanzanwärter in einem Bildungszentrum in Münster (Westfalen) unterrichtet. Es gibt dort Zweibettzimmer! Ob in diesem Bildungszentrum die Dozenten fairer sind als in Sigmaringen, weiß ich nicht.

Wenn die Finanzanwärter während des Grundstudiums immer noch im Fach „Psychologie" unterrichtet werden, sollten sie lernen, einen „Plan B" zu machen. Also sich Gedanken machen, was sie tun könnten, wenn sie durch die Zwischenprüfung fliegen. Denn dass das passieren kann – auch mit allerbester Vorbereitung -, ist ja nicht ausgeschlossen.

Abiturnoten sagen übrigens nichts darüber aus, ob man die Zwischenprüfung an der Fachhochschule des Bundes,

Fachbereich Finanzen, bestehen wird. Es kann sein, dass man mit einem Abiturdurchschnitt von 1,0 durch die Zwischenprüfung fällt – sie aber besteht, wenn man einen Abiturdurchschnitt von 3,0 oder schlechter hat. Glück ist bei der Zwischenprüfung ein ganz entscheidender Faktor und keine Abiturnoten! Wenn die Dozenten meinen, einen Finanzanwärter, der einen Abiturdurchschnitt von 1,0 hatte, rausprüfen zu wollen, dann tun sie das auch! Man kann dagegen nichts tun!

Monika, Johannes und ich haben immer noch Kontakt. Wir sind gute Freunde geworden. Monika und Johannes haben geheiratet. Johannes hat die Inspektorenprüfung bestanden und arbeitet in der Zollverwaltung.

Sowohl Monika, als auch ich haben eine kaufmännische Berufsausbildung gemacht. Wir haben unsere Ausbildungen mit Auszeichnung abgeschlossen, denn wir sind und waren schon immer gut! Wir konnten gut lernen und haben erfahren, dass es auch Ausbildungen gibt, in denen die Auszubildenden fair behandelt werden. Ausbildungen, in denen es faire Fragen und Aufgabenstellungen gibt, die gewährleisten, dass man mit sehr guter Vorbereitung eine Berufsausbildung auch zu Ende machen kann, ohne vorher „rausgeprüft" zu werden.

Und wir konnten schon immer Gesetze lesen – das können wir heute noch!

Meine ehemaligen Kolleginnen und Kollegen der Oberfinanzdirektion Stuttgart schrieben mir noch eine Zeitlang. Plötzlich schlief der Kontakt ein. Alle wurden Zollinspektoren. Sie haben es verdient – sie haben hart dafür gearbeitet und gebüffelt.

Ebenso hatte ich noch eine Zeitlang Kontakt zu Renate aus Frankfurt. Sie hatte die Zwischenprüfung bestanden, bekam aber durch den Stress am BZ in Sigmaringen eine Gürtelrose. Sie konnte diese überwinden und ihre Ausbildung in der Zollverwaltung fortsetzen. Was aus ihr geworden ist, weiß ich nicht, denn auch unser Briefkontakt verlief im Sande.

Die Bücher von Dr. Joseph Murphy habe ich im Altpapier entsorgt und der Esoterik abgeschworen. All das positive

Denken, all die formulierten Gebete von Dr. Joseph Murphy haben mich in der Zollverwaltung nicht weitergebracht.

Einige Wochen nach meiner Entlassung aus der Zollverwaltung kaufte ich mir eine „Gute-Nachricht-Bibel" und las täglich darin. Die Texte dort sprachen mich mehr an als das „positive und schwammige Geplänkel" der Esoterik – und so ist es auch geblieben.

Jesus Christus ist und war kein Angeber wie viele Esoteriker. Und deswegen gefällt mir Jesus Christus. Das, was er sagte und tat, hat für mich „Hand und Fuß".

39. Aufgaben in einer Exportabteilung

Einige Jahre nach meiner Entlassung aus der Zollverwaltung war ich Auszubildende in einer Textilfabrik in einer Kleinstadt im Ostalbkreis (Baden-Württemberg). Ich saß in der Exportabteilung, die mich immer wieder gerne konsultierte. Denn ich war die einzige Person in der Firma, die einwandfrei die englische und französische Sprache beherrschte und den festangestellten Damen in der Exportabteilung in dieser Hinsicht zur Seite stehen konnte.

Aber nicht nur das – die Aufgaben einer Exportabteilung interessierten mich. Zwar machte diese Firma vorwiegend Geschäfte mit Kunden aus der Bundesrepublik Deutschland, aber zehn Prozent aller Waren wurden immerhin ins Ausland exportiert.

Man erklärte mir, wie eine Ausfuhrerklärung (die man, nach damaligem Stand, ab einem Warenwert von 1.600 DM (das entspricht circa 800 Euro) brauchte) ausgefüllt wurde, dass ich zur Ausfuhr von Waren auch eine Zollrechnung und eine Packliste schreiben sollte. Ursprungszeugnisse und Warenverkehrsbescheinigungen – ebenfalls Exportformulare – brauchte ich für die Ausfuhr von Waren in Länder der Europäischen Union nicht mehr. Aber man exportierte viele Waren in die Schweiz und Österreich, die in den 1980er-Jahren nicht Mitglieder der

Europäischen Union (damals noch: Europäische Gemeinschaft) waren, also füllte ich oft eine Warenverkehrsbescheinigung mit der Bezeichnung „EUR. 2" aus.

Österreich trat 1995 der Europäischen Union bei, die Schweiz ist bis heute (September 2019) noch nicht Mitglied der Euro-päischen Union.

Das Papier EUR.2 wurde später für Ausfuhren in EFTA-Staaten, wie zum Beispiel Schweiz, Norwegen und Island, durch einen Satz ersetzt, der auf einer Zollrechnung unbedingt zu stehen hat. Dieser Satz erspart dem Empfänger die Bezahlung von Zoll, also von Extrakosten. Der Satz heißt so: „Der Ausführer der Waren, auf die sich dieses Handelspapier bezieht, erklärt, dass diese Waren, soweit nicht anders angegeben, präferenzbegünstigte Ursprungswaren der Europäischen Gemeinschaft (Deutschland) sind".

Ja, ich war interessiert, und ich lernte viel. Ich lernte so viel, dass ich fast jeden Tag Waren versenden durfte, fast jeden Tag Ausfuhrpapiere erstellte. Ich kannte alle Formulare auswendig, ich suchte Zolltarifnummern heraus, die Ausfuhren vollzogen sich ohne Probleme.

Diese Firma transportierte oft gewirkte und gestrickte Stoffe nach Griechenland, wo diese von fleißigen Griechinnen in einer Niederlassung zu Badeanzügen, Unterwäsche und anderen Kleidungsstücken verarbeitet wurden. Diese Kleidungsstücke wurden dann wieder zurückgeschickt nach Deutschland. Die Ware machte somit einen Tarifsprung – also: Stoff wird ausgeführt und kommt als Kleidungsstück wieder nach Deutschland zurück.

Warum spricht man in diesem Fall von „Tarifsprung"? Ganz einfach – ein Stoff hat eine andere Zolltarifnummer als ein fertiges Kleidungsstück.

Leider gibt es diese Firma so, wie ich sie während meiner Ausbildung kennen lernte, nicht mehr. Als ich noch dort arbeitete, schien die Firma gesegnet zu sein – die Umsätze sprudelten, es ging der Firma gut.

Die Situation verschlechterte sich jedoch nach meinem Weggang ständig. 1993 meldete man Konkurs an. Ich las es in einer Tageszeitung und war erschrocken. Glücklicherweise hatte ich vorher den Absprung geschafft und arbeitete schon lange in einer anderen Firma.

Aber ich habe während dieser Ausbildung zur Industriekauffrau und der anschließenden Berufspraxis als Exportsachbearbeiterin mehr über Zollbestimmungen und -formalitäten gelernt als während meiner Zeit in der Bundeszollverwaltung.

40. Chinesische Küchenschürzen

Jahre später kann ich die Kenntnisse, die ich mir in der Exportabteilung der Textilfabrik angeeignet habe, bei der Firma SCHMISSIG in einem Dorf im Landkreis Ansbach anwenden. Ich bin dort ganz alleine für den Export in alle Länder – außer nach Österreich und in die Schweiz – zuständig.

Eigentlich glaubte ich, zusammen mit einer anderen Dame im Export zu arbeiten. Diese aber hat sich mit dem Firmeninhaber, den wir alle kurz als „Chef" bezeichnen, überworfen und verlässt Hals über Kopf die Firma. Zumindest empfinde ich das so. Natürlich hat sie fristgerecht noch während der Probezeit ihr Arbeitsverhältnis gekündigt, aber mir wurde das nicht mitgeteilt.

Nachdem ich über vier Monate in der Verkaufs- und Exportabteilung für Deutschland, Österreich und die Schweiz – Bereich Großkunden – eingearbeitet wurde, darf ich auf einmal von heute auf morgen in der Exportabteilung, die am anderen Ende dieses Dorfes liegt, arbeiten. In irgendwelchen angemieteten Reihenhäusern.

Und dort werde ich vor vollendete Tatsachen geworfen. Die Dame, von der ich glaubte, dass wir von nun an zusammenarbeiten, gibt mir gerade noch zwei Tage lang Instruktionen, danach bin ich auf mich alleine gestellt. Ausgerechnet jetzt steht eine größere Sendung mit Küchenschürzen aus Baumwolle nach Belgien an.

Diese Küchenschürzen wurden im Auftrag der Firma SCHMISSIG in China hergestellt und dann nach Deutschland eingeführt. Die Formalitäten für die Einfuhr erledigt die Einkaufsabteilung.

Ich erstelle die Versandpapiere für die Ausfuhr und mache alles so, wie ich es gelernt habe. Unter anderem fülle ich eine Ausfuhrerklärung aus.

Da die Firma SCHMISSIG vom Hauptzollamt Heilbronn Ausfuhrerklärungs-Vordrucke mit dem Stempel „Zur Vorausanmeldung zugelassen" bekommen hat, muss die Ausfuhrerklärung für die Sendung nach Belgien nicht vom Zollamt der nächstgelegenen Kreisstadt Crailsheim abgestempelt werden.

Ich rufe eine Spedition an, arrangiere die Abholung der Ware, ich benachrichtige den Kunden in Belgien. Alles klappt hervorragend.

Wenige Tage später bekomme ich einen Anruf einer Kollegin aus der Einkaufsabteilung, die mir ausrichten soll, dass ich eigentlich alle Versandpapiere vor dem Versand vom „Chef" höchstpersönlich hätte kontrollieren und abzeichnen lassen sollen. Aber nicht ohne Respekt scheint dieser Chef, Herr Schmissig, zur Kenntnis genommen zu haben, dass der Versand funktionierte, auch wenn ich eben diese Versandpapiere ihm nicht zur Prüfung vorlegte...

Ebenso Briefe müssen vor dem Versand Herrn Schmissig zur Abzeichnung vorgelegt werden. Irgendwie will in dieser Firma der Chef alles kontrollieren. Es ist ein Wunder, dass wir Mitarbeiter überhaupt die Kurzmitteilungen an Kunden, wenn wir ihnen Kataloge schicken, absenden dürfen, ohne dass diese Mitteilungen vom Chef vorher abgezeichnet werden. Mehr „geschäftliche Freiheiten" haben wir nicht.

Von dem Augenblick an, als mich die Kollegin aus der Einkaufsabteilung angerufen hat, lasse ich alle Versandpapiere künftig von Herrn Schmissig abzeichnen, bevor eine Warenlieferung die Firma verlässt.

41. Neue Firma – neues Glück?

Nach einem Jahr und neun Monaten – genauer gesagt am 31. März 1990 - verlasse ich die Firma SCHMISSIG. Nicht nur, weil das Betriebsklima dort ausgesprochen schlecht ist.

Dafür spricht zum Beispiel eine Szene mit einer Kollegin, namens Linda, die in der Telefonzentrale von SCHMISSIG arbeitet. Sie ist sehr aufmerksam, bedient die Telefonanlage zur vollsten Zufriedenheit. Sie begrüßt die Anrufer am Telefon mit freundlicher Stimme. Sie serviert Kunden und Außendienstmitarbeitern, die immer wieder mal bei SCHMISSIG vorbeischauen, Kaffee mit einem bezaubernden Lächeln auf den Lippen. Sie vertritt die Chefsekretärin, die oft bis in die Nacht schuftet. Sie macht noch vieles mehr, sie ist einfach die vollendete Mitarbeiterin in einer Telefonzentrale.

Eines Tages bekommt sie nicht mit, dass die Außendienstmitarbeiterin Frau Januarfrost eingetroffen ist. Frau Januarfrost ist eine große Blondine, perfekt gekleidet und auffällig geschminkt. Ihren langen Ford parkt sie grundsätzlich etwas schräg, weil sie sonst mit diesem großen Auto nicht direkt in eine Parklücke trifft. Und an einem Donnerstag im Januar trifft Frau Januarfrost Herrn Schmissig höchstpersönlich in seinem großen Büro.

Herr Schmissig und Frau Januarfrost warten auf Kaffee, aber dieser wird nicht serviert, weil Linda nicht Bescheid weiß, dass Kaffee im Chefzimmer benötigt wird. Herr Schmissig trabt aus seinem Büro, begibt sich mit tapsigen Schritten in die Telefonzentrale und herrscht Linda an:

„Wissen Sie nicht, dass Frau Januarfrost da ist? Servieren Sie ihr sofort Kaffee, Sie blöde Kuh!"

Linda fühlt sich wie vom Blitz getroffen, hechtet Herrn Schmissig hinterher und meint:

„Also – als blöde Kuh lasse ich mich nicht bezeichnen! Ich wusste nicht, dass Frau Januarfrost im Hause ist!"

Herr Schmissig dreht sich um. Herablassend mustert er seine Mitarbeiterin:

„Hauen Sie ab, Sie Arschloch!"

Diese Bemerkung sitzt. Sie sitzt tief. Linda dreht sich schamrot um und setzt Kaffee in der kleinen Küche auf. Ihre Bewegungen sind mechanisch.

Sie überlegt. Was soll sie tun? Auf der Stelle kündigen? Dann hat sie schlechte Karten beim Arbeitsamt. Das Arbeitsamt wird ihr nämlich für die ersten drei Monate ihrer Arbeitslosigkeit keinen Pfennig Arbeitslosengeld bezahlen, da sie ja selbst gekündigt hat. Etwas Anderes wäre es, wenn sie gekündigt werden würde... Aber das kann sich die Firma SCHMISSIG doch nicht leisten. Dass hier ein schlechter Umgangston und somit ein schlechtes Betriebsklima herrschen, ist in der Region bekannt. Man findet gar keine Mitarbeiter aus der Region mehr, man sucht sie sich sogar in anderen Bundesländern!

Linda sucht sich also eine neue Arbeitsstelle. Sie blättert in Zeitungen und wird fündig. Und sie hat Glück! Im selben Landkreis, aber in einer anderen Stadt, findet sie ihren Traumjob – wie sie mir später erzählt, als ich sie einmal in Crailsheim treffe.

Nein, es ist nicht nur das schlechte Arbeitsklima, das auch mich auf die Suche nach einer neuen Arbeitsstelle treibt. Es sind nicht nur die Worte von Herrn Schmissig, der Überstunden nicht bezahlt, der das Äußerste von seinen Mitarbeitern fordert – mit den Worten:

„Der Tag hat 24 Stunden, wenn das nicht reicht, dann nehmen Sie noch die Nacht dazu!"

Es ist auch nicht alleine die Tatsache, dass wir Mitarbeiter in dieser Firma kaum Entscheidungen treffen dürfen. Alle Briefe auf DIN-A-4-Briefbogen und alle Versandpapiere für einen Export muss ich erst von Herrn Schmissig absegnen – also abzeichnen – lassen, bevor ich mich mit einer Spedition in Verbindung setze, die Ware verpacken lasse und so weiter.

Herr Schmissig ist mit allem, was er kontrollieren will, so überlastet, dass sich auf seinem Schreibtisch ein Riesenstapel mit Schriftstücken zum Abzeichnen befinden. Und in diesem

Stapel verschwinden einmal Exportpapiere für einen wichtigen Kunden in den Niederlanden.

Ich warte auf meine Papiere, aber ich bekomme sie mit der Hauspost nicht. Schließlich rufe ich Herrn Schmissig an. Dieser weiß von nichts, ich höre ihn am Telefonhörer in seiner Ablage mit Dokumenten suchen – und er findet die Exportpapiere. Dann sagt er – weil er seinen Fehler nicht zugeben will:

„Wen soll ich jetzt umbringen – Sie oder Herrn Johannson?"

Herr Johannson ist Schwede und Außendienstmitarbeiter im Export. Herr Johannson ist mein bester Freund bei der Firma SCHMISSIG. Er wohnt in Stockholm, aber es gibt Zeiten, da fliegt er alle zwei Wochen in dieses Dorf im Landkreis Ansbach – zu irgendwelchen Unterredungen, Versammlungen, Sitzungen oder sonstigen geschäftlichen Dingen.

Herr Johannson wird von Herrn Schmissig geachtet – oh welch Wunder! Nie redet er ihn so an, wie er langjährige treue Mitarbeiter anzureden pflegt, die auch sonntags arbeiten. Zu ihnen sagt er schlimme Schimpfwörter.

Warum ist Herr Schmissig also zu Herrn Johannson immer freundlich? Den Grund können wir nur vermuten: weil Herr Johannson Herrn Schmissig stark an seinen bereits verstorbenen Vater erinnert.

Übrigens ging die Firma SCHMISSIG im Jahre 2006 insolvent. Warum das genau passierte, weiß ich nicht.

Es sind also nicht nur das schlechte Betriebsklima und die mangelnde Freiheit, die ich bei der Firma SCHMISSIG „genieße". Es sind vor allem das schlechte Gehalt und die Tatsache, dass mir das Leben und Arbeiten auf einem Dorf einfach keine Freude machen. Es vergällt meine Stimmung, es schürt meinen Hass gegen dieses und jenes, es zerfrisst mich und zermürbt mich. Auf dem Dorf fühle ich mich abgeschnitten vom kulturellen Leben, besonders als ich mir beinahe eineinhalb Jahre nach Bestehen der Führerscheinprüfung immer noch kein Auto leisten kann und regelrecht auf dem Dorf fest-sitze – dazu noch ohne Kabelfernsehen oder Satellitenschüssel....

Damit muss Schluss sein, beschließe ich, reiße mich aus meiner Lethargie und meinem Selbstmitleid und suche mir eine andere Stelle. Ich muss einen Neuanfang machen! Nach vielen Absagen kommt die Einladung zu einem Vorstellungsgespräch: Eine Maschinenbaufirma in Crailsheim interessiert sich für mich.

Der Geschäftsführer dieser Firma ist der Aufsteiger der Region. Nach einigen harten Jahren voller Entbehrungen und viel Arbeit wird diese Firma außerordentlich erfolgreich.

Ich schicke meine Bewerbungsunterlagen dorthin. Und eines Tages bekomme ich eine Einladung zu einem Vorstellungsgespräch – an einem Samstag im November 1989.

42. Ursprungszeugnisse und ein neuer Job

Der Geschäftsführer (GL) und Inhaber einer Maschinenfabrik (MBF) in Crailsheim empfängt mich an einem kalten, aber sonnigen Samstagmorgen im November 1989. Ich wundere mich: in dieser Firma wird auch an einem Samstag gearbeitet – zumindest im technischen Büro. Menschen hängen über Zeichenbrettern, konstruieren und rechnen an Computern.

GL ist „gut drauf". Dazu hat er auch allen Grund. Seine Firma floriert, die Auftragsbücher sind schon prall gefüllt bis Ende 1990. Seine Füll- und Verschließmaschinen verkaufen sich bestens.

Enthusiastisch erzählt mir GL von seiner Firma. Weil die Arbeit immer mehr wird, kann er eine zusätzliche Arbeitskraft in seiner Verkaufsabteilung gut gebrauchen. Ich scheine ihm geeignet, weil ich Industriekauffrau bin und Exportpraxis sowie Zollkenntnisse vorweisen kann.

Ich bekomme den Job. GL gibt mir noch auf der Stelle die Zusage.

„Der Arbeitsvertrag geht Ihnen bald zu!", verabschiedet er sich von mir.

Ich kündige bei SCHMISSIG und fange am 1. April 1990 in dieser Maschinenfabrik in Crailsheim in der Exportabteilung an.

Froh bin ich, dass ich nicht mehr bei SCHMISSIG arbeite. Dort hat schon seit einigen Monaten eine verstärkte „Völkerwanderung" eingesetzt. Jedes Quartal kündigen viele Leute – auch Mitarbeiter, die schon seit vielen Jahren dort arbeiten. Die Situation in der Firma wird immer angespannter – man hat Mühe, in dem Tempo Nachfolger zu finden, in dem die Leute kündigen.

Der Arbeitsdruck wird dadurch verstärkt, das Betriebsklima noch schlechter. Die Einkaufsabteilung bei SCHMISSIG, die sehr viel mit der Zollverwaltung zu tun hat, wird ständig neu organisiert wegen der Kündigungen. Manche Leute arbeiten dort tatsächlich bis in die Nacht hinein, erscheinen auch an den Wochenenden.

Da die Firma SCHMISSIG viele ihrer Fußabstreifer und Küchenschürzen in asiatischen Ländern fertigen lässt, braucht man Leute, die sich im Zollrecht auskennen, die die notwendigen Einfuhrpapiere erstellen, Kontakt haben mit dem Zollamt in Crailsheim und so weiter.

Ich habe oft Kontakt mit der Einkaufsabteilung, wenn ich Ursprungszeugnisse ausfüllen muss. Manche Kunden im Ausland wollen diese Ursprungszeugnisse haben, auch wenn sie für die Ausfuhr nicht zwingend vorgeschrieben sind. Ohne ein Ursprungszeugnis darf in bestimmte Länder grundsätzlich keine Ware eingeführt werden. Liegt in solchen Ländern bei der Einfuhrverzollung kein Ursprungszeugnis vor, klingeln bei den Zollbeamten sämtliche Alarmglocken! Man versucht, über die Spedition Kontakt mit dem Lieferanten aufzunehmen. Um die Ware doch noch einführen zu dürfen, sollte sich der Lieferant darum kümmern, so schnell wie möglich ein Ursprungszeugnis zu beschaffen. Bis dieses Dokument vorliegt, wird die Ware in einem Zolllager aufbewahrt. Und das kann hohe Lagerkosten verursachen!

Ursprungszeugnisse darf ich bei SCHMISSIG nicht unterschreiben, auch den Antrag auf diese Zeugnisse nicht. Diese

Anträge sehen dunkelrosa aus, sie dürfen nur von den Leuten unterschrieben werden, deren Unterschrift bei der Industrie- und Handelskammer (IHK) hinterlegt wurde, also von Herrn und Frau Schmissig beispielsweise.

Ich fülle also einen Antrag aus und brauche, um diesen – wenn er unterschrieben ist – zusammen mit dem Ursprungszeugnis selbst an die IHK zu senden, eine Kopie der Rechnung des Herstellers der Ware, für die ich das Ursprungszeugnis brauche. Diese Rechnungskopie bekomme ich von der Einkaufsabteilung.

Erst wenn ein Ursprungszeugnis von der IHK „abgesegnet" ist – also gestempelt ist und unterschrieben, kann ich es für eine Ausfuhr verwenden. Die IHK verlangt dafür zwei Deutsche Mark (also circa einen Euro), die ich als Marke auf das Ursprungszeugnis klebe. Zusammen mit einem frankierten Rückumschlag werden dann das Ursprungszeugnis, der Antrag auf Erteilung eines Ursprungszeugnisses und die Kopie der Herstellerrechnung an die IHK geschickt. Nach einigen Tagen erhalte ich das von der IHK genehmigte Ursprungszeugnis wieder zurück und kann „meine" Ausfuhr vornehmen.

Ich lerne viel bei SCHMISSIG, ich eigne mir neue Kenntnisse zu Zolldokumenten an, die ich vorher nicht hatte.

Diese Kenntnisse helfen mir auch an meinem neuen Arbeitsplatz in Crailsheim.

43. Interessante Tätigkeiten

Crailsheim bietet mir ein entspanntes Betriebsklima, nette Kollegen in der Verkaufsabteilung und viel Arbeit.

Zuerst bearbeite ich für die Märkte in Frankreich zusammen mit meiner Kollegin Caroline. Es gibt hier elektrische Schreibmaschinen und noch keine Computer. Ein bisschen vorsintflutlich ist das, finde ich, sage aber nichts.

Als Exportsachbearbeiterinnen stellen wir Versandpapiere aus und geben sie Speditionen mit. Die Maschinen aus Crailsheim werden per LKW, per Schiff oder per Flugzeug weltweit verschickt.

Ursprungszeugnisse werden für die Sendungen in EU-Länder nicht verlangt. Und wenn ich eine Kollegin vertrete und Formulare für Ursprungszeugnisse in diverse Drittländer ausfülle, werden die Anträge dafür vom Exportleiter E unterschrieben.

Er zeigt mir, wie ich die Preise für europäische Kunden ausrechne. Die Fracht zahlt grundsätzlich der Kunde, außer, es gibt eine Sondervereinbarung.

Natürlich dürfen Caroline, meine anderen Kolleginnen im Verkauf und ich Maschinen und Ersatzteile in alle Welt versenden, dafür Rechnungen, Lieferscheine, Auftragsbestätigungen schreiben, mit Speditionen Kontakt aufnehmen, Versand-papiere schreiben und so weiter – aber verkaufen dürfen wir die Maschinen nicht. Hier setzt die Firma auf Verkaufsingenieure.

Ich bin als Exportsachbearbeiterin und nicht als Sekretärin tätig. Aber das macht mir nichts aus. Caroline und ich ergänzen uns bestens. Caroline ist froh, dass wir zusammenarbeiten, denn es gibt viel zu tun.

Alle Produkte dieser Firma sind übrigens gute deutsche Wertarbeit. Man versucht, alle Teile, die man für die Herstellung von Maschinen und Ersatzteilen braucht, direkt aus Deutschland und aus weiteren EU-Ländern zu beziehen. Gefertigt werden die Maschinen und größere Ersatzteile dann in der Firma in Crailsheim.

Ab und zu muss ich einige Briefe für GL schreiben. Ihm gefällt es, dass ich stenographieren kann. Mir macht das Spaß – auch wenn „Steno" aus der Mode gekommen ist. Man verwendet doch heutzutage Diktiergeräte.

44. Geschäftsreisen und Privatreisen

Vorwiegend dürfen nur die Herren zu Kunden der Maschinenfabrik unternehmen. Frauen traut GL solche Reisen nur selten zu.

Auch uns Verkaufssachbearbeiterinnen hätten Reisen nach Japan, Korea, China, in die USA, nach Australien und in andere Länder interessiert. Aber in dieser Firma gibt es nicht einmal einen Betriebsausflug.

Obwohl der Job sehr interessant ist, funktioniert der Informationsfluss innerhalb der Firma nicht gut. Nach Kenntnissen über Maschinen muss man regelrecht „hinterherhechten", betriebsinterne Schulungen gibt es nicht.

Ich versende vorwiegend Maschinen und Ersatzteile ins Ausland.

Ab und zu dürfen wir Damen mit auf Messen, und damit sollen wir zufrieden sein.

Das ist ein Grund, warum ich beginne zu reisen. „Reisen bildet" – so sagt man, und so reise ich. Reisen kann süchtig machen! Ich bereise beispielsweise Österreich, die Schweiz, Italien, Frankreich, Griechenland, Malta, Rumänien, Ungarn, Schweden, Finnland, Russland, Großbritannien, Irland – ich reise auch nach Hong Kong, Australien, Neuseeland, die USA, Kanada. Später kommen noch China, die Türkei und andere Länder dazu.

In Großbritannien ist man vorsichtig. Immer wieder gibt es Anschläge, besonders in London, deswegen ist man beim Einchecken in diversen Flughäfen besonders sorgsam.

„Haben Sie Ihr Gepäck selbst gepackt?" und „Haben Sie elektrische Geräte dabei?" sind Standardfragen, bevor man ein Flugzeug besteigen darf. Die Reisenden und auch die Flugzeuge werden gründlich geprüft – dafür nimmt man auch Verspätungen in Kauf. Hauptsache, die Sicherheit ist gewährleistet, und es gibt keine Anschläge!

In Hong Kong ermahnt man die Reisegruppe, mit der ich unterwegs bin, elektrische Geräte, wie Wecker und Rasierapparat, im Handgepäck unterzubringen.

„Wenn solche Dinge im Koffer sind, müssen Sie Ihren Koffer vor den Augen der Zöllner auspacken!", weiß unser Reiseleiter. Anscheinend seien in Hong Kong die Geräte zum Aufspüren von Metall viel empfindlicher, sagt man uns. Und so folgen wir diesen Ratschlägen, um beim Zoll in Hong Kong nicht unangenehm aufzufallen.

In EU-Ländern komme ich als Reisende mit einem Pass aus einem Land der EU sehr leicht durch die Kontrollen. Allerdings erinnere ich mich, dass eine Teilnehmerin der Reisegruppe nach Finnland 1993 schon keine Nagelschere mit ins Flugzeug nehmen durfte. Die Nagelschere hatte sie im Rucksack – also ihrem Handgepäck – verstaut, und musste sie den Zöllnern am Frankfurter Flughafen überlassen. Es stimmt also nicht, dass erst nach dem 11. September 2001 in dieser Hinsicht die Kontrollen schärfer wurden.

45. Eine neue Marktzuständigkeit

Nach vier Monaten in der Maschinenbaufirma (MBF) in Crailsheim wechsle ich meine Exportbereiche.

Meine nette Kollegin Caroline, mit der ich zusammen den französischen Markt bearbeitete, ist bekannt und geschätzt bei den französischen Kunden. Die Kunden haben sich an sie gewöhnt und wollen nur mit ihr sprechen. Da habe ich oft keine Chance, geschätzt und beliebt bei diesen Kunden zu werden, ich spiele immer die zweite Geige, ich habe eine Art „Azubi-Funktion".

Aber halt! – Auszubildende war ich doch schon! Ich möchte etwas anderes machen, ich möchte auch die alleinige Ansprechpartnerin sein für Kunden aus bestimmten Ländern!

Im Moment trete ich in diesem Job auf der Stelle. Dabei hat er mir gut gefallen, aber, als ich nicht mitgenommen werde auf eine Messe in Frankfurt im Mai 1991, ist mir klar, dass ich meinen Zuständigkeitsbereich wechseln muss. Ich muss wichtiger werden, so dass Kunden am Telefon nur MICH verlangen.

Der Exportleiter E ist mir zum Glück wohlgesonnen, als ich ihm meine Vorschläge unterbreite.

E ist fleißig wie eine Biene, schwirrt geschäftig im Büro und in der ganzen Firma herum. Sein Schreibtisch ist stets beladen mit Briefen, Faxen, ausgedruckten E-Mails, Akten und anderem Schriftkram.

Interessanterweise ist E, dem oft seine Arbeit wichtiger zu sein scheint als die Belange seiner Mitarbeiter, sofort bereit, mir einen neuen Zuständigkeitsbereich zu übertragen. Schwer ist das nicht, denn meine Kolleginnen Veronique und Glayds haben zu viel Arbeit, zu viele Länder, deren Kunden sie betreuen, und sind gerne bereit, mir die Aufgaben für einige „ihrer" Länder zu überlassen.

E fackelt nicht lange und macht mich zuständig für die Korrespondenz und den Versand von Maschinen und Ersatzteilen nach Italien, Skandinavien, Japan, Korea, China, Malaysia, Singapur und in weitere asiatische Länder.

Ich bin glücklich, habe das Gefühl, endlich „angekommen" zu sein, endlich meinen ganz eigenen Zuständigkeitsbereich gefunden zu haben.

Ich arbeite mich gut und schnell ein. Zwar liebe ich Französisch, aber ich verlerne meine Kenntnisse nicht, weil Caroline neben mir ihren Schreibtisch stehen hat und ich sie oft mit Kunden telefonieren höre.

Ich mache mich bekannt mit der Mentalität von Japanern und Chinesen und finde das höchst interessant. So interessant, dass ich anfange, Japanisch zu lernen. Leider kann dieser Volkshochschulkurs in Japanisch nach einigen Monaten nicht mehr fortgesetzt werden – es gibt zu wenig Teilnehmer. Tja, das ist der Nachteil in deutschen Kleinstädten. Ausgefallene Sprachen bieten die Volkshochschulen kaum an, denn es melden sich oft zu wenige Teilnehmer dafür an.

Aber ich kenne das Höflichkeitsritual der Japaner – die Begrüßungszeremonie, die ich von da an immer dann praktiziere, wenn sie gewünscht wird. Über Japaner und Chinesen könnte ich ein Extra-Buch schreiben, aber das haben vor mir schon andere Leute getan.

Die Ausfuhrformalitäten für Japan sind in unserem Falle sehr einfach. Es ist gut, in asiatischen Ländern eine Vertretung zu haben, die man mit einem gewissen Prozentsatz an den Verkäufen beteiligt. Dafür stellen diese Vertretungen Kundenkontakte her, unterhalten sich mit den Kunden in der Landessprache und sind einfach mit der dortigen Mentalität viel besser vertraut.

Normalerweise benötigt man, um eine Maschine und/ oder Zubehörteile nach Japan auszuführen, eine Ausfuhrerklärung, eine Packliste und eine Zollrechnung, die den Warenwert, die Liefer- und Zahlungsbedingungen, die Zolltarifnummer(n), das Brutto- und Nettogewicht der Ware und die Angaben über das Ursprungsland enthalten muss.

Aber in dem Falle von MBF ist das nicht nötig. Die Vertretung, die die Produkte von MBF in Japan bekannt macht und sich um dort ansässige Kunden kümmert, hat ein Büro in Hamburg, das alle Versandformalitäten abwickelt.

Von MBF braucht dieses Büro lediglich eine vorläufige Ausfuhrerklärung (VAE). Die Rechnung über die Maschinen und/oder Ersatzteile bezahlt dieses Büro in Hamburg an MBF – also erhält man von MBF die Rechnungen mit Mehrwertsteuer.

Ich fülle alle Zollformulare aus, wie sie ausgefüllt sein müssen. Ich trichtere meinen Kolleginnen ein, wie eine Zollrechnung auszusehen hat. Offensichtlich wussten sie das bisher nicht oder haben diesen Abschnitt in den Erklärungen diverser Bücher, die man von Banken erhielt, überlesen. Ich kann durchsetzen, dass ein so genanntes „K + M-Buch" angeschafft wird. Dieses Buch wird von der Industrie- und Handelskammer in Hamburg herausgegeben, erscheint alle ein bis zwei Jahre und erklärt klar und deutlich, welche Exportpapiere man für jedes einzelne Land der Erde braucht. Ein unentbehrliches Hilfsmittel für jede Exportabteilung!

Ich habe keine Probleme mit dem Zollamt in Crailsheim. Die Zollbeamten dort sind nett und zuvorkommend. Ich meine auch, dass man mit der Zeit mehr Vertrauen in MBF gewinnt. Und so fühle ich mich gut und denke, ich habe etwas erreicht.

So lange, bis ich abrupt auf den Boden der Tatsachen zurückgeholt werde. So lange, bis dann doch wieder etwas schief geht und MBF in Misskredit bringt! Oft passiert es beispielsweise, dass Waren aus dem Ausland abgeladen, ausgepackt und auf Lager genommen werden, obwohl sie dem Zollamt in Crailsheim noch nicht gestellt wurden. Dummerweise passiert das oft mit Mustermaterial aus Osteuropa.

Mustermaterial fordert MBF meistens dann an, wenn eine oder mehrere Maschinen gebaut werden sollen. Man soll ja schließlich in der Herstellerfirma testen, ob die Maschine oder die Maschinen gut laufen. Also braucht man große Mengen an Produkt (zum Beispiel diverse Essigreiniger) – eben alle Teile, die von einer solchen Maschine oder mehreren Maschinen in Flaschen gefüllt werden müssen. Die Kunden erfüllen diesen Wunsch – und schicken die angeforderten Mengen an Mustermaterial auf die Reise – meistens per Spedition.

Oft geht bei der Ankunft von Mustermaterial aus Osteuropa etwas schief. Das Zollamt ist bereits geschlossen – meistens schließt es um 16 Uhr. Die Herren in der Versandabteilung bei MBF haben ein Einsehen mit den müden Fahrern der Speditionen, die oft nicht einmal deutsch sprechen. Und so lässt man sie ihre Waren auf dem MBF-Gelände abladen.

Die Beamten auf dem Zollamt reagieren wütend darauf und schicken ein Schreiben, in dem man eine Geldstrafe androht. Für den Länderbereich Osteuropa ist Glayds zuständig. Sie liest dieses Schreiben des Zollamtes, und sie ärgert sich. Dabei kann sie doch gar nichts dafür, wenn die Herren in der Versand-abteilung nicht auf sie hören wollen, wenn sie Fahrern von Speditionen, die noch um halb fünf Uhr oder später am Nachmittag in Crailsheim auftauchen, erlauben, ihre Waren abladen und sie dann wieder in ihre Heimat verschwinden lassen.

Korrekt wäre es, die Fahrer von Speditionen, die nach den Öffnungszeiten des Zollamtes noch Ware aus dem Ausland bei MBF abladen wollen, daran zu hindern und in ihren Lastwägen vor der Firma übernachten zu lassen.

Am nächsten Morgen müssen diese Fahrer zuerst beim Zollamt in Crailsheim vorbeifahren und ihre Ware gestellen, erst dann dürfen sie wieder zu MBF fahren und endlich ihre Ware abladen...

Das und vieles andere habe ich bei MBF gesehen und Anweisungen gegeben, wie man es richtig macht oder noch verbessern kann.

Ich sehe immer wieder Glayds vor mir, die vor ihrem Computer sitzt und überlegt, wie sie einen Entschuldigungsbrief für das Zollamt formuliert. Einen Entschuldigungsbrief, den sie im Namen von MBF an das Zollamt in Crailsheim schicken soll.

Man schickt immer Entschuldigungsbriefe, wenn solche Verstöße passiert sind. Und man hofft, mit solchen Briefen die Zollverwaltung milde zu stimmen und die Strafgebühr zu reduzieren...

Ist das gelungen? Man sagt mir: ja, manchmal. Ich habe noch nie ein Antwortschreiben der Zollverwaltung auf einen Entschuldigungsbrief gesehen.

46. Intrastat

Im Jahre 1992 erfahre ich, dass es ab dem kommenden Jahr Erleichterungen bei dem Versand und dem Empfang von Waren in EU-Länder geben soll.

Bis Ende 1992 heißt der Versand von Waren in EU-Länder, wie Frankreich und Italien, „Export" oder „Ausfuhr" – genau wie der Versand in Länder, die nicht zur EU gehören.

Ab 1993 fallen diverse Exportpapiere für den Versand von Waren in EU-Länder weg, und man spricht nicht mehr von „Export" oder „Ausfuhr", sondern von „Versendung".

Bis Ende 1992 heißt der Eingang von Waren aus EU-Ländern „Import" oder „Einfuhr" – genau wie der Eingang von Waren aus Ländern, die nicht zur EU gehören. Auch hier gibt es Erleichterungen bei der Abfertigung von Waren aus EU-Ländern – und von 1993 an spricht man in diesen Fällen nicht mehr von „Import" oder „Einfuhr", sondern von „Wareneingang".

Damit wir Damen aus der Exportabteilung die neuen Vorschriften richtig beherrschen, werden wir zu einem Seminar der IHK in Schwäbisch Hall eingeladen. Sarah, Marlene, Corinna und ich fahren an einem Freitag dorthin.

Wir versammeln uns dort mit Exportsachbearbeiterinnen und Exportsachbearbeitern von anderen Firmen. Ich erlebe eine angenehme Überraschung – treffe ich doch zwei ehemalige Kollegen der Firma SCHMISSIG, die ebenfalls das schlechte Betriebsklima dort nicht mehr aushielten und sich nach einer anderen Tätigkeit umsahen. Sie fanden einen Job in einer Firma in Crailsheim, deren Exportanteil stark wächst.

Der Zollbeamte, der uns mehr zum Thema „Intrastat" berichtet, weiß gut Bescheid. Er teilt uns einige Zettel aus, wir sollen üben, wie wir von jetzt an die so genannten „Intrastat-Erklärungen" für das Statistische Bundesamt in Wiesbaden ausfüllen sollen.

Also: Wenn eine Firma ein Produkt nach Frankreich schickt (dieses Land gehört zur EU), füllt man nur noch eine Packliste und/oder einen Lieferschein und einen Speditionsauftrag aus.

Der Speditionsauftrag ist eine Bestellung einer Firma, die die Dienste einer bestimmten Spedition in Anspruch nehmen will. Also: dafür, dass eine bestimmte Spedition Ware zu einem Kunden der Firma liefert.

Wir haben uns im Laufe unserer Tätigkeit bei MBF bestimmte Speditionen ausgewählt, mit denen wir den Versand von Waren vornehmen. Wir kennen dort unsere Ansprechpartner, diese Speditionen haben sich als zuverlässig erwiesen. Für kleinere Sendungen, die schnell geliefert werden sollen, nehmen wir mit Expressdiensten Kontakt auf.

Wenn der Versand nicht so viel kosten soll und nicht eilig ist, sind Paketdienste, wie der „Deutsche Paketdienst" oder „UPS" sinnvoll. Ist eine Ware in Überseeländer nicht dringend, ist ein Versand per Luftfracht sinnvoll. Viele Speditionen arrangieren Luftfrachten.

Eine Ausfuhrerklärung und eine Exportrechnung brauchen Waren nach Frankreich (und in andere EU-Länder) nicht mehr zu begleiten.

Eine Rechnung bekommt der Kunde in Frankreich allerdings nachgereicht. Nicht nur, weil er die Ware bezahlen muss. Nein, weil auch er das Intrastat-Formular für das Statistische Bundesamt seines Landes jeden Monat ausfüllen muss.

Eine Rechnung für Kunden in EU-Ländern sieht so aus wie eine Exportrechnung in Nicht-EU-Länder – sie enthält Angaben über Zolltarifnummern der Ware(n), Ursprungsland, Netto- und Bruttogewicht(e), Lieferungs- und Zahlungsbedingungen.

Darüber hinaus muss nun eine Umsatzsteuer-Identifikationsnummer angegeben werden. Jedes Unternehmen, das eine solche Nummer haben will, weil es Versendungen in EU-Länder vornimmt und/oder Waren aus EU-Ländern empfängt, bekommt eine solche Nummer. Jedes Unternehmen in der europäischen Union, wohlgemerkt.

Diese Umsatzsteuer-Identifikations-Nummer wird von da an unser ständiger Begleiter. Wir geben sie auf unseren Rechnungen für unsere Kunden in EU-Ländern an, zusammen mit dem Satz „steuerfreie Lieferung innerhalb der EU" (oder: "taxfree delivery within the EU".

Später sehe ich auch folgenden Satz „free of turnover tax according to § 4 no. 1b UstG in connection with § 6 a UStG" auf einer Warenlieferung innerhalb der EU).

Und wir geben auf diesen Rechnungen die Umsatzsteuer-Identifikationsnummer des Kunden an, für die diese Rechnung bestimmt ist. Denn auf einmal gibt es für Sendungen in EU-

Länder und aus EU-Ländern nach Deutschland keine Einfuhrumsatzsteuer mehr.

Aber wer denkt, dass überhaupt keine Steuern mehr anfallen, der irrt. Es fällt immer noch Mehrwertsteuer an, aber die wird im Land des Lieferanten erhoben.

Also: wenn eine Firma von jetzt an Waren zum Beispiel nach Frankreich liefert, wird die dafür fällige Mehrwertsteuer bereits in Deutschland erhoben. Und umgekehrt: Wenn eine französische Firma Waren nach Deutschland schickt, wird die dafür fällige Mehrwertsteuer bereits in Frankreich erhoben. Zusammengefasst: bei Warenlieferungen in ein anderes EU-Land wird die dafür anfallende Mehrwertsteuer im Versendungsland erhoben. In Deutschland ist die Erhebung der Mehrwertsteuer Sache der Finanzämter.

Bisher hört sich alles sehr einfach an, aber einen Wermutstropfen gibt es doch. Und dieser heißt: jeden Monat ein Intrastat-Formular für das Statistische Bundesamt in Wiesbaden ausfüllen und dieses Formular spätestens am 10. des Folgemonats an diese Behörde schicken.

Dieses Intrastat-Formular hat (was die Einteilung der auszufüllenden Felder betrifft) große Ähnlichkeit mit einer Ausfuhrerklärung, und das heißt: Wer eine Rechnung für einen Kunden in einem EU-Land richtig ausgefüllt hat – also die Zolltarifnummer(n), Ursprungsland, Brutto- und Nettogewicht, Liefer- und Zahlungsbedingungen eingetragen hat, hat mit dem Ausfüllen des Intrastat-Formulars keinerlei Probleme.

Denn genau diese Angaben müssen auch dort ausgefüllt werden (allerdings, wie auf dem Einheitspapier – also Einfuhranmeldung und Ausfuhrerklärung – müssen die Geldbeträge und die Gewichtsangaben auf- oder abgerundet werden. Kommazahlen dürfen NICHT eingetragen werden!), weiterhin die Warenbeschreibung - am besten so, wie sie im Zolltarif steht.

Wozu braucht das Statistische Bundesamt diese Angaben? Für Statistiken selbstverständlich. Worüber genau Statistiken geführt werden, weiß ich nicht. Vielleicht, wie viel Ware im Januar 1994 von Deutschland nach Frankreich geliefert wurde.

Oder wie viel Ware von Italien nach Deutschland im März 1994. Denn merke: nicht nur über Versendungen in EU-Länder müssen Intrastat-Formulare ausgefüllt werden, sondern auch über Wareneingänge. Für Wareneingänge und Versendungen gibt es Extra-Formulare, die sich aber zum Verwechseln ähnlichsehen – dasselbe weiß-rosa Papier, zumindest bis 1999.

Da meine Kolleginnen und ich in der Exportabteilung arbeiten, füllen wir meistens die Intrastat-Formulare für Versendungen aus. Intrastat-Formulare für Wareneingang füllen wir dann aus, wenn die Maschinenfabrik Muster- und Probematerial für Testläufe der Maschinen von Kunden aus EU-Ländern erhält.

Als sich das Statistische Bundesamt bei uns beschwert, ihm fehle der Wert für einen Wareneingang, kramen wir fieberhaft in unseren Unterlagen. Wir können keinen Wareneingang finden – keiner unserer Kunden hat uns etwas geschickt. Schließlich kommt jemand auf die Idee, einmal in der Einkaufsabteilung nachzufragen.

Die Einkaufsabteilung ist gefürchtet in der ganzen Firma, der Einkaufsleiter Herr Besenreißer ein oft schlecht gelaunter und patziger Mann, offensichtlich kein angenehmer Verhandlungspartner. Aber er kann günstige Einkaufspreise aushandeln, das macht ihn beim Inhaber der Firma GL so beliebt.

Und tatsächlich – man hat aus Italien Zahnriemen bestellt und diese nicht in einem Intrastat-Formular für Wareneingänge vermerkt!

Wir zeigen der Einkaufsabteilung, wie sie das künftig tun kann. Aber man weigert sich. Die Damen in der Einkaufsabteilung sind nicht gewillt, „irgendwelche blöde Zollformulare" – wie sie selbst sagen – auszufüllen. Aber in Italien Ware bestellen, ja, das können sie!

Wir Damen aus der Exportabteilung versuchen, diesen Stein der Verantwortung von uns abzurollen. Warum sollen wir auch Intrastat-Formulare für den Einkauf ausfüllen? Wir sind doch die Verkaufs- beziehungsweise Exportabteilung! Die Einkaufsabteilung füllt auch nicht unsere Exportformulare aus!

Aber die Damen im Einkauf bleiben hart und mit ihnen Herr Besenreißer.

Den gleichen Ärger haben wir mit Ware, die die Einkaufsabteilung aus Nicht-EU-Ländern, meistens der Schweiz, bestellt. Da landen bei uns mit der Hauspost Rechnungen der Einkaufslieferanten mit dem Befehl, doch eine Einfuhranmeldung auszufüllen.

Wir sind erbost. Was soll das? Wir arbeiten nicht für die Einkaufsabteilung, wir haben selbst genug Arbeit! Ungehalten schicken wir diese Rechnung zurück an die Einkaufsabteilung – zusammen mit einem leeren Einfuhranmeldungsformular und der Kopie einer bereits von uns ausgefüllten und vom Zollamt abgesegneten Einfuhranmeldung. Als kleine „Ausfüll-Hilfe" sozusagen. Denn wir wollen ja unsere Kolleginnen aus der Einkaufsabteilung nicht ins „offene Messer" rennen lassen!

Sie uns offensichtlich schon. Nein, man fülle diese Formulare nicht aus, hören wir wieder. Die Damen aus der Einkaufsabteilung bleiben hartnäckig. SIE WOLLEN DIESE FORMULARE NICHT AUSFÜLLEN!! Und sie bekommen Rückendeckung von ihrem Chef, Herrn Besenreißer.

Wir Damen von der Exportabteilung sprechen mit unserem Abteilungsleiter, dem Exportleiter E. Aber wir haben keinen Erfolg. Jemand spricht mit dem Firmeninhaber höchstpersönlich. Aber dieser blockt ab, er unterstützt lieber seinen Einkaufsleiter Herrn Besenreißer.

Die Lektion, die wir also lernen müssen, ist sehr schmerzhaft für uns:

- Unser Exportleiter steht nicht hinter seinen treuen Mitarbeiterinnen.
- Die Einkaufsabteilung steht nicht hinter dem, was sie aus anderen Ländern bestellt.
- Der Einkaufsleiter steht aber sehr wohl hinter seinen Mitarbeiterinnen.

Und so müssen die Damen der Exportabteilung weiterhin vor dem Zollamt das „ausbaden", was die Einkaufsabteilung „verbockt" hat. Das ist bis heute so geblieben.

47. Die korrekte Exportrechnung

In der Maschinenbaufirma in Crailsheim (MBF) habe ich wunderbare Kolleginnen und Kollegen. Einige von ihnen entwickeln im Laufe der Zeit leider einige blöde Angewohnheiten.

Obwohl ich ihnen schon oft gezeigt habe, wie man eine korrekte Exportrechnung erstellt, wollen sie das nicht machen!

So zählen sie noch alle zu liefernden Artikel in Deutsch oder einer Fremdsprache auf, schreiben dann „Maschinenbaufirma (MBF)" darunter „i.A." (das heißt: im Auftrag) und ihren Namen (wobei sie vom Vornamen meistens nur den Anfangsbuchstaben mit Punkt dahinter erwähnen). Das Ganze unterschreiben sie dann.

Ich aber habe gelernt, dass man mehr Angaben machen muss, und will dies meinen Kolleginnen schwarz auf weiß zeigen. Und so blättere ich in diversen Exportbroschüren. In einer Broschüre einer Bank finde ich endlich einige Zeilen darüber, welche Angaben noch auf einer Exportrechnung angegeben werden sollten: die Zolltarifnummern der zu liefernden Artikel, deren Ursprungsland, das Brutto- und Nettogewicht der gesamten Sendung, die Liefer- und Zahlungsbedingungen.

Also: liefert man frei Haus oder ab Werk oder frei deutsche Grenze oder frei Flughafen Irgendwo? Es gibt noch andere Lieferbedingungen. MBF liefert grundsätzlich ab Werk, außer, es gibt eine entsprechende Sondervereinbarung mit bestimmten Kunden.

Wie soll die Ware bezahlt werden? Per Nachnahme? Per Überweisung innerhalb 30 Tagen? Gewährt man Skonto oder nicht? Wenn ja, wie viel? Es gibt noch zahlreiche andere Zahlungsbedingungen.

MBF hat sich für „30 Tage netto nach Erhalt der Rechnung" entschieden. Die meisten Kunden überweisen den Betrag, wenige schicken uns Schecks. Für Kunden in bestimmten Ländern ist allerdings die Bezahlung per Akkreditiv sinnvoller – aber dazu später mehr.

Nun habe ich alles schwarz auf weiß in dieser Exportbroschüre gefunden und zeige Evita das Kapitel darüber, wie man eine Exportrechnung erstellt. Caroline gibt zu, dass ich Recht habe. Aber sie will weiterhin ihre Rechnungen so schreiben, wie sie sie schon seit vier Jahren oder länger schreibt.

Erst als sie einmal ein französischer Kunde bittet, ihr eine „richtige" Rechnung mit allen erforderlichen Angaben zu schicken, da er Probleme mit seinem Zollamt bekommen hat und Fragen beantworten muss, schreibt sie von da an die Rechnungen auch so, wie man sie schreiben soll – mit Angabe der Zolltarifnummern, des Ursprungslandes, des Gewichts, der Liefer- und Zahlungsbedingungen.

Ich erkläre meinen Kolleginnen bei MBF, dass man eine Ausfuhrerklärung, die Einfuhranmeldung und die Intrastat-Auflistung für das statistische Bundesamt viel leichter und schneller ausfüllen kann, wenn man vorher die Exportrechnungen richtig ausgefüllt hat oder korrekt ausgefüllte Importrechnungen vor sich liegen hat.

Der Grund dafür liegt auf der Hand: wenn man bereits Zolltarifnummern, das Ursprungsland oder die Ursprungsländer der Waren, die Liefer- und Zahlungsbedingungen auf der Rechnung stehen hat, kann man diese Angaben auch in die dazugehörige Ausfuhrerklärung oder Einfuhranmeldung oder Intrastat-Auflistung übernehmen.

Mit dem Gewicht ist es eine andere Sache. Auf der Rechnung gibt man ein Gesamtgewicht an. Wenn man nun mehrere Artikel mit unterschiedlichen Zolltarifnummern in ein anderes Land liefert, muss man das Gesamtnettogewicht und Gesamtbruttogewicht auf die einzelnen Artikel umrechnen.

Ein Beispiel aus der Praxis soll dies verdeutlichen: Nehmen wir an, MBF liefert drei Motoren, zehn Zahnriemen und 48 O-Ringe an die Firma „La petite marchandise" in Montreal in Kanada. Diese Firma verwendet eine Füll- und Verschließmaschine von MBF und ist äußerst zufrieden damit. Man möchte allerdings diverse Ersatzteile auf Lager haben und bestellt.

Jetzt müssen die Kolleginnen bei MBF die Versandpapiere schreiben. Da sie alle wissen, dass die O-Ringe aus Silikon sind und die Zahnriemen aus Kautschuk, ist deren Zolltarifnummer nicht schwer zu finden.

Auch die Motoren sind laut Zolltarif eindeutig einer Nummer zuzuordnen.

Ein Problem ist allerdings das Gewicht. Die 48 O-Ringe wiegen gerade mal 100 Gramm netto, die zehn Zahnriemen 1,5 Kilo netto.

Um die Motoren wiegen zu können, gehen die Kolleginnen am besten selbst in die Versandabteilung, schauen sich die Motoren an und die Kiste oder den Karton, in dem diese Waren verpackt werden sollen.

Es gibt Motoren in allerlei Größen! Das Gewicht zu schätzen und einen Fantasiewert für das Gewicht in die Ausfuhrerklärung hineinzuschreiben, bringt also nichts (höchstens den Zorn einiger Zollbeamter).

Die Kolleginnen gehen also in die Versandabteilung und wiegen die Motoren selbst oder lassen diese von einem netten Versandmitarbeiter auf die Waage legen.

MBF versendet normalerweise Motoren mit einem Stückgewicht von fünf bis 20 Kilogramm. Heute sollen es Motoren sein, die pro Stück 7,5 Kilogramm wiegen, das macht also ein Nettogewicht von insgesamt 22,5 Kilogramm. Die Waren werden in einer Kiste verpackt und sollen per Luftfracht versandt werden. Die Kiste wiegt zehn Kilogramm.

Mit diesem Wissen verlassen die Kolleginnen die Versandabteilung und gehen wieder zurück an Ihren Arbeitsplatz. Sie können jetzt pro Position – also Zolltarifnummer – das Gewicht ermitteln. Da sie bei den Angaben für das Gewicht und auch bei den Angaben des Rechnungsbetrages nie Kommabeträge nennen dürfen, fragen sie sich, welche Gewichtsangabe für das Nettogewicht der Motoren sie eingeben sollen. In der Schule haben sie gelernt, dass Kommawerte ab 0,5 aufgerundet werden, in der Zollverwaltung wird allerdings abgerundet! Da Exportsachbearbeiterinnen aber keine Zollbeamtinnen sind und oft auch keine waren, werden sie in die Angabe für das Nettogewicht der Motoren die Angabe „23" in das dafür vorgesehene Feld schreiben.

Die Kolleginnen müssen das Gewicht der O-Ringe mit „1" angeben, was ein Kilogramm bedeutet. Es ist Unsinn „O" (null) hineinzuschreiben, denn irgendein Gewicht haben diese O-Ringe auf jeden Fall.

Das Nettogewicht der Zahnriemen muss mit „2" angegeben werden, da es – wie gesagt – keine Kommaangaben in einer Ausfuhrerklärung geben darf.

Auf der Exportrechnung dürfen die Kolleginnen Kommazahlen angeben. So werden sie als Netto-Gesamtgewicht 24,1 Kilogramm angeben, als Brutto-Gesamtgewicht 34,1, da die Kiste, in der die Waren versandt werden, zehn Kilogramm wiegt.

Wie sollen sie jetzt aber die zehn Kilogramm Kistengewicht auf ihre drei Positionen – die Zahnriemen, die O-Ringe und die Motoren verteilen? Da gibt es mehrere Möglichkeiten. Die Exportsachbearbeiterinnen können diese zehn Kilogramm „Tara" (wie der Unterschied zwischen Brutto- und Nettogewicht auch genannt wird) gerecht auf die Motoren, die O-Ringe und die Zahnriemen verteilen. Die Artikel mit dem höchsten Gewicht erhalten auch den höchsten Tara-Anteil, die mit dem niedrigsten Gewicht den niedrigsten Tara-Anteil.

Hier kommt also mein Lösungsvorschlag – der Vorschlag einer versierten Exportsachbearbeiterin:

Das Bruttogewicht für die Motoren wäre normalerweise 26,5 Kilogramm, das der Zahnriemen mit 4,5 Kilogramm und das der O-Ringe mit zwei Kilogramm. Da wir ja im Export alle Kommazahlen ab Komma fünf aufrunden, gebe ich in meiner Ausfuhrerklärung folgende Bruttogewichte an: für die Motoren 27 Kilogramm, für die Zahnriemen fünf Kilogramm und für die O-Ringe zwei Kilogramm.

Und jetzt können meine Kolleginnen beinahe ihre Ware nach Kanada schicken. Beinahe. Wir sind noch nicht fertig. Die Kolleginnen sollten Kontakt mit einer Spedition aufnehmen, die den Versand per Luftfracht vornehmen kann. Natürlich benötigt sie dafür einen schriftlichen Speditionsauftrag. Diesen Auftrag, die Exportrechnung, die Packliste und die ausgefüllte und gegebenenfalls vom Zollamt abgestempelte Ausfuhrerklärung gibt man dem Fahrer der Spedition mit, der die Ware abholt.

Irgendwann informiert die Spedition meine Kolleginnen über die Flugdaten. Also: mit welchem Flugzeug und um welche Uhrzeit kommt die Sendung in Montreal an? Diese Angaben muss man jetzt dem Kunden, in diesem Fall der Firma „La petite marchandise", per Telefax oder E-Mail mitteilen, damit sie ihre bestellte Ware in Empfang nehmen kann – eventuell einen Fahrer mit den entsprechenden Einfuhrpapieren zum Flughafen schicken kann oder mit einer Flughafenspedition vereinbart, sich die Ware ins Haus liefern zu lassen.

Es empfiehlt sich, eine Warensendung zu versichern. Die Spedition, die die Ware per Luftfracht versendet, wird meine Kolleginnen fragen, ob sie eine Versicherung haben wollen. Verfügt die Firma, in der sie arbeiten, über eine Firmenversicherung, die auch Transportversicherungen übernimmt, braucht man das Angebot der Spedition, die Sendung zu versichern, nicht anzunehmen. Sonst verursacht das unnötige Mehrkosten – denn eine Doppelversicherung braucht eine Sendung nicht.

48. Kollegen in Hohenlohe

Der Job ist gut bei der Maschinenbaufirma (MBF) in Crailsheim. Nicht nur, weil ich viele Dinge lerne und Berufserfahrung sammle.

Die Kolleginnen und Kollegen sind richtig nett – wie man in der Umgangssprache sagen würde. Wir treffen uns oft nach der Arbeit, wir erfahren auch viel Privates voneinander.

Wir gehen Eis essen, wir essen Pizza und hohenlohischen Plootz. Plootz ist eine Art hohenlohische Pizza. Es gibt sie in der herzhaften Variante, aber auch in der süßen Variante.

Aber neben netten Zeiten mit den Kolleginnen und Kollegen soll natürlich auch die Arbeit nicht zu kurz kommen.

Modernste Computer halten endlich Einzug in die Exportabteilung von MBF. Die Zeit, in der wir mühsam Packlisten, Lieferscheine, Rechnungen und Auftragsbestätigungen auf der elektrischen Schreibmaschine tippten, ist endgültig vorbei.

Das ist besonders dem neuen Kollegen Paul Piepenbroker zu verdanken, der sich schon immer für Computer interessierte, nach seiner Ausbildung als Monteur eine Technikerschule besuchte und außerdem noch recht gut Englisch spricht. Er bekommt bestimmte Ländergebiete zur Bearbeitung zugeteilt – also Kunden, denen er Maschinen verkaufen soll, die er technisch beraten soll, wenn ein Auftrag erteilt wurde und so weiter. Dann arbeitet er noch an einer Software, die uns Damen im Verkauf die Arbeit noch mehr erleichtern soll. Und ein Computer erleichtert die Arbeit wirklich!

Ab und zu amüsieren wir uns. Unter uns herrscht sowieso ein gutes Betriebsklima. Etwas, worauf der Firmeninhaber und Geschäftsführer (GL) stolz sein kann.

Das gute Betriebsklima spricht sich auch im Landkreis Schwäbisch Hall herum. Man bewirbt sich gerne in MBF, und einige Leute werden von dem enthusiastischen GL auch eingestellt.

Da gibt es beispielsweise Ulrike aus der Telefonzentrale, die einmal eine Bedienungsanleitung für das technische Büro abtippt. Wir Damen in der Exportabteilung kommen vor lauter Arbeit leider nicht dazu.

Ulrike hat Probleme mit den technischen Fachbegriffen und produziert unfreiwillig einige „Ausrutscher", die uns zum Lachen reizen. Wenn Objekte beispielsweise von einer Verschließmaschine nicht richtig verschlossen wurde, landet es in dem so genannten „Schlechtausschub" einer Maschine. Ulrike schreibt „Schlachtausschub", und wandelt somit die Maschinen von MBF in Guillotine-Instrumente um.

Genauso passiert es ihr mit dem Fachausdruck „Bördelkopfstation". Werden Flaschen auf eine bestimmte Art und

Weise verschlossen, also nicht mit einem Schraubverschluss, sondern mit einem Verschluss, den man normalerweise mit der bloßen Hand nicht öffnen kann, spricht man auch von „Bördeln".

Gebördelte Verschlüsse findet man zum Beispiel bei den Fläschchen, in denen ein Arzt Injektionsflüssigkeit aufbewahrt. Ulrike schreibt statt „Bördelkopfstation" „Bördelköpfstation" und hat somit wieder die Maschinen von MBF unfreiwillig zu grausamen Folterinstrumenten für „unschuldige Flaschen" gemacht.

Weiterhin übersetzt ein Ferienjobber einmal eine Bedienungsanleitung ins Französische und bezeichnet eine bestimmte Maschine als „jungfräuliche Maschine", worüber sich die Kunden, für die diese Maschine bestimmt ist, bei der Abnahme köstlich amüsieren.

Zwischendrin kommt immer GL vorbei und fragt, wie es uns geht. Meistens ist er guter Laune. Er gratuliert mir sogar zu meinem Geburtstag!

Als ich GL von einer geplanten Irland-Reise im Sommer 1992 berichte, bemerkt er, dass es dort viele Golfplätze gäbe.

Er zeigt mir begeistert die Fotos seiner ersten Japan-Reise. Ich bin erstaunt: wie bitte - GL war vorher noch nie in Japan?

Als ich diese Frage äußere, meint er:

„Ja, was denken Sie? In den ersten Jahren des Bestehens dieser Firma haben meine Frau und ich nur gearbeitet. Wir haben uns nichts geleistet!"

Jetzt, da die Firma floriert, kann er endlich das machen, was er immer schon tun wollte: reisen, ferne Länder entdecken, sich das leisten, was er sich vorher nicht leisten konnte.

49. Warenverkehrsbescheinigungen

Die Maschinenbaufirma in Crailsheim (MBF) exportiert einige Maschinen und Ersatzteile ins Ausland. Im Laufe der Jahre soll der Export noch anwachsen. Er wird die Firma bedeutend machen.

Es gibt ausländische Kunden, die immer wieder etwas bestellen. Dafür sorgt schon der Exportleiter E, der ein hervorragender Verkäufer ist. Wenn es irgendwo „klemmt", verreist er alleine zu Kunden oder begleitet die Verkaufsingenieure. Diese lernen interessante Länder kennen, wovon man als Frau in der Verkaufsabteilung nur träumen kann: Japan, China, die USA und so weiter. Und meistens kehrt man mit Maschinenaufträgen wieder zurück.

Weiterhin exportiert man viele Waren in die Schweiz und nach Norwegen. Beide Länder sind bis heute nicht Mitglieder der Europäischen Union geworden.

Ich bin für den Bereich Skandinavien mitverantwortlich, davon gehören Dänemark, Schweden und Finnland zur EU.

Während meiner Ausbildung zur Industriekauffrau in meiner Heimatstadt füllte ich oft eine Warenverkehrsbescheinigung aus, eine so genannte „EUR.2". Dieses Papier wurde in den späten 1980er-Jahren für Ausfuhren in EFTA-Staaten, wie zum Beispiel Schweiz, Norwegen und Island, durch einen Satz ersetzt, der auf einer Zollrechnung unbedingt zu stehen hat. Dieser Satz erspart dem Empfänger die Bezahlung von Zoll, also von Extrakosten.

Auf Deutsch heißt der Satz so, wenn ein deutsches Unternehmen Ware in die Schweiz versendet:

„Der Unterzeichnete, Ausführer der Waren, auf die sich diese Handelsrechnung bezieht, erklärt, dass diese Waren, soweit nicht anders angegeben, die Voraussetzungen für die Erlangung der Ursprungseigenschaft im präferenzbegünstigten Warenverkehr mit der Schweiz erfüllen und dass das Ursprungsland der Waren die Bundesrepublik Deutschland ist".

(Ort und Datum)   (Unterschrift)

Ort und Datum und die Unterschrift des zuständigen Exportsachbearbeiters sollten nicht fehlen. Hier kann jeder Exportsachbearbeiter unterschreiben, es gibt keine besonderen Regelungen, wie zum Beispiel beim Antrag auf Erteilung eines Ursprungszeugnisses, das ich bereits in einem vorangegangenen Kapitel erwähnte.

Wir schreiben diesen Satz in verschiedenen Sprachen, meistens in Deutsch, aber auch oft in Englisch.

Mit der Warenverkehrsbescheinigung EUR 1 oder auch EUR Med habe ich kaum zu tun.

Seit 1988 gibt es übrigens das „Einheitspapier". Es ist ein Formular zur Anmeldung von Waren, die in ein Zollverfahren überführt werden sollen – also aus- oder eingeführt werden sollen, auch nur vorübergehend.

Die Europäische Union hat sich dabei auf EIN Formular geeinigt, das in allen Ländern der EU verwendet wird – deswegen der Name „Einheitspapier" (so lerne ich es auf einem Zollseminar). Die Ausfuhrerklärung ist also ein „Einheitspapier", die Einfuhranmeldung ebenfalls.

50. Reise nach Rumänien

Rumänien besuche ich im Mai 1992. Jemand hat einen Hilfstransport organisiert, und einige Leute fahren mit.

Mit dem Bus fährt unsere Reisegruppe aus Crailsheim nach Alba Iulia in Rumänien über Österreich und Ungarn.

Ein LKW mit Hilfsgütern fährt extra nach Rumänien.

Die ungarischen Zollbeamten sind nett. Sie versehen eine Seite unseres Reisepasses mit einem Stempel und steigen dann wieder aus.

Beim rumänischen Zoll wird es schon etwas schwerer. Schon die Schlange vor der Grenze lässt uns nichts Gutes vermuten. Der rumänische Zöllner ist um 20.30 Uhr äußerst schlecht gelaunt.

Die rumänischen Zollbeamten zeigen sich uns gegenüber sehr unfreundlich. Einige „Siebenbürger-Sachsen" (Rumänien-Deutsche), die im Bus sind, haben uns erzählt, dass die Zöllner in Rumänien eine recht gute Stellung im Staat haben und ihren Mitmenschen nichts gönnen. Von den Hilfslieferungen nehmen sich die Zollbeamten also, was sie gebrauchen können. Sozusagen ist sich jeder selbst der Nächste!

Unser LKW hat extra für die Zollbeamten zwei Bestechungspakete mit Schnaps, Kaffee und weiteren interessanten Dingen dabei. Nur so kann man sich Schikanen an der Grenze ersparen, wenn man Hilfslieferungen für Rumänien hat.

Wir müssen ein Formular, das in rumänischer Sprache verfasst ist, ausfüllen. Zum Glück haben wir Leute im Bus, die in Rumänien, genauer gesagt: in Siebenbürgen, geboren und nun deutsche Staatsbürger sind, und uns helfen können.

Für eine Elektroorgel, die nur vorübergehend in Rumänien bleiben und uns bei Gottesdiensten zur Musik verhelfen soll, muss ein Extra-Formular ausgefüllt werden. Nach eineinhalb Stunden dürfen wir nach Rumänien einreisen.

Immer, wenn ich solche Staaten besuche oder besucht habe, in denen die Zöllner diverse „Eigenheiten" haben, denke ich natürlich daran, dass ich selbst einmal Zollbeamtin auf Widerruf war und an einer Grenze arbeiten wollte. Aber zum Glück muss ich das niemandem sagen, weil es in solchen Momenten nicht wichtig ist. Es reicht aus, wenn ich darüber nachdenke, darüber reden will ich nicht mehr.

Warum reisen wir in ein ehemaliges Ostblockland, wie Rumänien es einmal war? Irgendwie interessiert es uns. Man hat uns davon erzählt, und es wurden in Crailsheim und Umgebung Hilfsgüter gesammelt, die wir nach Rumänien bringen wollen.

Eigentlich wollten wir alles im Bus transportieren, aber so viele Leute und Firmen zeigten sich spendenbereit – und deswegen werden die Hilfsgüter extra in einem LKW nach Alba Iulia in Rumänien transportiert.

Die drei Fahrer des LKW, die sich abwechseln, haben eine Einladung aus einer christlichen Gemeinde in Alba Iulia dabei.

Eigentlich kann nichts schiefgehen, denken wir, aber da haben wir uns getäuscht.

Unser LKW kommt circa 14 Stunden nach unserem Bus in Alba Iulia an. An der ungarisch-rumänischen Grenze hat man das Einladungsschreiben des Gemeindepastors von Alba Iulia nicht anerkannt. Seit zwei Tagen gibt es nämlich eine neue Regelung: das Einladungsschreiben muss von der rumänischen Botschaft in Budapest abgestempelt sein. Was bleibt dem LKW anderes übrig, als nach Budapest (circa drei bis vier Stunden Fahrtzeit) zurückzufahren!

So erweist es sich nachträglich als sehr gute Idee, dass wir die Hilfsgüter nicht im Reisebus mitgenommen haben! Sonst hätte unser Bus nochmals nach Budapest zurückfahren müssen – dabei hatten wir schon genug Probleme!

Über unsere mitgebrachten Hilfsgüter freuen sich einige rumänische Familien riesig. Alles ist bereits vorher in gleich große Pakete verpackt worden, damit die Verteilung auch gerecht erfolgt.

Der Pastor der Gemeinde von Alba Iulia notiert auf einer Liste die Familien, die ein Paket bekommen sollen. Weiterhin darf sich jede Familie Schuhe heraussuchen (in einem Stadtteil von Crailsheim schloss ein Schuhladen und stellte uns noch seine restlichen Schuhe zur Verfügung. Es sind nicht mehr die neuesten Modelle, aber in Rumänien gibt es keine Modetrends, und die Rumänen freuen sich 1992 über alles), bekommt auch eine rumänische Kinderbibel und Kleider in den Größen, die man braucht.

Ein neuer Hilfstransport ist schon in Planung, er wird auch durchgeführt. Allerdings mit weniger Mitreisenden, und man möchte auch Elektrogeräte mitnehmen. Es sollen auch andere Orte berücksichtigt werden, damit so viele Leute wie möglich etwas bekommen.

Natürlich verteilen wir noch nebenher Kaugummis, Bonbons und Kugelschreiber an Kinder, die darum betteln.

Am 31.05.92 fahren wir abends wieder zurück – bekanntlich kommt man an einem Sonntagabend am besten über die rumänische Grenze.

Auf der Rückfahrt wollen die rumänischen Zöllner Schokolade in buntem Papier haben, bevor wir über die Grenze dürfen. Sie bekommen „Nippon" (das ist ein Schokoladen-Reiskeks), Kaugummi und zwei Cola-Dosen (aus Deutschland) vom Busfahrer. Damit sind sie zufrieden und lassen uns nach Deutschland weiterfahren.

Seit 2007 gehört Rumänien in die EU – und die Ein- und die Ausreise für EU-Bürger ist jetzt viel einfacher geworden. 2008 ist eines der großen Probleme von Rumänien und Bulgarien, die beide 2007 Mitglieder der EU wurden, die Korruption.

51. Wiedersehen mit Norbert

Der Inhaber und Geschäftsführer (GL) der Maschinenbaufirma (MBF) aus Crailsheim, in der ich in den 1990er-Jahren arbeite, wird immer geiziger, je reicher er wird. Immer mehr gilt er als wandelndes Beispiel dafür, dass die Sprüche „Geld verdirbt den Charakter" und „Von den Reichen lernt man das Sparen!" richtig sind.

Bis 1993 durften beispielsweise seine Mitarbeiter das Geld, das durch Mehreinahmen am Sprudel- und Kaffee-Automaten anfiel, behalten, um jeden Sommer ein Grillfest zu veranstalten. Grillfeste sind eine feine Sache, sie fördern die Kollegialität untereinander, man lernt Kollegen besser kennen und man hat ganz einfach das Gefühl, dass man in einer „guten Firma" arbeitet, in der gutes Betriebsklima großgeschrieben wird.

Das hört irgendwann auf, denn GL merkt, dass sich durch die Sprudel- und Kaffee-Automaten in der Firma ein hübscher kleiner Nebenverdienst einstreichen lässt. Warum soll man auch so viel gutes Geld der Belegschaft zur Verfügung stellen? Damit kann man sich doch als Millionär kleine Extras im Leben leisten, zum Beispiel die Benutzung einer Limousine, die

Inhaber nebst Gattin vom Flughafen Taipei in Taiwan zu Beginn einer „Golf-Vergnügungsreise" direkt mit ihren Golfschlägern zum Hotel kutschiert. Man muss auf einmal richtig „raushängen", wie reich man ist – warum nicht auf Kosten der Mitarbeitergrillfeste?

Grillfeste gibt es allerdings immer noch – zu verdanken den Spenden einiger großzügiger Kollegen, die an ihrem Geburtstag immer wieder mal einen Geldschein für die Grillfestkasse stiften.

Weiterhin will man Müttern für das Jahr der Geburt ihrer Kinder kein Weihnachtsgeld bezahlen – auch wenn man es an andere Mitarbeiter bezahlt und es demzufolge den Müttern auch zusteht.

Es beginnt, bergab zu gehen mit dem Betriebsklima bei MBF.

Das fängt auch an mit dem Verschwinden diverser Höflichkeiten, wie zum Beispiel dem „Guten-Morgen-Gruß". GL braucht nun auf einmal nicht mehr jedermanns Gruß abzunehmen, verlangt aber von seiner Belegschaft, dass man höflich ist. Am liebsten sähe es GL, wenn Jeans aus seinen Büroräumen verschwänden. Da GL allerdings nicht bereit ist, im Gegenzug seinen Angestellten „Kleidergeld" zu bezahlen, dass man sich auch entsprechend einkleiden kann, verhallt dieser Wunsch ungehört in den Büroräumen.

Im August 1994 sehe ich Norbert wieder. Irgendein „Vögelchen" hat mir gezwitschert, dass er Zollamtsvorsteher in Crailsheim wird, also bin ich nicht ganz unvorbereitet. Der ehemalige Zollamtsvorsteher Herr Solinger wechselt ins Hauptzollamt Heilbronn, nachdem er drei Jahre lang Provinzluft in Crailsheim geschnuppert hat.

Norbert bewarb sich um die Nachfolge. Norbert, der nach vielen Jahren Dienst in Stuttgart endlich wieder zurück in seine Heimatstadt Crailsheim ziehen möchte.

Ich selbst habe mit meiner Zeit als Finanzanwärterin schon längst abgeschlossen. Ich bin Exportsachbearbeiterin. Deswegen verrichte ich weiterhin ruhig meine Arbeit, als ich sehe, dass Herr Solinger sich mit dem Exportleiter E in dessen Büro unterhält. Aber Herr Solinger ist nicht alleine gekommen. Er hat jemanden mitgebracht: Norbert.

Ich erkenne Norbert gleich. Er sieht fast noch genauso aus wie vor zehn Jahren, dieselbe Figur, dieselbe Haarfarbe. Aber sicherlich erkennt er mich nicht. Ich komme gerade von einem Urlaub in Griechenland, sehe knackig braun aus, meine Haare sind wesentlich länger als damals, als ich Finanzanwärterin war. Ja, ich habe mich verändert. Nicht nur äußerlich, sondern auch vom Charakter her.

GL erscheint im Büro von E und setzt sich mit an den runden Tisch. Wir sehen alles, die Türe steht offen, die Herren unterhalten sich angeregt. Offensichtlich besucht Herr Solinger noch einmal alle Firmen, mit denen er auf dem Zollamt Crailsheim zu tun hatte, und stellt gleichzeitig seinen Nachfolger vor. Norbert ist der Nachfolger.

E ruft Sarah und mich zu sich ins Büro. Wir sollen Fragen stellen. Und wir stellen ein paar Fragen. Nicht zu viele, denn wir wissen doch über die Erstellung der Versandpapiere für den Warenverkehr in unseren Länderbereichen Bescheid.

Zufriedenheit wird darüber geäußert, dass man für den Versand in Länder in Asien beispielsweise keine Warenverkehrsbescheinigungen EUR.1 oder EUR.2 braucht. Wobei übrigens das „kleinere" dieser beiden Versandpapiere – also die EUR.2 – nicht vollständig abgeschafft wurde. Auch wenn man sie für Sendungen bis zu einem bestimmten Warenwert in EFTA-Staaten nicht mehr benötigt, wird sie auf einmal für Sendungen in manche ehemalige Ostblockstaaten, wie zum Beispiel Ungarn, gebraucht (Anmerkung: Seit 2004 gehört Ungarn zur EU). Dort scheinen sich die Versandformalitäten übrigens fast täglich zu ändern – auf einmal sollen alle Exemplare der Zollrechnungen mit dem Firmenstempel versehen sein und so weiter.

Aber das nur am Rande. Im Sommer 1994 sitzen Sarah und ich am runden Tisch in dem Büro von E und reden mit den beiden Herren vom Zoll.

Ich mustere Norbert verstohlen. Sicherlich erkennt er mich nicht mehr, ich trage eine andere Frisur. Zehn Jahre haben wir uns nicht mehr gesehen.

Norbert beobachtet aufmerksam das Geschehen um sich herum, wirft hier und da eine Bemerkung ein.

GL fühlt sich sichtlich wohl, wobei er vor Unhöflichkeit nur so strotzt. Nicht einmal eine Tasse Kaffee oder kalte Getränke bietet er den beiden Zollbeamten an. Er räkelt sich selbstzufrieden auf seinem Stuhl und reckt seinen sichtbar kleiner gewordenen Bauch heraus – sichtbar kleiner geworden durch seine zweimal jährlich durchgeführte Diät mit getrockneten alten Zwetschgen und Weißwein, sorgfältig abgeschirmt von der Öffentlichkeit in „Klausur" in einem der vielen „Diättempel" in Deutschland. „Diättempel", die viel Geld verlangen dafür, dass sie den Leuten wenig zu essen geben.

„Das war doch ein schönes Treffen!", meint GL abschließend vor der Mittagspause. Sein Magen knurrt hörbar. „Das können wir wiederholen – was meinen Sie?"

Die beiden Zollbeamten nicken zustimmend und verabschieden sich.

Sarah, die anderen Kolleginnen und ich machen auch Mittagspause. Ich grinse in mich hinein. Sicherlich hat mich Norbert nicht erkannt. Und ich vergesse das heutige Ereignis.

Einige Tage später ruft Norbert bei Marlene an. Er hat einige zolltechnische Dinge zu einer Einfuhr von Mustermaterial aus Polen mit ihr zu besprechen. Anschließend soll sie ihn mit mir verbinden.

Ich aber will nicht mit ihm sprechen.

„Ach – komm', sprich doch mit ihm!", versucht Marlene, mich zu erweichen.

Seufzend lege ich meine angefangene Arbeit zur Seite und spreche mit Norbert. Ich höre seine warme, weiche Stimme – dieselbe wie vor zehn Jahren.

„Ich habe dich gleich erkannt!", meint er. „Aber, was machst du in Crailsheim?"

Ich erzähle ihm von meiner Ausbildung zur Industriekauffrau, von meiner Arbeit bei SCHMISSIG – und Crailsheim liegt ja gerade nur 13 Kilometer von diesem Dorf im Landkreis Ansbach entfernt.

Norbert ist beeindruckt. Ja, auch ehemalige Finanzanwärter bekommen irgendwie die Kurve, sie können irgendwie ins Berufsleben integriert werden – wobei zu bedauern ist, dass man während des Grundstudiums nicht mehr Kenntnisse zum Thema „Zoll" gelehrt bekommt, die helfen, nach einem eventuellen Abschied aus der Zollverwaltung leichter einen Job als Export- oder Zollsachbearbeiter(in) in der Industrie oder bei Speditionen zu finden.

„Ja, und ich bin froh, endlich in Crailsheim arbeiten zu dürfen!" Norbert klingt erleichtert. „Stelle dir vor, zehn Jahre lang arbeitete ich in vielen Zollämtern in und rund um Stuttgart, ständig bewarb ich mich um einen Job beim Zollamt in Crailsheim – und endlich hat es geklappt! Ich habe ja hier mein Elternhaus, wir renovieren es gerade. Irgendwann wird unsere Wohnung fertig sein – damit meine Frau und mein Sohn zu uns ziehen können!"

Ich höre ihm zu. Aha, eine Frau und einen Sohn hat er. Sein Sohn ist gerade ein Jahr alt. Ich fühle keinen Neid, denn unsere „Beziehung" im Bildungszentrum in Sigmaringen war doch eher kameradschaftlicher Art.

„Es war schön, mit dir gesprochen zu haben! Sicherlich reden wir wieder einmal miteinander", meint er abschließend.

Ich habe nie wieder mit ihm gesprochen.

Nur einige Monate später wird er Frühpensionär und scheidet aus dem Berufsleben beim Zoll aus – aus gesundheitlichen Gründen.

52. Über Expressdienste und Chefetagen

Am 2. Juli 2002 blickte die Welt bestürzt auf den Bodensee.

In der Nacht vom ersten auf den 2. Juli stießen ein russisches Passagierflugzeug und eine DHL-Frachtmaschine in der Nähe von Überlingen zusammen und explodierten in der Luft. 71 Tote sind zu beklagen, unter ihnen viele russische Kinder, die auf dem Weg zu einer Urlaubsreise nach Spanien waren.

Die Welt trauert. Als Unfallursache wird „menschliches Versagen" nicht ausgeschlossen.

Und es ist das erste Mal in der Geschichte des Bestehens des Expressdienstes DHL, dass eine ihrer Frachtmaschinen einen Unfall hatte. Der Pilot ist tot, die Flaggen von DHL hängen am 2. Juli 2002 auf Halbmast.

Diverse Firmen, in denen ich schon tätig war, hatten oft Kontakt zu DHL. Auch zu anderen Expressdiensten.

Der Versand per Postpaket ist nämlich bei dringenden Warenlieferungen zu unzuverlässig und zu langsam, und deswegen ist jeder Exportsachbearbeiter froh darüber, dass es Expressdienste gibt.

Gerade DHL hatte in den 1990er-Jahren in einige Überseeländer „den besten Draht". Das heißt: ein Expressgut, das per DHL gesandt wurde, wurde in einigen Bestimmungsländern schneller vom dortigen Zoll abgefertigt. Warum war das so? Keine Ahnung. Vielleicht hatten die dortigen DHL-Mitarbeiter, die Einfuhren abfertigten, die Gabe, erforderliche Papiere für den Zoll so auszufüllen, wie es die dortigen Zollämter gerne haben wollten. Vielleicht gab es aber auch andere Gründe, die ich nicht kenne.

Unterdessen bilden DHL und die Post eine Einheit – Postpakete in Deutschland und ins Ausland werden per DHL ausgeliefert. Aber es gibt ja noch andere Expressdienste. TNT, HERMES, DPD, Federal Express, UPS, GLS und so weiter. Da ich nicht mit allen dieser Expressdienste Erfahrungen gemacht habe, kann ich nicht wirklich sagen, welche am besten sind.

Fast jeden Tag schauen Fahrer diverser Expressdienste bei der Maschinenfabrik in Crailsheim vorbei, in der ich in den 1990er-Jahren tätig bin. Sie müssen Pakete in der Versandabteilung abholen, dort liegen sie bereit. Auch die dazugehörigen Versanddokumente. Beispielsweise den ausgefüllten Frachtbrief für den jeweiligen Expressdienst, die Exportrechnung in mehreren Exemplaren (alle Exemplare original unterschrieben) und eine Ausfuhrerklärung – in Empfang und fahren weiter, meistens zum Frankfurter Flughafen, wo die Ware dann – nach Abfertigung auf dem Zollamt - in die entsprechenden Flugzeuge des jeweiligen Expressdienstes verladen wird.

Normalerweise dauert der Versand einer Ware in die Vereinigten Staaten zwei bis drei Werktage, der Versand einer Ware nach Asien circa fünf bis sechs Werktage. Wobei viele der losgeschickten Ersatzteile die Kunden schon vorher erreichen. Das bringt dieser Maschinenfabrik in Crailsheim Lob ein.

Aber nicht immer geht alles so reibungslos, wie gerade geschildert. Manche Fahrer einiger Speditionen sprechen nämlich nicht deutsch – und einige Fahrer von Expressdiensten, die Waren und die dazugehörigen Exportpapiere bei Firmen abholen, ebenfalls nicht. Viele Fahrer sind keine Deutschen und verstehen nur schlecht Deutsch. Das Chaos scheint dann vorprogrammiert. Einige Fahrer nehmen nur die Ware aus der Versand-abteilung mit und vergessen die Versandpapiere oder einen Teil davon.

Natürlich sind wir in der Verkaufsabteilung darüber sehr verärgert. Wir müssen die Versandpapiere dann schnellstmöglich nachsenden oder geben sie auch dem Fahrer mit, der am nächsten Tag Ware, die für den Versand durch diesen Expressdienst vorgesehen ist, abholt.

Oft tauchen die Fahrer erst dann auf, wenn wir schon fast alle nach Hause gegangen sind.

Einmal will ein Fahrer F eine Sendung nach Japan abholen. Er trifft erst nach 17 Uhr in der Maschinenfabrik ein. Er kennt diese Firma nicht und irrt herum. Er wundert sich, weil er die Ware nicht findet und niemanden trifft, der ihm die Ware und die Versandpapiere aushändigt.

Andererseits befinden sich selbst nach 17 Uhr noch genug Leute in dieser Firma und könnten ihm den Weg in die Versandabteilung zeigen. Vielleicht getraut er sich einfach nicht, irgendjemanden zu fragen. Und so landet F im neuen fünfstöckigen Verwaltungsgebäude, das einen großartigen Blick auf Crailsheim bietet, wenn man ganz oben ist.

Und genau dort hat auch der Geschäftsführer GL sein Büro.

F weiß also nicht, wo er die Ware für Japan und die dazugehörigen Versandpapiere finden soll. Er fährt mit dem Aufzug im Verwaltungsgebäude, steigt dann noch einige Treppen und befindet sich auf einmal vor dem Büro von GL.

F tritt ein, was GL unangenehm überrascht. Da GL nicht selbst F die Versandpapiere und die Ware aushändigen will, telefoniert er mit einem Mitarbeiter, der sich auskennt, aber schon zu Hause ist. Dieser Mitarbeiter fährt extra nochmals in die Firma, um F die verpackte Sendung und die dazugehörigen Versandpapiere auszuhändigen.

Die Ware kommt sicher nach Japan, aber wir in der Verkaufsabteilung müssen uns am nächsten Tag anhören, wie unerhört es ist, wenn ein Fahrer F die Chefetage aufsucht. GL erzählt das dem Exportleiter E und E erzählt es uns.

Das sind Momente im Leben, während derer ich froh war und bin, dass ich keinen Abteilungsleiterposten habe und hatte.

53. Der verrückte Franzose

Monsieur Pierfrancesco widme ich hiermit ein Extra-Kapitel. Er fängt kurz nach mir in der Maschinenbaufirma (MBF) in Crailsheim zu arbeiten an.

Er ist Maschinenbauingenieur und soll Maschinen an französische Kunden verkaufen. Sein Vorgänger, der den

Frankreich-Markt zusammen mit einer Kollegin erfolgreich aufbaute, verließ erst kürzlich nach einigen Streitigkeiten MBF und wechselte zu einem Konkurrenzunternehmen.

Und nun ist Monsieur Pierfrancesco, der die Erfolgsstory von MBF auf dem französischen Markt weiterschreiben soll, der neue Mitarbeiter in der Verkaufsabteilung.

Der Firmeninhaber und Geschäftsführer GL entdeckte ihn, als Monsieur Pierfrancesco noch als Einkäufer bei einer Firma irgendwo in Südfrankreich arbeitete. MBF verkaufte dieser Firma erst kürzlich eine Maschine, die in der großen Montagehalle gefertigt wird.

Obwohl Monsieur Pierfrancescos Deutschkenntnisse absolut miserabel sind, lockte ihn GL nach Crailsheim. Er versprach, für ihn und seine Familie ein Haus in der Nähe zu suchen und sogar die Miete für einen bestimmten Zeitraum zu bezahlen!

Monsieur Pierfrancesco gehört zur Marke „eingebildete Franzosen." Für Monsieur Pierfrancesco sind wir Damen in der Verkaufsabteilung nur zweitrangige Wesen, die „Secrétaires", die am besten tun, was man ihnen sagt – ohne Widerrede. Die nur langweilige Listen abtippen und weitere eintönige Auf-gaben übernehmen, die Herr Pierfrancesco für sie vorgesehen hat.

Dazu gehört auch die Vergabe so genannter „Korrespondenznummern". Jeder Brief und jedes Schriftstück, das mit dem Markt Frankreich zu tun hat, soll von nun an mit einer Korrespondenznummer versehen werden, die wir auf einem Briefbogen in die Spalte „unsere Zeichen" neben die Initialen des Namens von Herrn Pierfrancesco und unseres Namens zu schreiben haben. So gibt es also auf Rechnungen beispielsweise nicht nur eine Rechnungsnummer und diverse Bestellnummern für diverse Ersatzteile und/oder Maschinen, sondern auch Korrespondenznummern.

Wir schütteln den Kopf über solch eine unsinnige Verordnung, aber wir haben uns zu fügen, da Herr Pierfrancesco im Exportleiter E einen Verbündeten findet.

Von Zoll und anderen wichtigen Dingen, die wir „unwichtigen Secrétaires" erledigen müssen, hat Herr Pierfrancesco keine Ahnung. „Missjö Peerfrankeskooo" nennen ihn die Kollegen in der Versandabteilung und in der Montage. Kollegen, die kein Französisch sprechen und alles so sprechen, wie sie es auf Deutsch zu lesen gewohnt sind.

Eigentlich sollten wir Damen aus der Verkaufsabteilung, wir Liebhaberinnen der französischen Sprache, unsere Kollegen korrigieren. Wir tun es auch, aber unsere Korrekturen verhallen ungehört. Monsieur Pierfrancesco bleibt für diese Kollegen weiterhin „Missjö Peerfrankeskoo" – so lange bis zu seinem Ausscheiden aus MBF.

Morgens, wenn er in die Verkaufsabteilung kommt, lässt er es sich nicht nehmen, allen anwesenden Leuten die Hände zu reichen und zu drücken. Er hat einen Griff wie ein Schraubstock. Und wenn jemand, weil seine Hand so zusammengedrückt wird, vor Schmerzen jammert, amüsiert sich Monsieur Pierfrancesco. Dann erzählt er, wie er in Frankreich jemandem einmal durch einen Händedruck einen Finger brach. Und von einer an-deren Person, der er durch einen Händedruck den Ehering so stark ins Fleisch presste, dass die Stelle am Ringfinger zu bluten anfing.

Ja, Monsieur Pierfrancesco – der Jäger nach Besonderheiten, der Jäger nach Brutalem, so scheint es. Aber seiner eigentlichen Aufgabe, Aufträgen für Maschinen für MBF nachzujagen, wird er nicht gerecht. Und Deutsch lernt er auch sehr, sehr wenig.

Immer, wenn er aus Frankreich kommt, übersetze ich seine Besuchsberichte in die deutsche Sprache. Kopien dieser Besuchsberichte muss ich an diverse Leute verteilen, unter anderem auch an GL.

Wir Damen in der Verkaufsabteilung glauben, GL und seine Gattin wüssten, dass ich die französischen Besuchsberichte des Herrn Pierfrancesco ins Deutsche übersetze.

Doch eines Tages, als Caroline mit GL in dessen schicken neuen Mercedes auf einer Geschäftsfahrt ist, meint er zu ihr:

„Mich wundert es wirklich, dass Herr Pierfrancesco so schlecht deutsch *spricht*! Schriftlich klingt sein Deutsch einwandfrei!"

„Wie meinen Sie das?" Caroline ist erstaunt.

„Na, ich denke an seine Besuchsberichte. Meine Frau und ich sind immer wieder erstaunt, wie gut diese in deutscher Sprache geschrieben sind!"

Caroline muss sich ein Lachen verbeißen und antwortet:

„Herr Pierfrancesco schreibt seine Besuchsberichte grundsätzlich in französischer Sprache. Frau W. ist es, die diese Berichte ins Deutsche übersetzt!"

Nun ist GL wieder erstaunt. Nein, das wusste er nicht!

Herr Pierfrancesco spricht nicht nur außerordentlich schlecht Deutsch, seine Art und Weise vertreibt auch viele langjährige und treue französische Kunden! Sie können mit seinem Brummen und seinem Gekicher – kurz gesagt: mit seiner merkwürdigen Art – einfach nichts anfangen. Und so bestellen sie bei der Konkurrenz, die sich darüber sehr freut.

Diese Tatsache bekommt GL allerdings nicht mit. Die Maschinen für die Firma in Südfrankreich werden fertiggestellt, Herr Pierfrancesco empfängt vier seiner einstigen Kollegen zu einer Maschinenabnahme. Zu fünft springen sie lachend und gackernd um die Maschinen herum und erinnern uns an freilaufende Hühner auf freier Wildbahn.

Zum Mittagessen verputzen sie enorme Mengen an Wurst- und Käsebrötchen. Herr Pierfrancesco findet grundsätzlich keinen Flaschenöffner und ruft entweder Caroline oder mich an, ihm einen ins Besprechungszimmer zu bringen:

„Vic-to-ria, bringen Sie eine Apparat, um die Flasche su öffnen (deutsche Übersetzung: Victoria, bringen Sie einen Apparat, um die Flasche zu öffnen!)!"

Wir lachen oft über die komischen Wörter, die er verwendet. Und schon lange fragen wir uns: Wo hat er eigentlich Maschinenbau studiert? Oder noch besser: Hat er überhaupt Maschinenbau studiert? Denn auf technische Fragen gibt er absolut unzureichende Antworten, was selbst wir Damen als „Nicht-Techniker" nur zu schnell merken!

Auf Messen spielt er den Clown, erzählt Belgierwitze und isst Rosen. Ja, er verspeist Rosenblätter – wahrscheinlich, um aufzufallen.

Einmal sagt GL zu Herrn Pierfrancesco, er solle doch seine Briefe und Telefaxe, die er ansonsten mit seiner unmöglichen, krakeligen, viel zu kleinen Schrift auf einen Fetzen Papier kritzelt (Originalzitat von Herrn Pierfrancesco: „Ich schreibe wie eine kleine Katze!"), auf Band diktieren. So könnten wir Damen vielleicht schneller diese Briefe in unsere Computer tippen – anstatt, wie sonst, seine viel zu kleine Schrift entziffern zu müssen.

Eine Arbeitserleichterung? Caroline und ich sind skeptisch. Natürlich wäre es manchmal ratsam, zur Entzifferung mancher Handschriften ein Archäologiestudium abgeschlossen zu haben. Herrn Pierfrancescos Handschrift macht da leider keine Ausnahme!

Eines schönen Tages erscheint Herr Pierfrancesco mit einer kleinen Kassette und knallt sie auf meinen Schreibtisch. Ich höre sie auf dem Abhörgerät an und tippe gleichzeitig das ab, was ich meine zu hören. Es sind zwei Briefe und ein Telefax.

Anschließend lege ich Herrn Pierfrancesco diese Schriftstücke zur Korrektur und eventuell zur Unterzeichnung vor, wenn sie richtig sind. Allerdings gab es bei jedem Brief einige Wörter, die ich nicht verstand. Auch, wenn ich sie mehrmals anhörte. Und Caroline verstand sie ebenfalls nicht. Das beruhigt mich.

„Sie lesen besser, als Sie hören!" Herablassend wirft Herr Pierfrancesco die Briefe und das Telefax – beide Schriftstücke hat er mit seiner Krakelschrift korrigiert - auf meinen Platz und grinst hämisch.

„Und Sie schreiben besser, als Sie sprechen!", gebe ich schlagfertig zurück und habe mit dieser Bemerkung die Lacher auf meiner Seite.

Ich tippe die Briefe und das Telefax nochmals ab – richtig diesmal und lege sie Herrn Pierfrancesco zur Unterschrift vor.

Eines Tages fährt Herr Pierfrancesco auf eine seiner vielen Geschäftsreisen nach Frankreich. Er rast gerne auf der Autobahn, und plötzlich – auf regennasser Straße – kommt der Geschäftswagen, ein fast neuer Ford Scorpio, ins Rutschen und kracht mit einem LKW zusammen.

Wie durch ein Wunder steigt Herr Pierfrancesco unversehrt aus dem Auto. Seine blaue Jacke, die er fast jeden Tag trägt, hat etwas gelitten, und das entsetzt ihn. Der Ford Scorpio jedoch ist demoliert – Totalschaden. Das juckt Herrn Pierfrancesco weniger – umso mehr jedoch GL, der ihm das wenige Tage später im Büro in Crailsheim vorwirft:

„Herr Pierfrancesco – so viel haben Sie hier noch nicht verkauft wie der Schaden, den Sie angerichtet haben!" (auf Deutsch: seine Verkäufe haben noch nicht den Umsatz/ Gewinn erzielt, die den Schaden wettmachen würde, den er mit dem Totalschaden des Scorpio verursacht hat).

Herr Pierfrancesco schaut ein bisschen dümmlich, diese Bemerkung hat er offensichtlich nicht verstanden.

Als er ein Jahr in MBF arbeitet, spendiert er uns in der Verkaufsabteilung ein paar Pralinen, mehr nicht.

Wenig später wird er entlassen – er geht so schnell, wie er gekommen ist.

Herr LeRoux, der Einkäufer einer französischen Firma, mit der MBF sehr eng zusammenarbeitet, ist wieder mal zu Besuch nach Crailsheim gekommen. Bei einer Zigarre entspannt er sich und sitzt in GLs Büro. Die beiden unterhalten sich, während eine Kollegin übersetzt.

„Was halten Sie von Herrn Pierfrancesco?", will GL von Herrn LeRoux wissen.

Herr LeRoux holt tief Luft und sagt dann genau das, was er denkt. Dass Herr Pierfrancesco keine Verkäufernatur ist, dass er so nach und nach die Beziehungen von MBF mit den französischen Kunden ruiniert.

Nun gut, wenn GL seinen Frankreich-Markt vollends zugrunde richten will, kann er natürlich Herrn Pierfrancesco weiterbeschäftigen. Aber er – Herr LeRoux – würde an GLs Stelle Herrn Pierfrancesco entlassen.

Die Entlassung passiert schnell. Gleich am nächsten Werktag lotst GL Herrn Pierfrancesco in sein Büro. Wir wissen nicht, was genau dort gesprochen wird. Jedoch ahnen wir es, denn Herr Pierfrancesco ist auf einmal sehr unmotiviert, knallt laut mit seinen Schreibgeräten und seinem Locher herum. Und wenige Tage später ist er weg. Er verlässt Crailsheim, er verlässt Deutschland. Er geht wieder zurück nach Frankreich mit seiner Familie. Wir wissen nicht, was aus ihm geworden ist.

54. Gefriergetrocknetes Pulver aus Südamerika

Zoll ist toll – das ist ein Spruch, den Finanzanwärter an der Fachhochschule in Sigmaringen „erschaffen" haben. Der Spruch ist nett, weil er sich reimt. Mehr aber auch nicht. Berufe in der Zollverwaltung sind nämlich nicht besser als viele andere Berufe. Man „klebt" in Firmen ebenfalls oft am selben Arbeitsplatz, kann sich nicht weiterentwickeln und wird nicht befördert.

In der Verwaltung ist es oft genauso. Der Zoll macht da keine Ausnahme. Man hat das unserer Stuttgarter Finanzanwärtergruppe schon gesagt, als ich noch dabei war. Und wir haben das akzeptiert.

Wer befördert werden will – also einen höheren Dienstgrad mit mehr Gehalt haben will -, muss Glück haben.

So ist es auch in der Maschinenfabrik in Crailsheim. Die Jahre verfliegen. Es gibt gute und schlechte Zeiten dort. Je größer die Firma wird, desto unpersönlicher wird sie.

Eines Tages erhält der Verkaufsingenieur V sechs kleine Flaschen mit gefriergetrocknetem Pulver.

Gefriergetrocknetes Pulver kennt man beispielsweise von Instant-Kaffee. Also Kaffeepulver, das man mit heißem Wasser vermischt, um dann ein wohlschmeckendes Getränk zu bekommen.

In der pharmazeutischen Industrie gibt es solches Pulver auch. Und ein solches Pulver erhält V. Allerdings hat niemand von uns vor, die Flaschen zu öffnen, mit Wasser zu füllen und diese Flüssigkeit dann zu trinken.

Obwohl sie – laut Hersteller – einen gesünderen Wuchs von Finger- und Fußnägeln garantieren soll. Es handelt sich um spezielles Pulver zu 80 Prozent aus Essig und zu 20 Prozent aus anderen Stoffen, wahrscheinlich einigen Naturheilmitteln – was dieses Produkt in den Augen der Zollverwaltung zu einem Medikament macht. Und genau hier liegt der Haken!

Medikamente aus Drittländern – also Ländern, die nicht zur Europäischen Union gehören – dürfen gar nicht zum freien Verkehr in Deutschland abgefertigt werden. Warum? Es könnte damit Unfug getrieben werden, vielleicht könnten sogar Leute zu Schaden kommen, sogar daran sterben! Also sollen diese Medikamente nach spätestens einem Jahr in Deutschland wieder in das Land, aus dem sie geschickt wurden, zurückgesandt werden. Und zwar in dem Zustand und in den Behältern, in dem sie eingeführt wurden.

Die Ware liegt also schon vom Überschreiten der deutschen Grenze an unter zollamtlicher Bewachung. In unserem Fall heißt es: Das Zollamt in Crailsheim weiß Bescheid, dass die Firma eine Ware auf Verwendungsschein bekommt.

Das Zollamt wartet darauf, dass Mitarbeiter der Firma eine Einfuhranmeldung ausfüllen. Wir müssen also einen speziellen „Verfahrenscode" eintragen, damit ersichtlich ist, dass diese Ware nur vorübergehend in Deutschland weilt. Also haben wir nun keine Einfuhranmeldung mehr, sondern einen so genannten „Verwendungsschein".

Ist dieses Papier ausgefüllt, schaut das Zollamt die Ware und die Dokumente, mit denen sie nach Deutschland gekommen ist, an, stempelt den Verwendungsschein ab. Diesen müssen wir von nun an hüten wie unseren Augapfel, genauso wie die uns zur Verfügung gestellten Medikamente. Das Zollamt macht sich Notizen, will eventuell Fotos von uns zur Verfügung gestellt haben, nimmt sich vielleicht selbst sogar Warenproben weg, um genau zu wissen, um welches Medikament es sich handelt, um dann später bei der Ausfuhr überprüfen zu können, ob genau dieses Medikament versandt wird. Diese Prüfung durch das Zollamt heißt „Nämlichkeitssicherung", habe ich mir sagen lassen.

V findet, dass die sechs kleinen Fläschchen mit gefriergetrocknetem Pulver, das in aufgelöstem Zustand einen gesünderen Wuchs von Finger- und Fußnägeln garantieren soll, für das Zollamt nur „Peanuts", also Kleinkram seien. Deswegen geht er recht sorglos damit um.

Aber die Zollbeamten machen uns den ernsthaften Vorschlag, bei einem Warenwert von 18,50 D-Mark (circa neun Euro) eine Apotheke in Crailsheim zu fragen, ob diese nicht dieses Pulver in ihren Wareneingangsbüchern/Bestandsbüchern notieren wolle. Wenn wir diesen Vorschlag richtig verstehen, könnte man so die Ware doch zum freien Verkehr abfertigen, da die Apotheken Sonderrechte bei der Einfuhr von Medikamenten aus Drittländern haben. Zumindest 1999, denn da passiert diese Geschichte. Somit wären dann also sechs kleine Flaschen im Wert von 18,50 D-Mark (circa neun Euro) zum freien Verkehr abgefertigt, und wir dürften damit machen, was wir wollen.

Dieses Vorhaben scheitert allerdings an dem guten „rechtsstaatlichen" und ehrlichen Gewissen des Exportleiters E, der zwar sehr beschäftigt ist, aber von diesen sechs Fläschchen aus Chile dennoch etwas erfährt.

„Nein, das mit der Apotheke machen wir nicht – sollen wir da noch Dritte hineinziehen? Nein, nein!", meint er.

Mit den „Dritten" meint E irgendwelche Apotheken in Crailsheim, die ich dann anrufen müsste mit der Bitte, dieses gefriergetrocknete Naturmedikament in ihre Bücher aufzunehmen. Aber diese Anrufe bleiben mir erspart.

Dafür fülle ich für die 18,50 DM kostenden sechs Fläschchen einen Einfuhranmeldungsvordruck als Verwendungsschein aus. Erst dann bekommen wir die Fläschchen vom Zollamt – zusammen mit dem Verwendungsschein.

Nun denke ich, alles sei in bester Ordnung. Aber manchmal soll man Männern nicht trauen, und zu Recht haben einige Wissenschaftler und Psychologen herausgefunden, dass Männer oft nicht zuhören. So auch V. Immer wieder frage ich ihn nach den Fläschchen. Sie liegen in einem kleinen Karton bei ihm in einem Aktenschrank, und nur zu schnell hat er in Absprache mit einigen Ingenieuren, Technikern und dem Exportleiter herausgefunden, dass die Firma in Crailsheim zum Abfüllen und Verschließen dieses gefriergetrockneten Pulvers in kleine Flaschen keine Maschinen bauen kann.

Ich möchte also diese sechs Flaschen so bald wie möglich nach Chile zurückzuschicken, aber V will sie – aus welchem Grund auch immer – erst einmal in seinem Aktenschrank behalten.

Als ich nach zwei Wochen Urlaub eines Tages wieder ins Büro nach Crailsheim komme, frage ich V nach den sechs Fläschchen mit gefriergetrocknetem Pulver aus Chile, das in aufgelöstem Zustand einen gesünderen Wuchs von Finger- und Fußnägeln garantieren soll.

„Oh – Frau W., ich glaube, die habe ich rausgeschmissen!" Verblüfft, beinahe schon blöde, schaut er mich an.

‚Oh nein, wie kann man nur so blöd sein?', denke ich.

Laut sage ich:

„Warum haben Sie das gemacht? Ich habe Ihnen hundertmal gesagt, diese Fläschchen sind auf Verwendungsschein nach Deutschland gekommen und müssen auch genauso – unter zollamtlicher Überwachung – wieder nach Chile zurückgeschickt werden!"

Dann füge ich hinzu:

„Was machen wir jetzt?"

V zuckt ratlos mit den Schultern und überlegt dann.

Auf einmal hat er folgende – wie er meint – glänzende Idee:

„Füllen Sie doch einfach Backpulver in kleine Fläschchen, verschließen Sie diese dann mit einer Ihrer Maschinen – dann ist doch alles paletti!"

V greift nach diesem sinnbildlichen Angelhaken. „Das ist eine klasse Idee – Backpulver!" Spricht es und saust nach unten in eine Montagehalle.

Kleine Flaschen sind in der Firma schnell gefunden, irgendwo bei dem Mustermaterial für viele Maschinen, die sich gerade in der Herstellung befinden. Darunter gibt es auch Flaschen in allen Größen. Und sechs davon werden mit Backpulver, das man in jedem Supermarkt kaufen kann, befüllt.

Ich selbst habe ein schlechtes Gewissen. Aber – was soll ich machen? Die Geschichte ist nun mal vertrackt und soll ein gutes Ende finden.

Wenig später präsentiert mir V stolz sechs Fläschchen mit Backpulver. Von der Farbe her stimmen sie ja, denke ich. Braunglas. Aber sie sind etwas größer als die Originalflaschen aus Chile. Das weiße Pulver darin gleicht tatsächlich dem Pulver, das aus Chile kam.

Ich fülle eine Ausfuhrerklärung aus, schreibe eine Exportrechnung und einen Lieferschein. Die Sendung soll mit einem internationalen Paketdienst verschickt werden.

Die Beamten auf dem Zollamt in Crailsheim werden die sechs Fläschchen allerdings noch in Augenschein nehmen, sie bekommen meine Versandpapiere und den Verwendungsschein. Der Verwendungsschein erhält vom Zollamt einen Stempel, der aussagt, dass er erledigt ist, und die sechs Fläschchen werden nach Chile zurückgesandt.

V weist seinen chilenischen Kunden natürlich an, die Fläschchen mitsamt dem Pulver in Chile in den Mülleimer zu werfen. Denn man weiß ja nie, wie sehr das inliegende Pulver durch Prüfung von Ingenieuren und Technikern, durch das Wandern der Flaschen durch viele Hände, verunreinigt ist. Auf jeden Fall sei es nicht mehr unbedenklich in Wasser aufgelöst genießbar.

55. Als Mia einen falschen Zollwert angab

Während meiner Zeit in der Maschinenbaufirma (MBF) in Crailsheim lerne ich viele Kolleginnen und Kollegen kennen. Kolleginnen und Kollegen, von denen einige die Firma irgendwann auch wieder verlassen.

Denn MBF bietet kaum Aufstiegschancen. Entweder man ackert jahrelang am selben Arbeitsplatz, erlebt gute und auch schlechte Zeiten – oder man sieht sich irgendwann nach neuen Arbeitsplätzen in anderen Firmen um. Dann ist es natürlich möglich, dass MBF gute Leute verliert – und diese Firma hat schon viele gute Mitarbeiter verloren. So wie andere Firmen übrigens auch, die ihren Mitarbeitern keine Aufstiegschancen bieten.

Einer ehemaligen Kollegin widme ich diese Geschichte. Ihr Name ist Mia. Sie macht viele Fehler bei ihrer Arbeit – nicht nur Schreibfehler, sondern auch Flüchtigkeitsfehler. Aber sie arbeitet schnell, und sie kann sich innerhalb der Verkaufsabteilung und der ganzen Firma sehr gut präsentieren. Das gefällt den leitenden Angestellten besonders gut.

Einer der Fehler, die Jennifer unterlaufen, betrifft eine Pumpenlieferung in die Slowakei. Es gibt Pumpen, die in den Maschinen von MBF verarbeitet sind und auch dort hergestellt werden. Hübsche Edelstahlpumpen in verschiedenen Größen und in vielen Preisklassen. Leider dauert es immer recht lange, bis eine solche Pumpe hergestellt ist – mit drei bis sechs Monaten Lieferzeit muss jeder Interessent dieser Pumpe rechnen.

1996 ist der so genannte „Eiserne Vorhang" schon längst gefallen und einige – ehemals kommunistische – Staaten mischen eifrig im Welthandel mit. So auch die Slowakei (Die Slowakei wird im Jahr 2004 Mitglied der Europäischen Union. – Anmerkung der Autorin). Das reichste Land ist sie zwar nicht, aber die slowakische Firma PRUZI kann sich immerhin einige Maschinen von MBF leisten.

Diese Anlage, bestehend aus einer Füll- und einer Verschließmaschine, füllt Essigsulfatlösung in cremiger Grundlage in Tiegel und verschließt sie auch.

Dummerweise geht gerade während der Garantiezeit der Füll- und Verschließanlage eine der vier Füllpumpen kaputt. Der Chef der Firma PRUZI ruft bei MBF an und verlangt eine neue Pumpe – kostenlos natürlich, als Garantieleistung.

Glücklicherweise kann Mia eine solche Pumpe schnell organisieren – sie wird dann eben von einem anderen Auftrag „abgezogen".

Mia tippt wie eine Verrückte eine Exportrechnung, eine Packliste und einen Speditionsauftrag für Bahnfracht. Die Pumpe, die sie verschicken will, ist eigentlich 3.000 D-Mark (circa 1.500 Euro) wert. Aber soll sie diesen Originalwert angeben? Dann müsste sie ja eine Ausfuhrerklärung schreiben, und dafür hat sie nun wirklich keine Zeit! Bis zu einem Warenwert von 1.599 D-Mark muss Mia diese Ausfuhrerklärung nicht schreiben. Das weiß Mia. Also wird sie als Warenwert auf der Rechnung 1.000 D-Mark angeben. Es handelt sich ja ohnehin „nur" um eine Garantielieferung, und es wird schon nichts schief gehen!

Mia hat ihre Versandpapiere fertig geschrieben und gibt diese glücklich dem Fahrer mit, der für MBF jeden Tag Stadtfahrten unternimmt und die ordentlich eingepackte Pumpe mitsamt den Versanddokumenten zu dem für Bahnfracht zuständigen Mitarbeiter des Bahnhofs in Crailsheim bringen wird.

Auch hat Mia einen Schein ausgefüllt, dass die Pumpe während des Transports versichert ist, und diesen den Versandpapieren beigefügt. MBF kann es sich nämlich – wie jede andere Firma auch – aussuchen, ob sie für ihre Ware, die sie versenden will, eine Transportversicherung bei der jeweiligen Spedition oder dem jeweiligen Expressdienst abschließen lässt. Da MBF allerdings über eine recht gute Firmenversicherung verfügt, die auch Versendungen abdeckt, brauchen wir diese Versicherung durch die Spedition oder andere Transportunternehmen nicht. Denn sonst wäre ja ein Versand doppelt versichert!

Damit man also weiß, dass die Versicherung schon abge-deckt ist, schreiben wir auf Versandaufträge für Speditionen immer: „Wir sind SVS-/RVS-Verbotskunde." Und, wenn der Versand innerhalb der EU passiert, dann: „Wir sind SVS-/RVS-Verbotskunde und für den Anhang des SVS/RVS."

Die Pumpe in die Slowakei wird also versandt, und Mia kann sich zufrieden anderen Aufgaben zuwenden.

Doch die Zufriedenheit währt nicht lange. Der Chef der Firma PRUZI ruft an und teilt mit:

„Die Pumpe haben wir bekommen – aber sie ist kaputt!" Mia ist entsetzt, schaltet den Exportleiter E ein, und die beiden betreiben „Ursachenforschung".

Natürlich fällt der Verdacht sofort auf die Bahn. Ist man dort nicht sorgsam mit dem Paket für die Firma PRUZI umge-gangen? Wirft man dort – beim Beladen der Güterwaggons – die Packstücke achtlos auf einen Haufen, egal, ob sie zerbrech-lich sind oder nicht?

Die Firma PRUZI schickt die Pumpe wieder an MBF zurück, damit man sie dort an Ort und Stelle prüfen kann. Sollte die Bahn tatsächlich den Fehler begangen haben, muss man ihr das hieb- und stichfest nachweisen können!

Kollege Eugen Spüler, der diese Pumpe baute, stellt jedoch etwas anderes fest: So, wie die Pumpe verpackt war, konnte sie während des Versands gar nicht kaputtgehen! Die Pumpe war sicherlich bereits ausgepackt worden, als sie in den Räumen der Firma PRUZI auf den Boden knallte und kaputtging.

Aber wie sollen wir dies unserem Kunden diplomatisch mit-teilen? Sollen wir sagen: „Sie haben die Pumpe vorsätzlich auf den Boden geworfen – und nun behaupten Sie etwas anderes!"

So kann man mit einem guten Kunden oder einer Firma, die sicherlich noch viele, viele Maschinen kaufen könnte, nicht um-gehen! Und das tut auch MBF nicht.

E beschließt: „Wir wollen mal nicht so sein!" Warum auch, was sind schon 3.000 D-Mark oder 1.500 Euro für eine Firma wie MBF? Und so beschließt man äußerst großzügig und groß-herzig, Ersatz zu liefern. Den Preis für die Pumpe kann man sich ja ersetzen lassen – wozu hat man denn eine Versicherung? Besonders eine, die da-für bekannt ist, in allen Lebenslagen schnell und unbürokratisch zu zahlen!

Nun allerdings stellt sich ein Problem. Der Einkaufsleiter (EKL) bei MBF ist auch für die gewissenhafte Bearbeitung diverser Versicherungsvorgänge zuständig. In dieser Funktion muss er ein Formular ausfüllen, das er an die Versicherung schickt – mit Angabe des Wertes der Pumpe. Mia soll ihm Kopien der Exportrechnung schicken. Dummerweise steht auf der Exportrechnung ein Warenwert von 1.000 D-Mark (circa 500 Euro) und nicht der Originalwert von 3.000 D-Mark (circa 1.500 Euro). Und so kann die Versicherung letztendlich nicht den korrekten Wert der Pumpe erstatten, sondern nur den Wert, der auf der Exportrechnung stand...

2.000 D-Mark (circa 1.000 Euro) sind verloren – nur, weil Mia keine Ausfuhrerklärung schreiben wollte. Aber davon bekommt GL nichts mit. Zum Glück. So bleibt Mia ein Donnerwetter per Telefon („Was haben Sie da gemacht? Passen Sie gefälligst besser auf – verstehen Sie?“) erspart, denn GL verliert nicht gerne Geld. Nein, als Mia kündigt, betrauert man ihren Weggang selbst in der Chefetage. Noch immer tauchen viele ihrer Fehler auf, als sie schon nicht mehr bei MBF arbeitet. Fehler, die Mias Nachfolgerin und ich ausbügeln dürfen.

Übrigens: hätte man die Pumpe für PRUZI noch reparieren können und sie dieser Firma dann wiedergeschickt, wäre eine Einfuhr per Ausbesserungsschein – die Zoll- und Einfuhrumsatzsteuer spart – möglich gewesen. Aber das nur am Rande.

56. Die Zollverwaltung heute aus meiner Sicht

Vergangen sind mein Alltag und mein Leben in Crailsheim. Ich habe geheiratet und wohne nicht mehr dort.

Das Zollamt in Crailsheim wurde – trotz vieler Proteste der dort ansässigen Firmen – geschlossen. Die Zollverwaltung wollte sparen und schloss deswegen kleine Zollämter.

Was die Zollverwaltung betrifft, bin ich der Meinung, dass sie keine sterbende Verwaltung ist. Bestellungen übers Internet geben Zollbeamten Arbeit. Und dann noch die Fahndung nach Schwarzarbeit.

Damit geht dem Zoll die Arbeit nie aus! Wie viele Menschen bestellen Waren aus dem Internet in dem Glauben, sie würde aus Deutschland oder EU-Ländern zu ihnen versandt. Aber oft kommt die Ware aus den USA oder anderen Drittländern – sie kommt ordnungsgemäß mit einer Exportrechnung.

„Wir haben Ware für Sie von der Firma YZ aus New York", werden diverse Kunden dann beispielsweise von Zollbeamten des für sie zuständigen Zollamtes angerufen. „Aber hierfür müssen Sie Zoll- und Einfuhrabgaben entrichten – dann können Sie Ihre Ware mitnehmen!"

Die Kunden fühlen sich nun meistens hinters Licht geführt. Wie bitte – wegen ein paar CDs oder Kleidung aus dem Internet müssen sie zum Zollamt fahren, vielleicht Formulare ausfüllen und Abgaben entrichten?

Davon war auf der Seite der Firma YZ im Internet nicht die Rede! Nein, es sah doch auf der Homepage alles so aus, als werde die Ware von Deutschland aus versandt!

Ich möchte nun Bestellungen übers Internet nicht madig machen. Auch ich bestellte schon Ware im Internet und bekam sie problemlos von Deutschland aus geliefert – aber es kann vorkommen, dass die Ware aus so genannten „Drittländern" kommt (also Ländern, die nicht zur Europäischen Union gehören) und somit zusätzlich zum Preis der Ware Zölle und Einfuhrumsatzsteuer zu bezahlen sind.

Was ist Schwarzarbeit? Schwarzarbeit ist, wenn Personen für Arbeit zwar bezahlt werden, aber ihr Arbeitsverhältnis bei den zuständigen Stellen nicht gemeldet wird (die Mitarbeiter werden nicht sozialversichert). Für ihre Arbeit werden keine Steuern abgeführt – oder sie erfüllen nicht die notwendigen gewerbe- oder handwerksrechtlichen Voraussetzungen. Bei Schwarzarbeit werden die Verträge zwischen Arbeitgeber und Arbeitnehmer normalerweise mündlich abgeschlossen und das Entgelt bar gezahlt.

Wie der Zoll nach Schwarzarbeit forscht, habe ich durch Recherchen erfahren. Stellen Sie sich vor, dass in Ihrer Region ein Stadtfest oder ein Jahrmarkt oder ein anderes Fest stattfindet. Auf diesem Fest gibt es Stände, auf denen Sie Getränke, Speisen oder anderes kaufen können. Diese Feste werden von vielen Besuchern frequentiert. Da kann es durchaus sein, dass auch Zollbeamte in ziviler Kleidung sich dienstlich auf den Weg durch das Fest machen. Sie fragen an den Ständen nach dem Geschäftsführer des Standes – und sie wollen wissen, ob die Mitarbeiter auf dem Stand einen Arbeitsvertrag mit dem Geschäftsführer des Standes haben. Zahlt man für die Mitarbeiter Sozialversicherung für die Dauer der Beschäftigung auf dem Stand? Werden Hartz-IV-Empfänger beschäftigt? Wenn ja, wurde die zuständige Arbeitsagentur darüber informiert? Und so weiter.

Werden irgendwelche Tatsachen festgestellt, die auf Schwarzarbeit hindeuten, werden die Geschäftsführer gebeten, diese Mängel schnellstmöglich zu beheben – zum Beispiel ihre Mitarbeiter in der Sozialversicherung anzumelden. Die Zollämter überwachen das.

Das, was ich hier über Zollpapiere und über Zollabfertigung geschrieben habe, ist unterdessen auch schon oft Geschichte. Die Zollverwaltung hat eine informative Homepage, die einiges an Informationen zum Versand von Waren bietet. Auch über Schwarzarbeit und die Ausbildungsmöglichkeiten in der Zollverwaltung sowie deren Abläufe wird man informiert.

Jetzt fragen Sie – liebe Leserin und lieber Leser - mich sicherlich, ob ich eine Ausbildung in der Zollverwaltung empfehlen kann. Diese Dozentenhölle in Sigmaringen, so wie ich sie erleben musste, kann ich niemandem empfehlen. Wenn ich an diese oft schlecht gelaunten Dozenten zurückdenke, die willkürlich Finanzanwärter herausprüften und total missgünstig waren, rennt mir heute noch ein kalter Schauer den Rücken herunter! Davon bekommt man Alpträume!

Aber das Bildungszentrum in Sigmaringen ist nicht mehr für die Ausbildung der Finanzanwärter zuständig. Die zuständige Fachhochschule befindet sich in Münster in Nordrhein-Westfalen, und ich habe keine Erfahrungen damit. Ich kann hier weder zuraten, noch abraten.

Wollen Sie sich für den gehobenen Dienst in der Zollverwaltung bewerben, surfen Sie am besten selbst im Internet. Suchen Sie nach der Fachhochschule des Bundes für öffentliche Verwaltung, Fachbereich Finanzen. Diese hat eine Homepage.

Suchen Sie nach „Staatsrecht", „Allgemeines Verwaltungsrecht", „Verfassungsgeschichte der Neuzeit" – und all den anderen Fächern, deren Vorlesungen ich im Grundstudium besuchte. Gefallen Ihnen solche Lerninhalte? Haben Sie Spaß, Gesetzestexte zu lesen und zu interpretieren?

Leihen Sie sich Gesetzestexte aus der Bücherei aus, schmökern Sie darin, denken Sie sich Fälle aus und versuchen Sie, diese anhand der Gesetze zu lösen. Haben Sie Spaß daran? Können Sie sich vorstellen, dies ungefähr 40 Jahre lang in Ihrem Beruf auszuüben?

Besorgen Sie sich ein Grundgesetz, ein Bürgerliches Gesetzbuch und weitere Gesetzestexte.

Ein „Schnupperstudium" reicht nicht aus, um einen umfassenden Eindruck von der Ausbildung in der Verwaltung zu bekommen. Nehmen Sie Kontakt auf mit jemandem, der eine Ausbildung in der Verwaltung absolviert. Fragen Sie diese Person, wie diese Ausbildung abläuft.

Wenn Sie dann noch sagen: „Recht macht mir Spaß. Ich möchte aber nicht fünf bis sechs Jahre auf einer Universität verbringen, sondern bereits in drei oder vier Jahren eine Fachhochschulausbildung haben (Anmerkung der Autorin: in manchen Verwaltungen dauert die Ausbildung vier Jahre).

Und ich liebe Recht und Gesetze" – dann bewerben Sie sich in der Verwaltung. Die Verwaltung bietet viele Arbeitsmöglichkeiten – nicht nur die Zollverwaltung, sondern auch Arbeitsagenturen, Landrats-, Finanzämter und so weiter.

Wenn Sie sich dort bewerben, dann machen Sie einen „Plan B"! Überlegen Sie sich also schon in der Bewerbungsphase, was Sie tun werden, wenn Sie durch die Zwischenprüfung fallen und entlassen werden! Was wollen Sie studieren, um welchen Ausbildungsplatz wollen Sie sich bewerben, was möchten Sie beruflich tun?

Ein „Plan B" bewahrt Sie vor bösen Überraschungen, wie Monika und ich sie erleben mussten.

Wenn Sie sich nicht sicher sind, ob Sie in der Verwaltung arbeiten wollen, lassen Sie die Finger davon! Wählen Sie dann einen anderen Beruf.

Ist Zoll wirklich toll? Mein Grundstudium in Sigmaringen fand ich nicht toll. Wer wird schon gerne herausgeprüft? Niemand.

Vielleicht wäre das Hauptstudium fairer abgelaufen, vielleicht hätte mir der Beruf der Zollbeamtin weiterhin Spaß gemacht. So, wie während des Praktikums an der Grenze.

Vielleicht, vielleicht, vielleicht…

57. Reise nach Mallorca

Mallorca – diese Insel brauche ich jetzt!

Dieses Buch ist nämlich fast fertig. Während der Arbeit daran bekam ich Alpträume. Es tat meiner Seele nicht gut, diese alten Erlebnisse von vor ungefähr 35 Jahren wieder heraus zu kramen und sie zu lesen. So viele Dinge fielen mir wieder ein – Dinge, die ich lange Zeit vergessen hatte und auch vergessen wollte.

Ich habe zu Gott gebetet, um nicht zu sehr „heruntergezogen" zu werden von diesen alten Ereignissen.

Außerdem möchte ich etwas anderes sehen und abgelenkt werden – und ich möchte die Zollereignisse von damals wieder

„abhaken" und ganz, ganz hinten in meinen Erinnerungen platzieren! Deswegen brauche ich Urlaub.

Ich fliege mit meinem Mann zu einer meiner Lieblingsinseln, nämlich Mallorca. Und während wir im Flugzeug reisen, lese ich in meinen Reiseerinnerungen vom Mai 2011 – da, als ich zum ersten Mal auf Mallorca weilte.

Mallorca zählte nie zu meinen Traumreisezielen. Denn ich wollte nicht dorthin reisen, wo viele Deutsche Urlaub machen (es gibt Leute, die Mallorca als „17. deutsches Bundesland" bezeichnen). Und auch den „Ballermann" (das ist eine Gegend in Palma, in der es laut ist und die Leute viel Alkohol trinken) wollte ich nicht kennen lernen.

Mallorca ist eine Insel, die zur Inselgruppe der Balearen gehört und im Mittelmeer liegt. Die Balearen (dazu zählt auch Menorca) gehören zu Spanien. Auf Mallorca befindet sich die Hauptstadt der Balearen – nämlich Palma de Mallorca.

Bezahlt wird dort mit dem Euro.

Zeitumstellung gibt es nicht. Die deutsche Zeit gilt also auch für Mallorca.

Die Mallorquiner sprechen vorwiegend Katalanisch (also nicht Kastilisch, wie ein großer Teil Spaniens) – aber mein Mann und ich kamen auf Mallorca bisher mit den Sprachen Kastilisch (Spanisch, wie man es auch auf Schulen in Deutschland lernt), Deutsch und Englisch zurecht.

Ich empfehle, einen Reisesprachführer in Spanisch (Kastilisch) einzupacken – wer einen Reisesprachführer in Katalanisch findet, ist natürlich noch besser dran.

Unbedingt sollte man die Zahlen eins bis zehn auf Kastilisch auswendig lernen – das kann sehr hilfreich sein, wenn man mit öffentlichen Bussen fahren will.

Folgende Sachen haben mein Mann und ich immer dabei, wenn wir auf Mallorca sind:

Gute und stabile Schuhe, da die Gehwege, Wege und Straßen oft glatt/schlüpfrig und uneben sind.

Natürlich dürfen auch Sonnenbrille und Badesachen nicht fehlen.

Weiterhin sollte man unbedingt Sonnenlotion in den Koffer packen (bitte nicht ins Handgepäck!). In Mallorca kosten Sonnenlotionen ein Vermögen – wir haben Preise für die 200-ml-Plastikflaschen von 13 bis 17 Euro gesehen!

Auf unseren bisherigen Reisen nach Mallorca durften wir in einer wieder verschließbaren durchsichtigen Plastiktüte höchstens zehn Flaschen/Dosen zu je 100 ml Flüssigkeiten/Cremes mitnehmen. Diese Menge kann sich aber immer wieder ändern.

Und Vorsicht! Diese 100 ml pro Behältnis müssen auf der Flasche draufstehen – 200-ml-Flaschen werden am Flughafen konfisziert und dürfen nicht mit ins Flugzeug, auch wenn da nur noch 100 ml oder weniger Flüssigprodukt enthalten sind!

Wir haben am Flughafen eine Dame gesehen, die ihre Sonnenlotion bei der Zollkontrolle abgeben musste, weil es sich um eine 200-ml-Flasche handelte. Da half es nichts, dass die Flasche nur noch zu 100 ml gefüllt war….

Am 24.05.2011 um 12.05 Uhr fliegen mein Mann und ich vom Flughafen Stuttgart mit dem Flugzeug einer bekannten Airline nach Palma de Mallorca. Die geschätzte Flugzeit beträgt eine Stunde und 35 Minuten, aber unser Flug dauert länger.

Wir erreichen Palma de Mallorca am 24.05.2011 gegen 14.00 Uhr. Der Flughafen ist riesig – so empfinden wir es, die Wege sind lang. Wir müssen einige lange Gänge entlanglaufen, bis wir nach circa 15 Minuten zum Gepäckausgabeband kommen. Die Schilder, die im Flughafen anzeigen, wo man was findet, sind in katalanischer, in deutscher, in englischer und in spanischer (kastilischer) Sprache. Weiterhin sehen wir viele deutsche Werbeplakate – auch ein Zeichen dafür, dass viele Deutsche hier schon Urlaub gemacht haben und es immer noch tun.

Unsere Koffer bekommen wir ohne Probleme. Im Flughafen selbst gibt es kostenlose „Kofferkulis" (das sind Wagen, mit denen man sein Gepäck innerhalb des Flughafens transportieren kann), mit denen wir unsere Koffer zum Ausgang schieben.

Am Ausgang steht schon eine Dame, die zu dem Reiseveranstalter gehört, über den wir unsere Reise gebucht haben, unsere Namen auf einer Liste abhakt und uns sagt, welcher Bus uns und unser Gepäck in das von uns gebuchte Hotel nach Ca'n Picafort bringen wird.

Einige Busse stehen vor dem Flughafen in einer Reihe. Sie werden alle Urlauber zu ihren Hotels bringen. Die Busse sind weiß und modern – mit Aufschrift „Transunion". Sicherheitsgurte haben sie aber nicht. Aber Klimaanlage.

Es ist warm und sonnig in Mallorca, wir sehen viele Palmen und freuen uns schon, wenn wir im Bus kalte Getränke bekommen. Im Flugzeug war man ziemlich knauserig mit Getränken. Aber Pustekuchen! Die gibt es nicht. Man kann sie nicht kaufen, und umsonst gibt es sie gleich gar nicht. Das ist schade.

Nein, Getränke gibt es nicht – dafür aber eine Werbezeitung des Reiseveranstalters mit einigen hilfreichen Hinweisen, was man auf Mallorca unternehmen kann.

Gegen 15 Uhr fahren wir los. Wir sehen eine Landschaft, die mich an die Türkei erinnert. Berge, Olivenbäume, Kakteen, Palmen, alte Kirchen, typisch südeuropäische Häuser. Mein Mann und ich ziehen Vergleiche zu Antalya in der Türkei – irgendwie hat die Landschaft teilweise Ähnlichkeit damit.

Wir fahren über eine Autobahn – schließlich fährt der Bus durch einige Orte (Alcúdia, Muró), durch enge Gassen – bei denen ich immer meine: „Oh, da kommt der Bus doch nie durch! Er wird jetzt einen Spiegel von einem der parkenden Autos entfernen – weil alles so eng ist!" Aber nein, der Bus schafft überall, dorthin zu kommen, wohin er fahren will. Wir sehen viele Läden und Hotels, und immer wieder steigen Urlauber aus dem Bus, bekommen vom Busfahrer die Koffer. Unser Bus wird also immer leerer.

58. In Ca'n Picafort

Um 16.15 Uhr erreichen wir „unser" Hotel PGRLOZ, das in Ca'n Picafort liegt – also eine Stunde und 15 Minuten Fahrt mit dem Transferbus insgesamt ab Palma de Mallorca.

Der Bus hält an der Hauptstraße, und der Busfahrer zeigt uns, dass wir unsere Koffer selbst zum Hotel, das in eine Nebenstraße liegt, bringen müssen.

Wir checken ein, beziehen unser Doppelzimmer und ruhen uns ein wenig aus. Danach gehen wir einkaufen. Wir sind durstig – also: Mineralwasser muss her!

Mein Mann und ich machen die Erfahrung, dass aus dem Wasserhahn im Hotelzimmer, in dem wir waren, nur gechlortes Wasser herauskommt. Das kann man schon riechen! Ich würde das auf keinen Fall trinken – und auf jeden Fall Mineralwasser in den Läden kaufen (die sind meistens auch sonntags geöffnet).

In Ca'n Picafort gibt es viele kleine Lebensmittelgeschäfte (diese sind auch samstags und sonntags meistens bis in die Abendstunden geöffnet) – die unterschiedliche Preise für ein und dieselbe Ware haben. Hier lohnt es sich also, die Preise zu vergleichen. Vorwiegend gibt es Läden der Kette „Eurospar", aber auch Filialen spanischer Lebensmittelketten. Wir finden einen Laden, der genau das Mineralwasser hat, das uns schmeckt.

Die Preise für Mineralwasser sind unterschiedlich. Man bezahlt für die 0,5-Liter-Flasche je nach Marke und nach Geschäft verschiedene Preise.

Generell gilt: Wer auf Mallorca Lebensmittel kaufen will, muss damit rechnen, dass diese recht teuer sind. Wir haben für Keksrolle mit 200 Gramm trockenen runden Keksen in einem Laden 1,95 Euro bezahlt, in einem anderen Laden 1,35 Euro (die Kekse schmeckten uns gut, sonst hätten wir sie nicht nochmals gekauft).

Und wie ich schon vorhin erwähnte, haben uns die Preise für Sonnenlotionen wirklich sehr erschreckt: sie liegen zwischen 13 bis 17 Euro für die 200-ml-Plastikflasche verschiedener Hersteller.

Viele Gehsteige befinden sich in Ca'n Picafort. Sie sind meistens ausreichend breit, so dass Fußgänger auch aneinander vorbeilaufen können. Ein Problem sind jedoch die unterschiedliche

Höhe und der Belag – der Belag besteht aus Platten, die recht glatt sein können (wenn man Schuhe mit rutschigen Sohlen trägt). Und auf diesen Gehwegen sehen wir viel Hundekot – was (Gott sei Dank!) in Deutschland schon selten geworden ist.

Auf Mallorca ärgert uns der Hundekot. Er liegt da herum, und man muss vorsichtig sein, dass man nicht hineintritt. Das ist nicht nur in Ca'n Picafort so – sondern überall in Mallorca!

Hundehalter, deren Tiere auf den Gehsteig ihre Notdurft liegen lassen, haben allerdings auch keine Möglichkeit, diese schnell zu entfernen. Das heißt: wir haben keinerlei Behälter gesehen, in die man Hundekot im Beutel hineinwerfen kann. Hier muss Mallorca wirklich noch „nacharbeiten" und solche „Hunde-Kot-Entsorgungs-Behälter" installieren!

Auf den Gehsteigen gibt es immer wieder mal „Unterbrechungen" – also Vertiefungen mit Erde -, in denen Palmen gepflanzt sind. Das sieht schön aus. Allerdings sind die Erdlöcher – verglichen mit der Höhe des Gehsteiges – recht tief. So kann man sich auch die Füße vertreten, wenn man kurz nicht aufpasst. Meinem Mann und mir passiert das zum Glück nicht.

Nach dem Abendessen wandern wir an der Strandpromenade von Ca'n Picafort entlang, um einen ersten Eindruck davon zu bekommen.

Ca'n Picafort (Ich habe sowohl die Schreibweise „Ca'n Picafort" als auch „Can Picafort" gesehen – beide Schreibweisen scheinen richtig zu sein), der Ort, in dem das Hotel ist, in dem wir sieben Nächte bleiben werden, liegt circa 60 Kilometer von Palma de Mallorca entfernt, also im Nordosten von Mallorca. Es ist ein sehr moderner Ort mit vielen Läden und Hotels und einem schönen Strand (meiner Ansicht nach ist der Strand groß, nach Ansicht meines Mannes ist der Strand nicht groß – also hier muss sich wohl jeder seine eigene Meinung bilden).

Will man sich auf einem der weißen Metall-Liegestühle mit blauer Auflage für einen Tag sonnen, räkeln und entspannen, so bezahlt man dafür 2,50 Euro. Will man noch einen Sonnenschirm dazu für einen Tag haben (das ist sinnvoll, denn die Sonne „knallt" ziemlich herunter in Mallorca), so kostet das

3,50 Euro. Das Geld dafür wird von Angestellten des Ortes von den Strandbesuchern eingesammelt.

Will man jedoch nur auf seinem Badetuch im Sand liegen und sich an der Sonne erfreuen oder baden gehen, so bezahlt man nichts.

Auch gibt es einen Bademeister am Strand, der in einer Art Holzturm sitzt und danach schaut, dass keinem der badenden Gäste etwas passiert.

Abends geht immer jemand über den Strand, stellt die Liegestühle aufeinander. Auch wird der Strand immer wieder mit einem Fahrzeug gereinigt.

Ca'n Picafort liegt am Ende der Bucht von Alcúdia – und man hat einen Blick auf diese Bucht, wenn man die Strandpromenade entlangläuft oder am Strand liegt. Der Ort wirbt für sich, ein familienfreundlicher Ort zu sein. Wir sehen auch während unseres Aufenthalts viele Familien, die die Strandpromenade entlanglaufen – viele Kinder sitzen in Buggys. Aber auch viele ältere Herrschaften sind unterwegs – ich würde sagen: Leute aller Altersgruppen halten sich hier auf, um Urlaub zu machen.

An 25.05.2011 erkunden mein Mann und ich Ca'n Picafort und Son Baulo. Weiterhin wollen wir an einer Rundfahrt durch den Ort mit dem so genannten „Picafort-Express" teilnehmen.

Der „Picafort-Express" ist eine Art Eisenbahn – mit einer Lok vorne dran, die ursprünglich mal ein Traktor gewesen sein muss. In dieser Lok sitzt ein Mann – interessanterweise begegnen wir immer derselben Lok mit demselben Fahrer, und das jeden Tag.

„Hat der Mann auch mal einen freien Tag?", fragen wir uns.

Diese Lok zieht zwei Waggons, die Holzbänke als Sitzplätze enthalten. Die Fenster kann man öffnen – so ist es möglich, während der Fahrt das, was man sieht, zu fotografieren. Die Fahrt ist nicht kostenfrei. Wir bezahlen jeder drei Euro, für Kinder ist der Fahrpreis billiger.

Aber es lohnt sich! Alle 20 Minuten fährt der Express. Wir steigen an einer Bushaltestelle in die Bahn. Bezahlt haben wir den Fahrpreis beim Lokführer und bekommen dann zwei große weiße Tickets.

Die Fahrt mit dem Express dauert circa 50 Minuten, wir sehen viel. Der Picafort-Express hält immer an Bushaltestellen – es steigen Leute aus, es steigen andere Leute ein.

Der Express fährt nicht direkt am Meer entlang, er fährt durch das Zentrum Ca'n Picaforts und durch verschiedene Wohnsiedlungen. Und immer wieder bimmelt die große Glocke vorne an der Lok.

Die Fahrt mit dem „Picafort-Express" können mein Mann und ich empfehlen. Wir sehen auch Plätze, die wir zu Fuß nicht erreicht haben. Wann der Picafort-Express genau abfährt, kann man an den Haltestellen sehen, an denen er hält.

Uns fällt auf, dass Ca'n Picafort viele Einbahnstraßen hat, besonders im Zentrum. Rechts und links stehen parkende Autos – die Parkplatzsuche ist also schwer. Wenn der Picafort-Express durch den Ort fährt, stauen sich die nachfolgenden Autos hinter ihm – denn sie können ja nicht überholen. Aber das scheint im Ort niemand krumm zu nehmen.

Nach der Fahrt mit dem Picafort-Express gehen mein Mann und ich die Strandpromenade von Ca'n Picafort entlang. Am Strand lassen sich Leute „braten", denn irgendwie sticht die Sonne auf Mallorca mehr als in Deutschland, finden wir. Es ist wirklich sehr warm – 27 bis 30 Grad. Ich wundere mich schon seit Jahren, warum Leute so lange in der Sonne liegen wollen, bis ihre Haut ganz rot ist – und sie fast aussehen wie Brathähnchen. Das ist doch nicht gesund! Und am nächsten Tag gehen diese Leute mit einem üblen Sonnenbrand wieder raus in die pralle Sonne!

Wer von einem Sonnenbrand oder anderen Leiden so geplagt ist, dass sie/er einen Arzt konsultieren muss, findet zahlreiche deutschsprechende Ärzte im Ort. Offensichtlich sind auch einige deutsche Ärzte nach Mallorca gezogen und praktizieren dort. Sie schreiben an den Eingang ihrer Praxen (die meistens mit einem großen roten Kreuz gekennzeichnet sind und der Aufschrift „Arzt"), dass sie 24 Stunden zu erreichen sind

– auch am Wochenende. Und sie geben ihre Handy-Nummern an.

An der Strandpromenade von Ca'n Picafort sehen wir ein Restaurant am anderen. Viele Kellner wollen, dass wir bei ihnen speisen, und sprechen uns an. Einige wollen uns Zettel geben, damit wir wissen, was wir bei ihnen speisen können. Tafeln, auf denen mit Kreideschrift in deutscher Sprache geschrieben ist, was es gibt, sehen wir viele. Manche Restaurants schreiben solche Hinweise auch in englischer Sprache.

Einige Restaurants haben sogar Gerichte auf Tellern mit durchsichtiger Folie überzogen und so hingestellt, dass jeder sieht, was für tolle Gerichte man in diesem oder jenem Restaurant bekommen kann. Auch mit Drinks (beispielsweise „Bloody Mary" und andere) wird so verfahren.

So manches Restaurant macht schon Werbung für seine Abendveranstaltungen durch entsprechende Plakate, die vor dem Restaurant stehen oder irgendwo am Restaurant hängen. Da treten Bands auf, die die Bee Gees, aber auch Abba und andere bekannte Größen aus der Rock- und Popszene imitieren.

Wir entscheiden uns, in einem der Straßenrestaurants Kaffee und Kuchen zu genießen – an einem Platz mit Blick aufs Meer. Ich bekomme ein Kännchen Kaffee und ein großes Stück Erdbeerkuchen mit Sahne für 3,75 Euro, mein Mann bekommt ein Kännchen Tee und ebenso ein großes Stück Erdbeerkuchen mit Sahne. Wir sind begeistert, alles schmeckt sehr gut.

Wir haben immer folgendes bemerkt: bringt ein Kellner Kaffee und Kuchen, so bringt er gleich die Rechnung für diese bestellten Getränke/Speisen. Der Gast hat dann die Möglichkeit, den fälligen Betrag zusammenzusuchen mit noch ein bisschen Trinkgeld extra (circa 5 bis 10 Prozent vom „verkonsumierten Wert" sind in Ordnung).

Ich rate, das Trinkgeld dem Kellner extra zu geben, nachdem er den Betrag für die Rechnung kassiert hat – und dieses Trinkgeld dann als „Tip" zu bezeichnen. Die Kellner verstehen das Wort „Tip" und freuen sich über dieses Trinkgeld.

Wir gehen weiter die Strandpromenade entlang zum Hafen und zum Ortsteil Son Baulo. Wir laufen einige Kilometer und stoppen immer wieder, um Fotos zu schießen. Es ist schon interessant, was man auf Mallorca sieht. Den ersten Eindruck, die Insel sei so ähnlich wie die Türkei, können wir bald korrigieren. Vieles ist hier doch anders als in der Türkei: die Bauweise der Häuser, die Restaurants, die Leute, …

Son Baulo war einst ein Dorf für sich – ist aber unterdessen mit Ca'n Picafort zusammengewachsen. Jedoch findet man in Son Baulo noch ältere Häuser, Zeichen des ursprünglicheren Mallorcas – und der Ort ist ruhiger. Wir sehen weniger Touristen, weniger Autos fahren herum – alles wirkt irgendwie beschaulich. Wir kommen an Hotels vorbei, an Wohnhäusern, an verlassenen und zum Verkauf stehenden Häusern – aber auch an Häusern, die noch nicht fertig gebaut sind und vielleicht darauf warten, bis ihre Bauherren wieder Geld haben, um den Bau zu vollenden.

Einige Stunden sind wir unterwegs. Damit wir uns nicht verirren, haben wir uns am Vortag noch einen Stadtplan gekauft, den wir dabeihaben. Auch in Son Baulo gibt es einen Strand, einige Leute liegen am Strand, andere sind im Wasser. Ebenfalls gibt es Läden mit Handtüchern mit Mallorca-Motiven, Postkarten, Ketten, T-Shirts, Sandspielzeug, Luftmatratzen, Muscheln.

An einem Platz mitten in San Baulo sehen wir ein Auto, das eine „Kralle" an einem Rad hängen hat – also eine Wegfahrsperre. Ich habe so etwas vorher noch nie gesehen!

Abends – nach dem Abendessen – gehen wir wieder in Ca'n Picafort spazieren. Jetzt ist es nicht mehr so heiß, die Temperaturen sind richtig angenehm (circa 25 Grad) – auch wenn der Strand leer ist, ist auf der Strandpromenade wirklich viel los. Die Läden und Restaurants sind geöffnet, viele Menschen sind unterwegs.

Mein Mann und ich beobachten einen Mann, der mit einer Sprühtechnik und bunter Farbe tolle Wandbilder innerhalb durchschnittlich zehn bis 15 Minuten zustande bringt. Er hat Motive ausgestellt, die er malen kann und die man bei ihm bestellen kann. Der Preis für die Bilder liegt bei 15 bis 40 Euro, je nachdem, wie groß ein Bild sein soll. Wir haben den Mann an einigen Abenden eine Weile beobachtet, haben aber kein Bild gekauft – da wir auch nicht wussten, wie wir solch ein Bild hätten gut nach Deutschland transportieren können.

59. Auf nach Palma de Mallorca

Am 26.05.2011 wäre eine Person, die bei dem Veranstalter unserer Reise angestellt ist in einem Vier-Sterne-Hotel an der Hauptstraße in Ca'n Picafort ab 10.30 Uhr anwesend und würde uns eine Dia-Show über Mallorca zeigen. Weiterhin könnten wir bei dieser Person Busausflüge zu verschiedenen Zielen auf Mallorca buchen.

Aber dazu haben wir keine Zeit. Denn nach dem Frühstück fahren wir mit dem so genannten „Palma-Bus" nach Palma de Mallorca. Es ist sonnig und warm draußen. Der Bus fährt um 9.35 Uhr ab einem Hotel in der Hauptstraße ab, weil er dort gut anhalten kann und es dort eine Bushaltestelle für öffentliche Busse gibt.

Gebucht haben wir diese Fahrt über unser Hotel. Die Dame an der Rezeption war so nett, uns nach dem gestrigen Abendessen dort anzumelden, von uns jeweils 25 Euro zu kassieren und uns Quittungen auszustellen.

Diese Quittungen müssen wir abgeben, bevor wir in den Bus steigen – und bekommen dann einen Stadtplan von Palma (sehr nützlich!), ein Heft mit Shopping-Möglichkeiten in Palma (für uns weniger nützlich) und ein Ticket, das uns berechtigt, in Palma für die Rückfahrt auch wieder in den Bus steigen zu dürfen.

Der „Palma-Bus" wirbt damit, dass man für die 25 Euro auch ein Getränk bekommt. Deswegen haben mein Mann und ich keine Flaschen mit Getränken mit in den Bus genommen, denn wir dachten, im Bus bekäme man etwas. Aber nein, da gibt es keine Getränke, weder kostenlos, noch gegen Bezahlung.

Der „Palma-Bus" ist ein Doppelbus und pünktlich. Es dauert tatsächlich 90 Minuten, bis er in Palma ist, weil er auf dem Weg dorthin etliche Leute zusteigen lässt. In Alcúdia müssen einige Leute in einen anderen Bus umsteigen. Das hat wohl organisatorische Gründe.

Nachdem das geschehen ist, fahren wir über die Autobahn weiter nach Palma. Da wir im Bus deutsche, britische und französische Touristen sind, bekommen wir eine kurze Information über Palma in deutscher, englischer und französischer Sprache von unserer Reiseleiterin. Sie sitzt neben dem Busfahrer und hat blond gefärbte Haare. Ihre Deutschkenntnisse sind in Ordnung, die Englischkenntnisse auch – ihre französische Aussprache jedoch ist fürchterlich. Ich finde sowieso, dass sie alle Informationen ziemlich lieblos „herunterrasselt" – sie liest sie wohl von einem Zettel ab (wir können das nicht sehen, nur erahnen – denn sie sitzt unten im Bus, während wir im oberen „Stockwerk" sitzen).

Zu kritisieren habe ich auch, dass es keinerlei Getränke im Bus zu kaufen gibt, kostenlose Getränke gibt es auch nicht.

Palma de Mallorca ist die Hauptstadt der Balearen-Inseln mit 390.000 Einwohnern. Das bedeutet, dass die Hälfte der Einwohner Mallorcas dort lebt. Es gibt dort einen Bahnhof, einen Busbahnhof, einen großen Hafen mit Segelschiffen und Schiffen, die aussehen wie Kreuzfahrtschiffe, aber offensichtlich dafür gedacht sind, Mallorca mit dem spanischen Festland zu verbinden – man kann auf diesen Schiffen also übernachten. Es gibt in Palma U-Bahnen, viele Möglichkeiten zum Einkaufen und viele Sehenswürdigkeiten.

Unser Eindruck von der Stadt ist: Wow – was für eine tolle Stadt! Strahlend weiße Yachten sehen wir am Hafen – da könnte man einen James-Bond-Film drehen! Wir fahren an der Kathedrale vorbei und sehen in einige der kleinen Gassen, durch die kein Bus fährt. Wir sehen viele Autos und Motorräder und Mopeds – und leider auch einen Krankenwagen, der zu einem Unfall fährt. Eine junge Frau – wir erkennen das am bunten Kleid – liegt in stabiler Seitenlage leblos auf der Straße. Wahrscheinlich ist sie ohnmächtig. Sie trägt nur einen Motorradhelm, andere Motorradschutzkleidung leider nicht. Neben ihr liegen drei Motorräder wie hingeworfen auf der Straße. Wir hoffen, dass die junge Dame nicht schwer verletzt ist!

Der Palma-Bus fährt weiter zur Don-Carlos-Festung, wo er hält. Ein altes Gemäuer mitten in der Modernität von Palma. Von dort aus hat man einen wunderbaren Blick auf Palma und seinen Hafen.

Die Benutzung der Toiletten ist hier kostenlos. Vor den beiden Damentoiletten steht eine lange Schlange von Frauen – schneller geht es in der Herrentoilette.

Generell gilt auf Mallorca: Es ist sinnvoll, dass man, wenn man auf die Toilette gehen muss, ein Café oder ein Restaurant aufsucht und dort etwas bestellt. Dann kann man auch die jeweilige Toilette benutzen.

Kostenlose Toiletten haben wir in Palma nur an folgenden Plätzen gefunden (natürlich haben wir da die Toiletten in dem Hotel, in dem wir untergebracht waren, nicht mitgezählt – es ist doch klar, dass deren Benutzung auch kostenlos war):

In eben genannter Don-Carlos-Festung in Palma de Mallorca, in dem Bahnhof von Palma de Mallorca und in der Kathedrale von Palma – wenn man den Eintrittspreis von 4 Euro für die Besichtigung der Kathedrale und des Museums entrichtet hat.

Nach unserem 15-minütigen Aufenthalt an der Don-Carlos-Festung fährt der Bus in Richtung des Kaufhauses „El Corte Inglés". Das ist ein Kaufhaus einer spanischen Kaufhauskette. Ziemlich groß, modern, acht Stockwerke – ein Kaufhaus dieser Kette habe ich schon in Barcelona besucht, als ich 2001 dort war.

Der Bus hält vor dem Kaufhaus „El Corte Inglés" in Palma, wir steigen aus. Ganz in der Nähe des Kaufhauses in einer Seitenstraße neben den Recyclingtonnen sollen wir uns um 17 Uhr spätestens wieder einfinden – dann werden wir die Rückfahrt antreten. Sollten wir Probleme in Palma bekommen, dürfen wir die Reiseleiterin L. auf ihrem Handy anrufen, sie hat uns ihre Mobiltelefonnummer gegeben.

Wir gehen in das Kaufhaus und hätten jetzt die Möglichkeit, uns eine Kundenkarte ausstellen zu lassen. Mein Mann und ich lassen das bleiben – wir sehen für unseren zehntägigen Aufenthalt keinen Sinn darin, eine Kundenkarte für ein Kaufhaus auf Mallorca zu haben. Dafür gehen wir erst mal in die achte Etage, dort gibt es nämlich ein nettes Restaurant.

Im Bus haben wir einen Gutschein bekommen für ein kostenloses Getränk sowie einige Tapas (spanische Spezialität, die aus Kartoffeln besteht) – und stellen uns jetzt in die Reihe der wartenden Personen vor der Theke. Ich bekomme einen Tasse Kaffee und fünf Tapas, mein Mann bekommt ein Glas Mineralwasser und fünf Tapas. Alles schmeckt sehr gut und füllt erst einmal den Magen. Auch eine Toilette gibt es in dem Kaufhaus, die wir auch aufsuchen.

Die Reiseleiterin im Palma-Bus warnte uns davor, uns in Gespräche mit Frauen, die Nelken und andere Blumen verkaufen, einzulassen. Diese Damen sind Taschen- und/oder Trickdiebe. Wir haben zum Glück keine Frauen, die uns Blumen verkaufen wollten, während unseres Mallorca-Urlaubes getroffen. Unser Urlaub verlief sicher, nichts wurde uns gestohlen.

Nach unserem Aufenthalt im Kaufhaus „El Corte Inglés" erkunden mein Mann und ich die Innenstadt. Es ist gut und hilfreich immer zu wissen, wo das Kaufhaus „El Corte Inglés" ist. Es ist mitten in der Stadt und von dort aus kann man zu Fuß wichtige Sehenswürdigkeiten und/oder interessante Läden erreichen. Unsere Reiseleiterin hat in unserem Stadtplan eine „Shoppingroute" eingezeichnet – also Straßen im Zentrum rosa markiert, in denen es interessante Läden gibt. Sie hat aber auch eine „Sehenswürdigkeiten-Route" eingezeichnet – und das in grüner Farbe. Mein Mann und ich entscheiden uns für die Sehenswürdigkeiten-Route – denn wir wollen unbedingt die Kathedrale von Palma sehen.

Wir wandern durch viele enge Gassen – die sind gerade mal ungefähr drei Meter breit, und so ab und an fährt auch ein Auto durch, und wir treten zur Seite, um nicht im Weg zu sein. Mir würde davor grauen, mit dem Auto durch die Innenstadt zu fahren und mal wieder lobe ich unsere weise Idee, keinen Mietwagen genommen zu haben. Denn: Fast alle Autos, die wir auf Mallorca gesehen haben, haben Dellen und/oder Schrammen.

Es scheint wohl üblich zu sein, dass ein Auto mal ein anderes „streift", oder dass man mit dem Auto Bekanntschaft mit einer Mauer oder Ähnlichem macht – und dann einen Kratzer oder eine Delle ins Auto bekommt. Die Mallorquiner scheinen das gelassen hinzunehmen, repariert oder übermalt werden Dellen und Schrammen kaum. Zumindest ist uns das nicht aufgefallen.

Mein Mann und ich haben beobachtet, wie es ein Auto schaffte, in einen sehr engen Parkplatz zwischen zwei parkenden Autos zu kommen. Erst mal Rückwärtsgang einlegen, dann warten, bis man das hintere Auto berührt. Dann langsam versuchen, das Auto in die Parklücke zu bringen. Dann nach vorne rollen lassen, bis man das vordere Auto trifft. Das hatte keinen Gang eingelegt und rollte ein bisschen nach vorne. Fertig ist das Einparken. Nur – wie kommt man aus diesem Parkplatz wieder hinaus???

Das soll nicht unser Problem sein, die Mallorquiner (Einwohner von Mallorca) werden schon wissen, wie sie das am besten anstellen.

An vielen Parkplätzen darf man nur eine begrenzte Zeit parken – deswegen sind Parkscheiben oder Parkuhren oder Zettel, die man sich an Parkplätzen löst und ins Auto legt, unerlässlich. Wir haben einige Kontrolleure gesehen, die immer wieder nachschauen, ob Parkgebühren bezahlt wurden – also entsprechende Zettel in den Autos liegen.

Es gibt viele Parkverbote – und wenn man Teile eines Gehsteiges sieht, die gelb angemalt wurden, sollte man direkt an/vor diesem Teil des Gehsteigs nicht parken.

Mein Mann und ich wandern durch viele enge Gassen durch die Altstadt. Wir kommen an romantischen Plätzen vorbei, an Tapas-Restaurants und Cafés – aber wir laufen weiter. Die Straßen sind eng, die Pflastersteine beigefarben und teilweise rutschig – da freuen wir uns über gutes Schuhwerk. Mit Stöckelschuhen würde ich nicht durch Palma laufen!

Ich muss gestehen, dass ich manchmal fast die Orientierung verliere. Ich drehe den Stadtplan hin und her – nach welcher Straße sollen wir jetzt suchen und in welcher Richtung liegt sie? Mein Mann dagegen bleibt cool und verliert nie die Orientierung. Das bewundere ich!

Er schafft es tatsächlich, sich im Gewirr der engen Gassen mit unserem Stadtplan zurechtzufinden. Erschwert wird die Suche nach der Kathedrale dadurch, dass wir ihren Turm nicht sehen können. Die Gegend hier ist so verbaut mit Häusern, dass man die Kathedrale erst dann sieht, wenn man davorsteht. Natürlich gibt es auch das eine oder andere Hinweisschild in der Innenstadt – aber dann endet eine Straße plötzlich – und verzweigt sich nach links und nach rechts – und man weiß auf einmal nicht mehr, wohin man gehen soll.

In einem Laden kaufe ich einige wunderschöne Postkarten und frage mit allen, mir zur Verfügung stehenden Spanischkenntnissen: „Donde està la catedral?" (Wo ist die Kathedrale?). Die Verkäuferin erklärt mir, wohin ich gehen muss – ja, das verstehe ich.

Mein Mann und ich folgen den Hinweisen – und einige Minuten später stehen wir tatsächlich vor der Kathedrale! Die „Kathedrale La Seu" (Grundsteinlegung erfolgte 1230) – so heißt sie genau - ist ein gotisches Bauwerk und einfach nur bombastisch! Sie ist ein circa 120 Meter lang und 40 Meter breit – mit vielen Bögen und Verstrebungen.

Da wir schon von der Reiseleiterin im Bus unsere Eintrittskarten (die Eintrittskarten kosten vier Euro pro Person) dafür gekauft haben – vorsorglich, damit wir nicht lange an den Kassen anstehen müssen, können wir gleich durch die Kartenkontrolle gehen. Der Eingang befindet sich in einem Nebenportal an der Nordseite der Kathedrale. Vor den Kassen stehen nur wenige Leute.

Wir gehen in die Kathedrale, gelangen erst mal in ein kleines Museum und dann in die Kathedrale selbst. Das Kirchenschiff ist riesig – mit bunten Fenstern, Gemälden, Altären – allen Dingen, die eine überaus sehenswerte Kirche ausmachen. Wir gehen eine Weile dort herum. Unser Reiseführerbuch empfiehlt, mindestens eine halbe Stunde für die Kathedrale einzuplanen - und so lange bleiben wir auch dort.

Hinter der Kathedrale gibt es ein Diözesanmuseum, das wir allerdings nicht besuchen. Der Eintritt wäre hier drei Euro pro Person gewesen.

Wir gehen die Route entlang, die unsere Reiseführerin in grüner Leuchtfarbe auf unserem Stadtplan markiert hat. Auf dem Stadtplan sieht die Route leichter begehbar aus, als sie in Wirklichkeit ist. Wir gehen durch enge Gassen über glatte Pflastersteine, wir weichen Autos und Motorrädern aus. Und die Gassen gabeln sich grundsätzlich irgendwann – oder eine weitere Gasse mündet ein, und wir fragen uns:

„Müssen wir da jetzt entlanggehen – oder in der Gasse bleiben, auf der wir gerade sind?"

Wir sehen einige Sehenswürdigkeiten – das Museo de Mallorca (Museum von Mallorca) beispielsweise. Aber, um das zu besichtigen, fehlt uns die Zeit. Wir kommen auch an den Banos Arabes (arabischen Bädern) vorbei – das ist ein Garten, für den man zwei Euro Eintritt zahlen soll. Nein, den sparen wir uns.

Die Kirchen, an denen wir vorbeikommen, sind alle geschlossen. Schade. Ich besichtige gerne Kirchen. Wir gehen an der Biblioteca Publica (öffentliche Bibliothek), am Parlament und an anderen öffentlichen, aber sehr schönen, historischen Gebäuden vorbei. Es ist warm draußen.

Und schließlich gelangen wir wieder zum „El Corte Inglés", dem praktisch gelegenen Kaufhaus in der Innenstadt. Um dort die Toiletten benutzen zu können, bestellen wir noch ein Getränk, das uns aber sehr unfreundlich serviert wird.

Um 17 Uhr fährt unser Bus an der Carrer Manacor (Manacorstraße) ab – wir sind alle pünktlich. Erstaunlicherweise dauert es gerade mal 35 Minuten, bis wir in Ca'n Picafort sind und zu „unserem" Hotel gehen können.

60. Ausflug nach Alcúdia

Heute ist Markt in Ca'n Picafort", teilt uns die Dame an der Rezeption „unseres" Hotels strahlend mit.

Wie bitte - ein Markt? Für uns ist Ca'n Picafort ein einziger großer Markt mit seinen vielen Läden, die Handtücher, Luftmatratzen, Julio-Iglesias-CDs, Postkarten, „I Love-Mallorca-Kappen", Badekleidung, Ketten und vieles mehr verkaufen – ein paar Stände und Läden mehr oder weniger locken uns nicht zu einem Spaziergang dorthin.

Was uns lockt, ist eine Fahrt mit dem öffentlichen Bus nach Alcúdia. Mein Mann hat in unserem Reiseführerbuch geblättert und gelesen, dass es dort eine historische Altstadt gäbe mit einer Stadtmauer. Vor allem ist Alcúdia nicht weit von Ca'n Picafort entfernt.

Wir begeben uns also um 10 Uhr zur Bushaltestelle in der Nähe eines Vier-Sterne-Hotels.

Alle 15 Minuten fährt ein Bus (Linie 392) von dieser Haltestelle aus nach Alcúdia (Endstation ist meistens Port de Pollença). Diese Fahrt dauert ungefähr eine Stunde.

Die öffentlichen Busse auf Mallorca sehen meistens rotweiß aus – aber auch die weißen Busse mit der Aufschrift mit der Aufschrift „Transunion" sind öffentliche Busse – wie wir an unserem letzten Tag merken werden. Viele dieser weißen Busse mit Aufschrift „Transunion" fahren nämlich im Auftrage einiger Reiseveranstalter Leute vom Flughafen Palma de Mallorca an ihre Urlaubsorte und wieder zurück.

Mein Mann und ich stehen also am 27.05.2019 ab 10.30 Uhr an der Bushaltestelle mit einigen anderen Leuten (vorher haben wir noch Mineralwasser gekauft, denn es ist sehr warm heute). Blöd ist nur, dass die Busse erst mal alle an uns Wartenden vorbeifahren und nicht halten. In den Bussen selbst stehen aber viele Leute, und wir vermuten, dass die Busse einfach überfüllt sind – und deswegen nicht halten.

Nachdem wir eine halbe Stunde vergeblich gewartet haben und alle Busse an uns vorbeigerauscht sind, gehen mein Mann und ich erst mal in Ca'n Picafort spazieren. Wir probieren wieder, nach 12 Uhr mit einem Bus nach Alcúdia zu kommen – dann, wenn viele Leute beim Mittagessen sitzen und nicht mit dem Bus fahren wollen.

Und siehe da – es klappt! Ein Bus hält, als wir nach 12 Uhr dort warten, und nimmt uns mit nach Alcúdia. Wir bezahlen beim Busfahrer und schauen jetzt, wohin der Bus uns bringt. Erst einmal fahren wir durch Muró – das ist auch ein Urlaubsort mit vielen Hotels. Der Bus hält dort mehrfach – und als wir nach Alcúdia kommen, stellt sich uns die Frage: Wo in Alcúdia müssen wir aussteigen, damit wir nahe an der Altstadt sind?

Unpraktisch ist, dass auf den Fahrplänen für die öffentlichen Busse nur einmal „Alcúdia" angeben ist mit einer Uhrzeitangabe, wann der Bus dort hält. So wird der Eindruck erweckt, es gäbe nur eine einzige Haltestelle in Alcúdia. Aber es gibt mindestens zehn Haltestellen in Alcúdia – wo also müssen wir raus? Besonders die Hauptstraße in Alcúdia ist ewig lang – mit mindestens fünf Haltestellen.

Wer im Bus sitzt und irgendwo aussteigen will, drückt einfach einen der Halteknöpfe, die es im Bus gibt. Sie sind entweder an der Decke oder an den „Haltestäben" angebracht, an denen man sich auch während der Fahrt festhalten kann.

Wir springen aufs Geratewohl irgendwo an einer Haltestelle aus dem Bus – zu weit wollen wir ja auch nicht fahren. Vor uns, hinter uns und neben uns sind viele moderne Hotels und Läden, ähnlich wie die in Ca'n Piacafort. Von einer Altstadt ist weit und breit nichts zu sehen.

Wir gehen ein bisschen die Hauptstraße entlang, ich kaufe mir ein paar Postkarten. In einer Nebenstraße gibt es viele Restaurants, die mit Tafeln in englischer Sprache für Gerichte werben. Das sagt uns, dass es in Alcúdia viele britische Gäste geben muss. Mein Mann spricht einen von ihnen, der mit seiner Frau durch den Ort schlendert, auf Englisch an und fragt ihn, wo die „old town" (Altstadt) ist. Das Ehepaar ist sehr hilfsbereit und sagt uns auf Englisch, wir müssten noch circa zwei Kilometer die Hauptstraße entlanggehen, dann käme ein Kreisverkehr – und dann würde man schon die Altstadt sehen.

Frohgemut marschieren wir die Hauptstraße entlang. Aus den zwei „vorhergesagten" Kilometern werden fünf oder sechs. Wir laufen und laufen. Zum Glück haben wir Mineralwasser und Kekse dabei und stärken uns immer wieder. Es ist warm. Das vom englischen Ehepaar erwähnte „Burger King"-Restaurant finden wir, den Kreisverkehr auch – und in der Nähe gibt es auch einen Lidl-Supermarkt. Und – ja, in der Ferne sehen wir die Altstadt – hurra!

Aber bis dahin ist es noch weit. Also marschieren wir weiter. Wir laufen und laufen – noch einen Kreisverkehr sehen wir – anschließend müssen wir nach links einbiegen, kommen an großen Kakteen und Feldern vorbei. Die Landschaft sieht einfach traumhaft aus!

Hilfreich ist uns hier übrigens ein Stadtplan, den wir in Ca'n Picafort gekauft haben. Er enthält auch einen Stadtplan von Alcúdia.

Und endlich sind wir in der Altstadt! Wir sind beeindruckt von deren Schönheit. Lauter enge Gassen, alte Häuser und sogar eine Stadtmauer! Da müssen wir hinauf! Zum Glück haben wir gutes Schuhwerk an – mit Stöckelschuhen oder Sandalen würde ich diese unterschiedlich hohen und teilweise schadhaften Steintreppen nie und nimmer hinaufsteigen!

Von der Stadtmauer aus hat man einen wunderbaren Blick auf die Altstadt und das Umland dahinter – wir schießen viele Fotos. Einige Altstadtbewohner haben Topfpflanzen auf Dachterrassen stehen, und einige Katzen sehen wir auch.

Beim Abstieg halte ich mich an dem stabilen Metallgeländer fest. Anschließend schlendern wir durch die Altstadt. Die ist hübsch und gefällt uns. Es gibt viele kleine und gemütliche

Geschäfte – und ebensolche Cafés. In einem Café nehmen wir Kaffee und Kuchen zu uns.

Hinter der großen Kirche gibt es einen großen Platz, in dessen Nähe sich auch eine Bushaltestelle befindet. Gegen 15.30 Uhr fahren wir mit dem Bus nach Ca'n Picafort zurück. Während der Fahrt sehen wir erst mal, wie weit wir eigentlich zu Fuß durch Alcúdia gelaufen sind!

Im Bus selbst befindet sich ein Feuerlöscher, der nicht befestigt ist – und deswegen unsere Aufmerksamkeit erregt. Er rollt beim Fahren immer wieder etwas herum und liegt in der Nähe der hinteren Ausstiegstür unter einem Passagiersitz. Wir rätseln herum: Was kann passieren, wenn der Fahrer plötzlich scharf bremsen muss? Im schlimmsten Fall könnte ein Fahrgast, der in bei der hinteren Ausstiegstür steht, unliebsame Bekanntschaft mit dem Feuerlöscher machen – nämlich dann, wenn der Feuerlöscher plötzlich gegen seinen Körper knallt. Wer haftet dann? Zum Glück bleibt alles nur eine Hypothese – zum Glück passiert nichts dergleichen, während wir im Bus sitzen.

Die Fahrt von Alcúdia bis Ca'n Picafort dauert circa eine Stunde.

Interessant ist übrigens noch, dass in jedem der rot-gelben Linienbusse, mit denen wir auf Mallorca gefahren sind, ein falscher deutscher Satz drinsteht. Die Passagiere werden aufgefordert, ihre Tickets (weißes Papier, ähnlich Fax-Papier, wird für die Tickets verwendet. Sie werden mit schwarzer Schrift bedruckt) beim Fahrer zu verlangen, zu bezahlen und diese dann die ganze Fahrt über aufzubewahren. Auf Spanisch (Kastilisch) heißt das: „Por favor exija y conserve su ticket" – auf Englisch steht dann da: „Please require and conserve your ticket" (Persönlich würde mir hier statt „conserve" das Wort „keep" besser gefallen).

Auf Deutsch steht da „Bitte Verlagen und bewahren Sie Ihren Fahrschein auf". Wie bitte? „Verlagen" – und dazu noch großgeschrieben?? Ich nehme mal an, man wollte hier sagen: „Bitte verlangen Sie Ihren Fahrschein und bewahren ihn während der Fahrt auf".

61. Mit dem Linienbus nach Palma de Mallorca

Schon als wir am 26.05. in Palma waren, sagten sich mein Mann und ich: „Da müssen wir nochmals hin! In Palma gibt es noch einiges zu sehen!" Wir wollen zum Hafen, wir wollen runter ans Meer – und wir wollen nochmals die Kathedrale von außen sehen!

Nach dem Frühstück am 28.05.2011 fahren wir also mit einem Bus der Linie 390 nach Palma de Mallorca. Die planmäßige Abfahrt soll um 9.00 Uhr von der Haltestelle bei einem Vier-Sterne-Hotel stattfinden, aber der Bus hat 15 Minuten Verspätung. Macht nichts, Hauptsache, der Bus fährt!

Die einfache Fahrt von Ca'n Picafort nach Palma de Mallorca mit dem Linienbus soll 90 Minuten dauern.

Allerdings wollen sehr viele Leute mit diesem Bus mitfahren und einige von ihnen müssen stehen. Wir fahren vorbei an weiten Wiesen, Ruinen, Heuballen und vielen Bäumen. Das Wetter ist sonnig und warm.

Die Straßen und Kurven sind oft eng – und ich frage mich häufig: „Wie kommt der Bus da durch, ohne dass es eine Schramme gibt oder sein Außenspiegel wegfällt?" Und ich bin immer wieder erstaunt, durch welche Gassen die mallorquinischen Busse heil durchfahren können, durch welche Kurven sie heil und sicher fahren können, wie sie um Haaresbreite an anderen Bussen vorbeifahren können – auch wenn ihnen ein anderer Bus entgegenkommt. Wie schon in China und auf Malta muss man auf Mallorca oft über die Busfahrer staunen!

Das Dorf Sta. Marghilda ist allerdings ein Ort, durch das der Bus nicht ohne weiteres durchfahren kann. Interessant soll hier wohl eine Kirche sein, und wer mit dem Mietwagen durch Mallorca fährt, sollte diese besuchen. Wann sie genau geöffnet hat, weiß ich allerdings nicht. Auf Mallorca haben wir viele verschlossene Kirchen entdeckt.

Samstags – und das ist heute – ist außerdem Wochenmarkt in Sta. Mathilda.

Wie gesagt, der Bus kann die Hauptstraße nicht von Orts-anfang bis Ortsende durchfahren. Er nimmt auf einem großen Platz Leute mit, fährt dann raus aus dem Ort und am Ortsende wieder rein. Auch da gibt es eine Haltestelle, auch da gibt es Leute, die ein- und aussteigen.

Ein weiterer Ort, an dem der Bus hält, ist Llubi.

Irgendwie finde ich den Namen schon cool, vor allem, wenn ich ihn auf Kastilisch (Spanisch) ausspreche – dann spricht man den Namen „Jubi" aus – und das erinnert mich an „jubeln" oder „Jugendherberge" – also an positive Dinge.

Das Reiseführerbuch über Mallorca, das wir bei uns haben, findet diesen Ort jedoch äußerst uninteressant, so dass er in diesem Buch nicht mal erwähnt wird! Das ist sehr merkwürdig – das, was ich vom Busfenster aus sehe, finde ich gut: eine schöne Altstadt mit alten Häusern und engen Gassen.

Der Bus hält auch in Inca.

Inca ist immerhin so interessant, dass das mallorquinische Busunternehmen, das den „Palma-Bus" organisiert, ebenfalls Busfahrten nach Inca zu einem Markt organisiert, der einmal pro Woche stattfindet und auf dem man wohl vieles kaufen kann. Laut unserem Reiseführerbuch soll Inca einige nette Weinlokale haben.

Vom Bus aus sehen wir eine hübsche Altstadt mit Läden, einige von ihnen stehen leer.

Was ich auch noch erwähnen sollte: Inca ist kein Touristen-mekka – und ich denke, wer einen Ort auf Mallorca sehen will, in den (außer zum Markt) nur wenige Touristen kommen, der sollte nach Inca kommen. Der Ort strahlt irgendwie Ruhe aus – ist aber trotzdem eine Stadt, und in Inca gibt es sogar einen Bahnhof, an dem Züge abfahren und ankommen. Wären mein Mann und ich länger auf Mallorca gewesen, hätten wir garan-tiert einen Ausflug nach Inca unternommen. Mit dem Linienbus nach Palma de Mallorca ist das leicht möglich, da dieser dort an mehreren Haltestellen hält.

Hinter Inca fährt der Bus auf die Autobahn. Von dort aus dauert es nicht mehr lange nach Palma de Mallorca.

Wir haben nicht viele leerstehende Häuser gesehen. Es gibt wenige Häuser, die sich im Bau befinden und den Anschein erwecken, dass dem Bauherrn mitten im Bau das Geld ausgegangen ist – und wohl noch gewartet wird, bis wieder Geld da ist und der Bau dann fortgeführt werden kann.

Es gibt allerdings einige Häuser, die zum Verkauf stehen. Viele von ihnen sind Häuser, in denen einst ein Laden war, der offensichtlich wegen schlechter Geschäfte schließen musste. Immer wieder werden auf Plakaten, die an diesen Häusern angebracht sind, Telefonnummern angegeben, bei denen man sich mehr Informationen über die jeweilige Immobilie einholen kann.

Meinem Mann und mir fällt auf, dass in fast jedem Ort auf Mallorca, den wir besuchen oder durch den wir fahren, Häuser zum Verkauf stehen.

Um 10.50 Uhr kommen wir am Busbahnhof in Palma de Mallorca an. Dieser ist unterirdisch – der Bus fährt also durch eine Einfahrt, als ob er in ein Parkhaus fährt. Unter der Erde gibt es lauter Bussteige. An einem von ihnen hält der Bus, und wir steigen aus.

Dieser Busbahnhof ist praktisch. Dort sieht man nicht nur auf die Gleise des Bahnhofs von Palma de Mallorca – man kann dort auch kostenlos auf die Toilette gehen (das ist eine sehr wichtige Information für Palma), und der Bahnhof/Busbahnhof liegt mitten in der Stadt! Zum Zentrum ist es also nicht weit zu Fuß – das Kaufhaus „El Corte Inglés" findet man schnell – und ebenfalls die Altstadt, durch die man gehen muss, um zur Kathedrale zu kommen.

Das Bahnhofsgebäude selbst sieht übrigens ebenso sehenswert aus! Historisch – und man sollte hier ein Foto machen.

Mein Mann und sein Orientierungssinn sind in der Altstadt von Palma wieder Gold wert! Während ich auch mit Stadtplan fast verzweifle an den engen Gassen und dem Straßengewirr, kennt er sich gleich aus, wenn er nur zwei Sekunden auf den Stadtplan schaut!

Samstags haben auch einige Kirchen geöffnet! Wir sind angenehm überrascht. Die Kirchen, die am Donnerstag geschlossen waren, können wir jetzt besichtigen. In einer findet sogar eine Hochzeit statt – und wir sehen, wie sich die Gäste dort gerade in den vorderen Bankreihen versammeln. Da möchten wir nicht weiter stören – und verlassen die Kirche nach wenigen Minuten wieder.

Wenig später nähern wir uns der Kathedrale – diesmal von rechts (am Donnerstag kamen wir aus der Altstadt, gingen die Straße Carrer Palau Reial entlang, bevor wir zur Kathedrale kamen – und standen auf einmal vor der Kathedrale). Wir kommen aus der Richtung des Museo de Mallorca – des Museums von Mallorca also – und gehen die Straße Sant Pere N. entlang. Wir schlendern über einen großen Platz. Und wir sind auf einmal total fasziniert von dem Anblick, der sich uns bietet!

Wirklich, so etwas Schönes, wie die Kathedrale La Seu, wenn man sich ihr vom Museum von Mallorca, also von rechts, nähert, sieht man selten! Wir sind sprachlos, fasziniert, einfach total beeindruckt.

Der Anblick ist zauberhaft, beeindruckend, wunderbar, einfach nur himmlisch. Wir schießen viele Fotos. Auf diese Weise haben wir am Donnerstag die Kathedrale noch nicht gesehen – und hätten sie nicht gesehen, wenn wir uns der Kathedrale nur von links, also aus der verwinkelten Altstadt heraus, genähert hätten.

Wenn man sich der Kathedrale von rechts nähert, sieht man erst, wie lang sie ist. Man sieht, wie beeindruckend sie ist. Diese architektonische Kunst – wie kann ich sie mit Worten beschreiben? Man muss sich Fotos ansehen, um die Schönheit erfassen zu können – aber am besten ist es doch, wenn man vor diesem Bauwerk steht.

Mein Mann und ich schlendern mindestens eine Stunde in der Nähe der Kathedrale herum. Auf einmal werden wir von drei jungen Männern auf Englisch angesprochen, ob wir sie nicht als Dreier-Gruppe fotografieren könnten.

Ich antworte auf Deutsch: „Wir sind Deutsche, wir können auch Deutsch reden."

Mein Mann ist nicht nur „Stadtplanexperte", sondern auch Fotoexperte – er nimmt die Digitalkamera, die ihm einer der drei Männer hinhält, und macht die gewünschten Fotos.

Wir steigen die Treppen zur Kathedrale hinauf und gehen nach links. Direkt neben der Kathedrale La Seu befindet sich der Almundaina Palast. Auch dieser bietet einen tollen Anblick.

Es ist schon circa 14 Uhr, und wir haben Hunger. Unterhalb der Kathedrale befindet sich ein künstlich angelegter See, und wir sehen ein Pub, das das Wort „Guinness" im Namen hat, am Ufer. Viele Leute sitzen draußen, das Pub macht also einen guten Eindruck. Wir wundern uns allerdings, dass es keine Speisekarten auf den Tischen gibt. Der geschäftige Kellner gibt uns jedoch eine Karte – und bei den Preisen stockt uns fast der Atem. Da verlangt man für eine Tasse Kaffee 4,05 Euro, ein Stück Kuchen kostet 5,95 Euro! Warum ist alles so teuer? Weil man, wenn man in diesem Pub Speisen und/oder Getränke zu sich nimmt, einen wunderbaren Blick auf die Kathedrale La Seu hat? Möglicherweise ist das so. Mein Mann und ich bestellen nichts, stehen unverzüglich auf und verlassen das Pub.

Wir gehen zum Meer, wir sehen den beeindruckenden Yachthafen, im Hintergrund gibt es große Schiffe, die Kreuzfahrtschiffe sein könnten. Wir sehen Fahrradwege. Einige Leute radeln. Das Wetter ist wunderschön.

In einer Seitenstraße, auch nicht weit weg von der Kathedrale La Seu, finden wir ein Eiscafé mit akzeptablen Preisen. Da kostet dann die Tasse Kaffee 1,20 Euro. Wir bestellen jeder einen Milkshake zu 3,50 Euro.

Danach laufen wir im Zentrum von Palma herum. Gefällt uns eine Straße, gehen wir sie entlang. Dabei müssen wir aufpassen, dass wir uns nicht verirren und zu weit weg vom Zentrum gelangen – also zu weit weg vom Kaufhaus „El Corte Inglés" und vom Bahnhof. Aber das schaffen wir! Im Supermarkt des „El Corte Inglés" kaufen wir noch Mineralwasser.

Um 17 Uhr fährt ein Bus nach Ca'n Picafort vom (unterirdischen) Busbahnhof ab – und er ist pünktlich! Er fährt ab, als alle Plätze besetzt sind. Zwei Passagiere, eine Frau und ihre Tochter, die noch zusteigen wollen, lässt er stehen. Offensichtlich will er keine Passagiere mitnehmen, die stehen müssten.

Gegen 18.30 Uhr sind wir in Ca'n Picafort.

Am Abend findet ein Championsleague-Spiel statt. Die Fußballvereine Manchester United (Großbritannien) und Barcelona (Spanien) treten gegeneinander an. Mein Mann und ich sehen das Spiel nicht – aber wir hören die Tore. Einige Fans sind so laut – und produzieren bei jedem Tor, das der Verein aus Barcelona produziert, ein Geräusch, das einem Kanonenschlag sehr ähnlich ist.

Schließlich siegt Barcelona mit 3 zu 1 gegen Manchester-United. Jetzt können sich die Fans in Ca'n Picafort vor Begeisterung nicht mehr halten und zünden ein Feuerwerk (zwischen 22 und 23 Uhr), nicht weit weg von dem Hotel, in dem mein Mann und ich untergebracht sind.

62. In Valldemossa

Am 29. Mai 2011 ziehen wir um in ein anderes Hotel – nämlich nach Platja de Palma. Wir ziehen quasi vom Norden Mallorcas in den Süden der Insel. Das Hotel AOÜLD befindet sich in der Nähe des „Ballermanns", aber das stört uns nicht. Im Mai ist am „Ballermann" noch nicht viel los.

Am 30. Mai 2011 fahren wir mit dem Bus nach Valldemossa – einer der schönsten Orte Mallorcas, wie ich finde.

Valldemossa ist eine Gemeinde im Nordwesten der Baleareninsel Mallorca (Spanien). Diese Gemeinde hat 1.990 Einwohnern. Der Hauptort Valldemossa selbst zählt 1.476 Einwohner.

Valldemossa befindet sich auf einer Höhe von 420 Metern, mitten in den Bergen. Von Palma de Mallorca ist der Ort 18 Kilometer entfernt.

Bekannt wurde Valldemossa dadurch, dass der polnische Komponist Frédéric Chopin dort den Winter 1838/1839 verbrachte. Ihm leistete die französische Schriftstellerin George Sand Gesellschaft. Über diesen Winter hat sie ein Buch geschrieben, das immer noch erhältlich ist – auch in deutscher Sprache. Es heißt „Ein Winter auf Mallorca". Ich habe dieses Buch schon gelesen.

Heute besuchen circa 300.000 Besucher jährlich Valldemossa. Sie können dort das ehemalige Kartäuserkloster besichtigen, in dem Chopin und Sand während ihres Aufenthaltes lebten. Dieses Kloster wurde als Museum für Besucher umgebaut.

Von Platja de Palma nehmen mein Mann und ich den Bus der Linie 15 nach Palma de Mallorca. Dieser Bus hält nämlich in der Nähe des Busbahnhofes. Man muss an der Haltestelle „Av. Jean March" aussteigen. Hier befindet sich nicht nur der Bahnhof von Palma de Mallorca, sondern auch der unterirdisch gelegene Busbahnhof. Von dort aus kommt man in viele Orte auf Mallorca.

Wir fahren mit dem Bus Nummer 210, der nach Valldemossa und Sóller fährt.

Nach ungefähr 30 Minuten auf engen Landstraßen die Berge hinauf erreichen wir von Palma aus Valldemossa.

Das Wetter ist übrigens bestens. Sonnenschein, aber nicht zu warm. Circa 25 Grad, gerade richtig für einen Ausflug.

Von der Bushaltestelle aus überqueren wir die Hauptstraße an einem Zebrastreifen und befinden uns in einer Altstadt, in der es viele Läden gibt. Allein hier kann man schon Stunden verbringen. Stöbern und shoppen.

Mein Mann ist allerdings nicht der Typ für das „Stöbern und Shoppen" – er will lieber etwas essen. Deswegen schauen wir nur in einigen wirklich interessanten Geschäften (also nicht in allen) vorbei, wo ich Ansichtskarten und Armbänder kaufe.

Anschließend spazieren wir zu dem Platz, auf dem das Kartäuserkloster ist. Auch dieser Platz ist – wie so vieles in Valldemossa – einfach nur malerisch und wunderschön. Es gibt dort einige Cafés und Restaurants, bei denen man draußen sitzen und einen sagenhaften Blick auf den Platz genießen kann.

So geraten wir in ein Restaurant und Café auf dem Placa de la Cartoixa, um dort Kaffee und Kuchen zu genießen.

Aber – Vorsicht! Hier handelt sich um das bisher erste und einzige Restaurant, das wir in Mallorca sehen, das NETTO-Preise auf seiner Preisliste hat – und keine Brutto-Preise!

Das auf einer Tafel geschriebene Angebot „Kaffee und Kuchen für 3,80 Euro" lockt uns – und dass es sich hier um einen Netto-Preis handelt, merken wir erst später. Der Wirt hat nämlich den Zusatz „+ IVA 10 %" daruntergeschrieben.

Hier sollte man auch wissen, was IVA genau ist. IVA ist eine Abkürzung für „Mehrwertsteuer". Ja, die gibt es in Spanien auch.

So bezahlen wir für zwei Getränke (ich nahm eine normal große Tasse Kaffee, mein Mann bekam Tee) und zwei Stück Rührkuchen (es handelte sich hier um dunkle Tortenstücke, die mit Puderzucker bestreut waren) nicht 7,60 Euro, sondern 7,60 Euro plus 10 Prozent - also 0,76 Euro. Das ergibt 8,36 Euro.

Getränke und Kuchen genießen wir auf Korbsesseln sitzend, vor uns stehen etwas demolierte Tische, die aber noch nicht wackeln. Alles schmeckt gut. Die Bedienung läuft auch flott.

Mittagessen bietet man in diesem Restaurant übrigens auch an. So kann man sich für eine Portion Spaghetti Bolognese entscheiden, deren Nettopreis von 7,50 Euro gut aussieht, die aber letztendlich 8,10 Euro kostet.

Für eine Portion Hamburger mit Käse bezahlt man 9,10 Euro – auf der Karte steht 8,50 Euro, also der Nettopreis.

Aufpassen muss man allerdings, wenn der Wirt Weißbrot oder anderes auf den Tisch stellt. Die verzehrten Weißbrotscheiben muss man nämlich bezahlen (natürlich auch brutto) – sie erscheinen später auf der Rechnung. Das erfahren wir von einem deutschen Ehepaar, das darüber recht empört ist.

Auf mallorquinischen Toiletten in Cafés und Restaurants sollte man übrigens immer eine Taschenlampe dabeihaben.

Denn es passiert nicht selten, dass mitten während der „Sitzung" plötzlich das Licht ausgeht. So auch im eben erwähnten Restaurant, dessen Toiletten in Ordnung sind – aber man muss 16 Stufen in einem Altbau hinaufsteigen, bis man sie erreicht.

Behindertengerecht ist das nicht – aber ich finde, dass ganz Valldemossa nicht behindertengerecht ist. Man muss sehr oft Straßen hochsteigen – oder steil nach unten gehen. Hinter dem Kartäuserkloster, das wir nicht besichtigen, befindet sich ein wunderschöner Park mit Bäumen und Blumen. Den haben wir besichtigt.

Geht man eine Straße nach unten und verlässt Valldemossa, so hat man einen grandiosen Blick auf den Ort. Hier machen wir einige Fotos.

Nach einer Stunde hat man eigentlich das Wichtigste vom Ort gesehen, wenn man sich Zeit lässt. Trinkt man noch irgendwo Kaffee oder isst etwas, braucht man zusätzlich 30 Minuten. Verlässt man das Stadtzentrum und geht zu einem Parkplatz, von dem aus man einen wunderbaren Blick auf Valldemossa genießen kann, dauert das vielleicht zehn bis 20 Minuten. Besichtigt man das Kartäuserkloster, sollte man dafür eine Stunde einrechnen.

Mein Mann und ich hatten uns gedacht, einen ganzen Tag in Valldemossa verbringen zu können. Aber so viel gibt es dort nicht zu sehen, dass man dafür einen ganzen Tag investieren muss. Der Ort ist klein und fein – und man hat schnell alles gesehen, was wichtig ist.

Nach zwei Stunden haben wir genug gesehen und steigen wieder in einen der Busse nach Palma de Mallorca. Diese fahren nachmittags bis circa 17 Uhr jede halbe Stunde, später dann nur noch jede Stunde. ´

63. Ein Tag in Sóller

Nach Sóller (gesprochen „Söller") führt uns eine weitere Ausflugsfahrt mit dem Bus.

Die Kleinstadt Sóller liegt in der so genannten "Serra de Tramuntana", einer Region im Nordwesten der Insel Mallorca.

Die Stadt hatte 2011 ungefähr 14.200 Einwohner.

Von Palma de Mallorca ist der Ort 34 Kilometer entfernt. Der Ortsteil Port de Sóller bietet einen Zugang zum Mittelmeer.

In Platja de Palma steigen mein Mann und ich in einen Bus der Linie 15 nach Palma de Mallorca. Dieser Bus ist praktisch, denn er hält in der Nähe des Busbahnhofes von Palma.

Zwei Busse fahren nach Sóller. Nämlich die Linie 210 und die Linie 211. Die Busse der Linie 210 brauchen mehr Zeit, um nach Sóller zu kommen, denn sie fahren über den Ort Valldemossa. Deswegen ist die Fahrtzeit nach Sóller ungefähr 50 Minuten ab Palma.

Die Busse der Linie 211 sind so genannte "Express-Busse". Sie fahren durch einen Tunnel nach Sóller und kommen an Valldemossa erst gar nicht vorbei. Dadurch ist man in ungefähr 25 bis 30 Minuten in Sóller. Das ist wirklich schnell (für mallorquinische Busfahrt-Verhältnisse).

Wir fahren also mit einem Express-Bus der Linie 211 nach Sóller. Nach ungefähr 25 bis 30 Minuten auf teilweise engen Landstraßen die Berge hinauf und durch einen Tunnel erreichen wir von Palma aus die Kleinstadt Sóller.

Wir verlassen den Bus an der Haltestelle "Can Repic". Eine Haltestelle, die etwas außerhalb vom Stadtzentrum von Sóller liegt. Wir steigen deswegen aus, weil auch andere Leute dort aussteigen. Ein Fehler, wie sich später erweisen soll. Wir hätten erst am Plaça Americana aussteigen sollen - also an einer späteren Haltestelle.

Von der Haltestelle "Can Repic" aus laufen mein Mann und ich ins Stadtzentrum. Die Pfarrkirche von Sóller, namens Sant Bartomeu (auf Spanisch: San Bartolomé), können wir bereits gut sehen. Sie ist wie ein Wegweiser für uns ins Zentrum - und sie erinnert sehr an die Kathedrale von Palma de Mallorca. Diese Pfarrkirche sieht aus wie eine kleinere Version dieser berühmten Kathedrale.

Zuvor erreichen wir den Bahnhof von Sóller, der wirklich klasse aussieht. Dort sehen wir eine Straßenbahn - ein älteres Modell und natürlich ein tolles Fotomotiv. Auch der "Rote Blitz", ein Zug, der von Palma de Mallorca aus nach Sóller fährt, hält an diesem Bahnhof, es gibt dafür ein separates Gleis.

Einige Schritte weiter durch einige Gassen mit vielen Geschäften erreichen wir den Plaça Constitució, das Stadtzentrum von Sóller. Die Pfarrkirche Sant Bartomeu steht direkt vor uns auf diesem malerischen Platz, an dem es nicht nur viele Patrizierhäuser mit Läden, sondern auch Lokale gibt. Tische und Stühle stehen draußen, und viele Leute haben sich darauf niedergelassen.

Mein Mann und ich sind total beeindruckt.

Ich kaufe mir einige Ansichtskarten, und wir besichtigen anschließend die Pfarrkirche. Der Eintritt in die Kirche ist frei. Die Kirche ist sehr beeindruckend - berühmt ist ihr Rosettenfenster.

Wir halten uns einige Zeit an diesem Platz auf, essen ein Eis in einer Waffel und erkunden dann einige Nebenstraßen. Die sind sehr ruhig und teilweise eng. Wir sehen wunderschöne alte Häuser, viele Bäume und malerische Plätze.

In einem Café in einer Nebenstraße können wir in Wiener Caféhaus-Atmosphäre ein gutes Essen genießen, das auch preislich in Ordnung ist (ein Salat mit Tomaten, Mozarella, Vinaigrette kostet 7,50 Euro, auch leckeren Kuchen gibt es dort).

Der Tag ist perfekt - bis wir uns auf die Rückfahrt nach Palma de Mallorca machen. Aus diesem Grund stellen wir uns wieder an die Haltestelle "Can Repic". Wir müssen also das Zentrum von Sóller verlassen und gehen eine steile Straße nach oben.

Wir warten und warten. Lange kommt kein Bus.

Endlich kommt ein Bus, aber es ist ein Schulbus. Der hält hier nicht.

Wir warten weiter. Wir stehen herum wie bestellt und nicht abgeholt.

Wieder kommt ein Bus - der Busfahrer hält auch nicht und schüttelt den Kopf, als wir winken, dass er doch anhalten möge.

Nach 30 Minuten ungefähr reißt unser Geduldsfaden. Wir laufen die Hauptstraße hinunter und gehen in eine Tankstelle. Ich kratze meine letzten Spanischkenntnisse zusammen und frage die freundliche Dame hinter der Kasse, wo denn in Sóller die Busse nach Palma de Mallorca abfahren.

Die Dame erklärt uns freundlich, wie wir gehen müssen. Teilweise auf Englisch, teilweise auf Spanisch. Und wir verstehen: wir müssen zum Plaça Americana laufen. Offensichtlich sind wir nicht weit davon entfernt.

Innerhalb von fünf Minuten stehen wir an diesem Platz. Den sahen wir schon, als wir durch einige Seitenstraßen des Ortes gingen. An der Bushaltestelle stehen viele Leute - viel zu viele, denken wir. Ob die alle in den Bus passen?

Aber es ist schon interessant, wie viele Personen solch ein spanischer Bus fasst. Wir dürfen alle in den Bus einsteigen. Die Sitzplätze sind schnell besetzt.

Mein Mann und ich stehen im Bus. Man muss sich gut an den Gurten, die von der Decke hängen, festhalten, um den Halt in dem Bus gerade in den Kurven nicht zu verlieren.

Gegen 17 Uhr erreichen wir Palma de Mallorca - und von dort aus ist es sehr einfach, zurück ins Hotel in Platja de Palma zu kommen.

Epilog

Eine gute Idee war es, einen Reisebericht, den ich vor Jahren einmal verfasst habe, zu lesen. Das lenkt ab von Gedanken über die Zollverwaltung, über die Fachhochschule in Sigmaringen und über all die Ereignisse, die mir 1983 und 1984 widerfahren sind. Ich bin bereit für einen Urlaub auf Mallorca und will nur die schönen Eindrücke, die diese Insel mir bieten kann, an mich heranlassen.

Mein Mann und ich steigen zuversichtlich aus dem Flugzeug, das uns im Mai 2019 wieder nach Mallorca gebracht hat. Mit einem Transferbus werden wir zu einem Hotel in die Nähe von Sóller gefahren – an einen Platz in der Nähe des Mittelmeers.

An einen Platz, an dem wir uns erholen werden. Das haben wir uns verdient.

Bald hoffentlich werden auch meine Alpträume Geschichte – also verschwunden - sein.

Haftungsausschluss: Die Inhalte dieses Buches sind sorgfältig recherchiert und erarbeitet worden. Dennoch können weder die Autorin noch der Verlag für die Angaben in diesem Buch eine Haftung übernehmen.

Dieses Buch ist ein Roman über eine Zollbeamtin und Exportsachbearbeiterin, die auch mal reist.

Es erzählt viele Geschichten so, wie ich sie sehe.

Es ist kein Zoll- und/oder Exportratgeber.

Es ist auch kein Reiseratgeber.

Buchtipps

Elaine Laurae Weolke

Blätterrauschen, weit weg

Audrey aus Deutschland und Lionel aus Australien beginnen einen Briefwechsel. Nach einigen Treffen verlieben sie sich ineinander und schmieden Pläne für eine gemeinsame Zukunft. Jedoch gibt es einige Schwierigkeiten und unvorhergesehene Ereignisse.

ISBN-Nummer: 978-3-7448-1858-2
Als Taschenbuch und als E-Book erhältlich.
Herstellung und Verlag: BoD - Books on Demand

Elaine Laurae Weolke

Nächster Halt: Sydney Harbour Bridge

Endlich ist es soweit, dass Audrey Lionel in Sydney besuchen kann. Der Urlaub wird unvergesslich. Anschließend stellt sich die Frage: Gibt es eine gemeinsame Zukunft? Und wenn ja, in welchem Land?

ISBN-Nummer: 978-3-8482-3160-7
Als Taschenbuch und als E-Book erhältlich.
Herstellung und Verlag: BoD - Books on Demand

Elaine Laurae Weolke

Insel der tausend Steine

Vicky freut sich: Ihr Traum von einer Ausbildung im gehobenen Dienst der Zollverwaltung geht in Erfüllung! Mit elf Kollegen startet sie in eine aufregende Zeit, lernt auf Zollämtern einige Arbeitsgebiete kennen und trifft an einer Fachhochschule des Bundes Studierende aus ganz Deutschland.

Doch nach der anfänglichen Euphorie kommt viel Stress. In rasendem Tempo absolvieren die Studierenden Kurse in verschiedenen Rechtsgebieten und müssen Höchstleistungen bringen. Am Ende dieses Grundstudiums steht eine Zwischenprüfung.

Außerdem gibt es Konflikte, „Zickenkriege" und Frust zwischen den Studierenden, die meistens in Dreibettzimmern untergebracht sind. Aber es gibt auch gute Zeiten und eine enge Kameradschaft.

An all das denkt Vicky zurück, als sie Jahre später durch China und durch Malta reist.